De verdwenen bedelarmband

Uitgever: Compaan uitgevers, Maassluis
Eerste druk: februari 2011
ISBN: 978-94-903745-0-1
NUR: 283
Foto meisje op cover: Barbara Abbas
Foto Ellen op achterflap: Mariëtte de Vries

De verdwenen bedelarmband

Ellen Tijsinger

2011

1

Het is stil in huis. Charlotte heeft net in de grote woon-keuken haar wiskunde gemaakt. Ze vindt het een rot-vak daarom begint ze er altijd het eerst mee, dan is ze er maar vanaf. Ze is ziek. Ze heeft hoofdpijn, buikpijn, oorpijn, spierpijn, alle pijntjes die je maar kunt beden-ken. Haar moeder Elise, lerares Frans op het college waar zij ook op zit, had vanmorgen wel door dat ze schoolziek was, maar gelukkig zei ze: 'Blijf maar een dagje thuis.' Ze bracht Charlotte thee met beschuit op bed en zei dat ze nog maar even lekker moest blijven liggen. Maar om tien uur was Charlotte toch maar op-gestaan om zich te douchen en aan te kleden.

Ze haalt snel de vaatwasser leeg en dekt de tafel voor de lunch. Het is woensdag, zo meteen komt haar moeder thuis met haar broertjes Felix en Tom. Ze zijn zeven en negen jaar en worden altijd naar school gebracht en ook weer opgehaald omdat de Tolsteegsingel, nog te gevaarlijk is om alleen over te steken.

Het zijn druktemakers. Ze rommelen altijd in haar spullen. Tom had zelfs een keer in haar werkstuk van biologie zitten tekenen. Maar ze zou ze voor geen goud willen missen.

Ze maakt voor zichzelf een beker warme chocolademelk en gaat zitten aan de oude keukentafel met het rood-witgeblokte kleed, dat nog van haar overgrootmoeder Louise is geweest. Het is vaal en versleten met een grote wijnvlek, maar volgens haar moeder brengt het kleed zoveel herinneringen boven dat ze het nooit weg zou kunnen doen.

Charlotte neemt kleine slokjes van de hete chocolademelk en kijkt peinzend rond. In dit huis is ze geboren. Ze kent alle geheime hoekjes, weet welke traptreden kraken en als ze haar ogen dicht doet, griezelt ze van het geloei van de stormwind door de kieren van het zolderraam. Op de zolder komt ze bijna nooit. In het halfduister zijn spullen van vroeger opgeslagen. Stoelen, oude matrassen, geheimzinnige dozen die met plakband dichtgeplakt zijn en roestig speelgoed. Werkelijk alles wil haar moeder bewaren. Om de spullen tegen stof te beschermen heeft ze over alles witte lakens gelegd, zodat het net spoken lijken die je elk moment kunnen grijpen.

Maar de keuken is speciaal. Charlotte weet dat haar overgrootmoeder Louise hier vroeger, toen zij nog niet geboren was, spannende verhalen vertelde. En nu doet haar moeder hetzelfde, want ze vindt dat herinneringen van lang geleden niet verloren mogen gaan.

Charlotte heeft haar overgrootmoeder nooit gekend, maar in de huiskamer staat een foto van haar in een zilveren lijstje. Ze had een vriendelijk gezicht met donkere ogen die haar vanaf de foto aandachtig aankijken en springerig haar met een lok op haar voorhoofd. Soms pakt Charlottes moeder de foto om hem aandachtig te bekijken en Charlotte heeft een keer gezien dat ze de foto kuste. Ze kreeg een kleur toen ze merkte dat Charlotte achter haar stond.

'Ze heeft veel voor me betekend,' zei ze gauw, terwijl ze de foto weer neerzette. 'Ik mis haar zo!'

Altijd praat Elise over haar grootmoeder. Nooit heeft ze het over haar eigen ouders. Charlotte heeft er een keer naar gevraagd, maar haar moeders ogen werden groot en donker en de rest van de dag was ze in zichzelf gekeerd. Charlotte bleef met tientallen vragen zitten waar ze geen antwoord op kreeg. Maar na die ene keer heeft ze er nooit meer naar durven vragen.

Ze luistert graag naar haar moeders melodieuze stem, die kan huilen en lachen en jubelen van blijdschap, maar ook trillen van boosheid of verontwaardiging. Van jongs af aan had ze geleerd om er goed naar te luisteren. Niet alleen naar de woorden, maar ook naar het ritme en de klank, daardoor weet ze altijd hoe haar moeder zich voelt als ze herinneringen ophaalt. Soms, volkomen onverwachts, herleeft ze het verleden, alsof alle muren van het huis stemmen hebben die haar dwingen te luisteren naar verhalen van vroeger.

Soms zijn de herinneringen die haar moeder vertelt vrolijk, dan ligt ze met haar broertjes in een deuk om de grappige verhalen en dan loopt haar moeder de hele dag zingend door het huis. Soms zijn de verhalen zo verdrietig dat de verstikkende angst van lang geleden ook haar grijpt, zodat haar hart er sneller van gaat kloppen. Ze probeert dat gevoel te verdringen en ze merkt dat haar moeder hetzelfde doet. Charlotte weet uit ervaring dat er meer pijnlijke herinneringen bij haar moeder boven zullen komen, vooral als ze er te lang aan blijft denken. Daarom luistert Charlotte alleen naar wat haar moeder vertelt en stelt ze verder geen moeilijke vragen. Ze kan het verleden toch niet meer veranderen, maar ze voelt intuïtief dat die herinneringen haar moeder al jaren in hun greep houden en haar pijn doen.

Ze heeft het gevoel dat er in dit huis veel dingen gebeurd zijn waar zij niets van af weet. Ze is er gevoelig voor, vooral als haar moeder zwijgend door het huis loopt of in de keuken op een stoel naast de oude potkachel voor zich uit zit te staren. Gelukkig komt dat niet vaak voor en als het wel gebeurt gaat hun vader, Job, altijd wat leuks met hen doen. Dan gaan ze naar het Centraal Museum in de Agnietenstraat of naar de speeltuin, waar Felix en Tom kunnen klauteren en klimmen. Hij gaat dan met haar op een bank zitten, om te praten over school of over andere dingen waar ze mee zit. Ze probeert hem uit te horen over vroeger, maar ze merkt dat hij dan meteen op zijn hoede is en snel van onderwerp verandert.

Charlotte kijkt op haar horloge. Nog een kwartier, dan zijn Felix en Tom thuis en dan galmt het huis van de kinderstemmen. Ze nemen vaak vriendjes mee, die van de trapleuningen afglijden en stoeien in de tuin.

Charlotte kijkt rond in de keuken naar het versleten

granieten aanrecht met daaronder de kastjes met koperen grepen. Naar de oude potkachel, waarin haar overgrootmoeder, weet ze uit de verhalen, altijd in de smeulende kolen pookte, zodat het vuur oplaaide en omhoog dwarrelende vonkjes gaatjes schroeiden in het rood-wit geblokte valletje erboven. Ze ziet de oude glazen kopjeskast met de nis waarin vroeger de kat van haar moeder lag te slapen. De tegels op de vloer zijn grauw en onder de tafel is er één gebarsten. Bij haar vriendinnen hebben ze thuis mooie moderne keukens, maar haar moeder wil niets veranderen. Alles moet blijven zoals het in haar jeugd was, want ook zij is opgegroeid in het oude familiehuis. Toen ze dat aan haar vriendinnen uitlegde, begrepen ze het gelukkig wel.

'Juist knus, zo'n oude keuken,' zei Alice haar hartsvriendin.

Charlottes ouders kennen elkaar al vanaf dat ze kind waren. Ze speelden samen in het park Onder de Linden, waar Felix en Tom ook altijd te vinden zijn.

Toen haar ouders trouwden en ze een klein kamertje in een bovenhuis hadden gehuurd om samen te zijn, stond het huis al een tijdje leeg. Het was oud en verwaarloosd, want haar overgrootvader had er na de dood van haar overgrootmoeder Louise niets meer aan gedaan. Na zijn dood bleek dat hij het huis aan zijn kleindochter had nagelaten. Charlottes moeder had vaak verteld hoe verrast ze waren, want tijdens zijn leven kon haar grootvader nog geen dubbeltje missen voor een ijsje en nu liet hij haar nota bene zijn huis na.

Daan, de oudste oom waarmee haar moeder was opgegroeid, had hen geholpen om het op te knappen.

'Het ligt op een mooi punt, hier aan de Nieuwe Gracht. Jullie zullen er gelukkig zijn en als er kinderen komen kunnen ze, net als Job en jij vroeger, in het park spelen.'

'En in de toekomst zal het meer waard zijn dan nu,' had haar oom Koen, net als haar grootvader altijd op de penning, eraan toegevoegd.

Charlotte glimlacht in zichzelf als ze denkt aan de verhalen die haar moeder vertelde over het begin van hun huwelijk. Wekenlang brachten ze al hun vrije tijd in het huis door. De armaturen van de plafonds werden bijgewerkt en gewit, deuren werden geverfd en kapotte glas-in-loodraampjes werden vervangen. Boven had haar vader een mooie badkamer gemaakt, maar in de keuken veranderden ze niets.

Charlotte had wel eens geroepen dat ze nodig een nieuwe moesten, maar haar moeder en zelfs haar vader Job hadden verontwaardigd gereageerd.

'Je weet toch, dat onze jeugd zich hier afspeelde,' zei haar moeder. 'Hier hebben we met mijn grootmoeder Louise spelletjes gedaan, geknutseld en samen ruzie gemaakt en hier vertelde ze me alle verhalen over vroeger. Nee, die keuken blijft zoals hij is.'

'En toen kregen we jou! Wat waren we gelukkig,' ging haar vader verder. 'Je was een prachtige baby met donker haar en sprekende ogen en later kwamen Felix en Tom. We zijn heel gelukkig met dit huis en met jullie!'

Hij had haar vastgepakt en een wilde rondedans door

de keuken gemaakt, waarbij de pannen op de plank boven het fornuis rammelden en Felix en Tom hun best deden om nog meer lawaai te maken.

Het verhaal over haar geboorte heeft ze vaak gehoord van haar oma Rebecca, de moeder van haar vader. Nadat haar moeder de hele nacht weeën had gehad, was Charlotte eindelijk geboren. De verloskundige had haar in een dekentje gewikkeld en haar vader was snel naar zijn moeder, een paar huizen verderop, gerend om het goede nieuws te vertellen.

Ze was heel blij met haar eerste kleinkind en ze vond dat Charlotte sprekend op haar leek.

Haar oma was al een tijdje weduwe. Haar man Simon, Charlottes opa, was bij een ongeval om het leven gekomen nog voor haar ouders trouwden. Charlotte had haar opa dus nooit gekend, maar haar geboorte was voor oma Rebecca een wonder. Ze straalde. Helaas kreeg ze na een paar weken een terugval, omdat ze het zo erg vond dat haar man niet van zijn kleindochter kon genieten. Ze miste hem heel erg en daar werd ze soms een beetje depressief van. Ze hielp met de verzorging van de baby en Charlottes eerste lachje was voor oma Rebecca. Ze hebben ook nu nog een sterke band.

De ouders van haar moeder heeft Charlotte nooit gekend. Ze weet dat haar moeder al van jongs af aan is grootgebracht door haar grootouders, samen met haar ooms Daan en Koen die nu in Canada wonen.

Maar wat er met haar opa en oma is gebeurd weet ze niet. Er wordt nooit over gepraat en ze durft er ook niet meer naar te vragen.

Charlotte schrikt als de koperen deurbel door de gang klingelt. Is het al zo laat? Ze heeft haar tijd weer zitten verdromen. Ze staat op en loopt door de gang naar de voordeur. Tom, haar jongste broertje is vooruit gerend en stormt naar binnen.

'Schoenen uit!' roept Charlotte, maar hij hoort haar niet, loopt door en laat een spoor van modder achter.

2

Felix is boos. Hij wilde een vriendje mee naar huis nemen, maar vandaag mocht het niet. Hij zit te mokken
boven zijn boterham, maar zijn moeder doet net of ze
niets ziet en knipoogt naar Charlotte, die haar wenkbrauwen optrekt en naar haar broertje kijkt.
'En je zegt altijd: Hoe meer zielen, hoe meer vreugd,'
moppert hij.
Elise lacht. 'Ja, dat zei mijn grootmoeder Louise ook
altijd en mij maakt een kind meer of minder dat komt
spelen ook niet uit.' Ze legt zacht haar hand op Felix'
arm.
'Maar ik was van plan om na het eten naar het ziekenhuis te gaan. Oma Rebecca heeft schone pyjama's nodig. Ze vind het fijn als we komen, dat weet je toch!'
'Mag er als we thuis zijn dan nog een vriendje bij me
spelen?'
'Tuurlijk, eet eerst je boterham maar op.'
'Gaat Charlotte ook mee?'
'Heb je je huiswerk al af?' vraagt haar moeder.
'Bijna, ik moet alleen nog een opstel maken, maar dat

is zo gepiept. Dat kan wel als we terug zijn.'

Na een korte autorit komen ze aan bij het ziekenhuis. In de hal kopen ze een bosje fresia's, de lievelingsbloemen van hun oma. Met zijn vieren lopen ze door de brede gangen van het ziekenhuis. Felix en Tom gaan voorop. Ze zijn vaker bij oma Rebecca op bezoek geweest en weten de weg. Ze ligt alleen op een kamer aan de zuidkant van het ziekenhuis, met uitzicht over een binnentuin. Na de operatie, waarbij haar linkerborst werd afgezet en ze bestraald werd, was ze te ziek om op zaal te liggen. Later, toen ze opknapte en gezelschap haar goed zou doen, reden ze haar met bed en al naar een vierpersoonszaaltje. Maar ze snurkte 's nachts zo hard, dat ze de andere patiënten uit de slaap hield en de zusters haar maar weer naar het kamertje verhuisden.

Als ze de kamer binnen komen ligt oma Rebecca uit het raam te kijken. In dat grote ziekenhuisbed ziet ze er klein en breekbaar uit. Ze is blij als ze haar schoondochter en kleinkinderen ziet en strekt haar armen uit ter begroeting.

Charlotte wordt bij ieder bezoek pijnlijk getroffen door de platte linkerkant onder haar dunne pyjamajasje. Nadat de artsen ontdekt hadden dat daarin een kankergezwel woekerde, moest de borst zo snel mogelijk verwijderd worden. Toen ze een keer alleen met haar moeder op bezoek was, had ze hen het litteken laten zien. Het was rood en ruw, huid met slordige steken frommelig bij elkaar getrokken. Ze waren er alle twee van geschrokken, maar oma Rebecca had geglimlacht en gezegd: 'Nog een paar bestralingen, dan ben ik genezen!'

Charlotte hoopt dat ze gelijk heeft. Ze heeft maar één grootouder. Ze wil niet dat ze doodgaat, ook al is ze oud en kwetsbaar. Uit de verhalen van haar moeder weet ze dat ze vroeger ook al snel in de war en depressief was, maar ze kwam er altijd weer bovenop met hulp van Charlottes overgrootmoeder Louise.

Die liet in de oorlog Joodse kinderen in haar grote huis onderduiken en ze zorgde voor hen, alsof het haar eigen kinderen waren. Oma Rebecca was een van hen, net als opa Simon, een jongen die bij haar op school zat.

Ze kenden elkaar omdat hun ouders bevriend waren. Ze waren de oudsten van de onderduikers en gaven de jongere kinderen les in de werfkelder aan de gracht. Na de oorlog trouwden ze. Het was een sobere bruiloft, want ze hadden geen geld, maar ze waren gelukkig en blij dat de oorlog eindelijk voorbij was. Ze hadden het overleefd! Maar het verdriet om het verlies van hun beide ouders bleef, ze waren verraden door landgenoten. Door de Duitse bezetter zijn ze toen op transport gesteld. Lang hoopten ze dat ze terug zouden komen, maar dat gebeurde niet en het gemis bleef hun hele leven knagen. Jarenlang stond de werfkelder leeg. Na de oorlog hoefden ondergedoken kinderen zich er niet langer schuil te houden en Charlottes moeder vertelde dat haar ooms er vaak feestjes organiseerden, maar die stopten toen ze trouwden.

Charlottes moeder heeft de kelder nog een tijdje als

atelier gebruikt. Ze herinnerde zich dat het er vooral in de zomers fijn was, als de deuren naar de gracht openstonden. Het water van de gracht schitterde en de zon scheen naar binnen. Haar vader had er een zandbak neergezet en daar bakte Charlotte taartjes, maar dat was afgelopen toen Felix en Tom werden geboren.

'Pas als die kleintjes kunnen zwemmen mogen jullie er weer spelen,' had haar vader gezegd. Het kwam er niet meer van, want haar moeder was altijd druk. Ze had geen tijd meer om te schilderen.

'Weet je wat de dokter vanmorgen zei?' Oma Rebecca kijkt hen glunderend aan. 'Als ik hulp kan regelen mag ik aan het eind van de week naar huis.'

'Dat is fijn! Je ligt al zo lang in het ziekenhuis,' zegt Charlottes moeder opgelucht en ook Charlotte knikt blij.

'Ga je ons dan weer voorlezen, oma?' vraagt Tom, 'en met ons knutselen?'

'Zeker weten!' zegt ze. 'De dokter wil je spreken,' zegt ze tegen haar schoondochter. 'Hij is om halfdrie op de afdeling.'

Het bezoekuur is eigenlijk al afgelopen, maar Felix en Tom zijn rustig, dus ze kunnen nog wel even op de dokter wachten. Ze zijn allemaal gek op hun grootmoeder. Ze heeft altijd wel wat lekkers voor ze en ze vertelt grappige verhalen over vroeger, maar nu is ze daar nog te moe voor. Felix laat haar zijn voetbalplaatjes zien en Tom vertelt trots dat hij tijdens de gymles tot bovenin het wandrek is geklauterd en dat hij een tien had voor zijn sommen.

Charlottes moeder wrijft zacht over de arm van haar schoonmoeder en kijkt haar bezorgd aan.

Charlotte zegt niet veel. Haar oma ziet er slecht uit, met blauwe randen onder haar ogen en haar huid lijkt wel doorschijnend. Het is fijn dat ze eindelijk naar huis mag, maar kan dat eigenlijk wel?

'Mam, mag ik straks mee als je met de dokter gaat praten?' vraagt ze. Uit het nachtkastje pakt ze een paar stripboeken die daar altijd klaarliggen. 'Felix en Tom kunnen wel even lezen, dan kan oma Rebecca een dutje doen.'

De arts, een vriendelijke man met een open gezicht, neemt Elise en Charlotte mee naar een kleine kamer om rustig te praten.

'Ze heeft de operatie goed doorstaan,' begint hij. 'We hebben gelukkig geen uitzaaiingen gevonden. Ook de lymfeklieren zijn schoon, maar voor de zekerheid gaan we nog even door met de bestralingen.'

'Ze zei tegen ons dat ze naar huis mocht.'

'Alleen als er iemand is die voor haar kan zorgen. Ik heb begrepen dat ze al lang weduwe is. Bent u haar dochter?' vraagt hij aan Elise.

'Schoondochter. Ze heeft nog een dochter, maar die woont in New York.'

'Ze moet in de gaten worden gehouden en ze heeft hulp nodig.'

'Ik kan helpen,' zegt Charlotte. 'Ik kan voor haar stofzuigen, de was strijken en boodschappen doen.'

'Ik denk dat jij je oma goed kunt helpen, maar oude mensen herstellen langzaam, vooral als ze zich eenzaam voelen. Het lijkt me echt te zwaar voor je. Ze heeft meer hulp nodig en jij moet naar school.'

'Hoe vaak moet ze nog bestraald worden?' vraagt Charlottes moeder aan de arts.

'Nog vijf keer, om de dag een minuut.'

'Kan ze dan niet beter in het ziekenhuis blijven?' vraagt Charlottes moeder. 'Dat heen en weer reizen lijkt me zo vermoeiend voor haar.'

'Hè, nee, mam. Oma wil naar huis. Ik kan je met alles helpen,' protesteert Charlotte.

De dokter schudt zijn hoofd. 'Ze wil graag naar huis, dat heeft ze al een paar keer gemeld. Ze verlangt naar haar eigen bed en spulletjes en in het ziekenhuis kwijnt ze weg. In een vertrouwde omgeving zal ze sneller opknappen.'

Charlotte bijt op haar lip. Ze ziet het al voor zich. Oma Rebecca alleen in dat grote huis, waar ze al sinds haar huwelijk woont. Haar vader had haar verteld dat ze in zijn jeugd alleen de kamers op de eerste verdieping bewoonden, temidden van luidruchtige studenten, en later met steeds een kamer erbij als er weer een student vertrok.

Het lijkt alsof Elise haar gedachten leest.

'Ze woont sinds de dood van haar man al jaren alleen. Ze is zo zwak, hoe moet ze 's avonds de trap op komen?' zegt ze zorgelijk tegen de arts.

'Ik laat haar pas gaan als u een oplossing heeft. Denkt u er maar rustig over na, dan hoor ik het wel.'

De arts staat op, pakt wat papieren van zijn bureau en loopt naar de deur.

'De meeste mensen vinden een oplossing, dat lukt u ook!' Hij geeft hen een hand en een bemoedigend klopje op de schouder.

Tijdens het avondeten vertelt Charlottes moeder aan haar vader wat de dokter heeft gezegd.

'Ze kan niet alleen zijn. Ze moet verzorgd worden en heeft de hele dag iemand nodig die haar in de gaten houdt.'

'Ik wil helpen,' roept Charlotte. 'Ik kan best na schooltijd oma's huis schoonhouden.'

'Ik kan goed ramen lappen,' zegt Felix.

'Lekker spetteren!' helpt Tom.

'Ja, daar zit oma op te wachten.' Charlotte trekt een verontwaardigd gezicht. Die jongens hebben altijd van die stomme ideeën. Zij wil oma Rebecca helpen en daar heeft ze die twee lastpakken niet bij nodig.

Haar vader legt zijn vork en mes neer en wrijft met een moedeloos gebaar over zijn voorhoofd.

'Natuurlijk kunnen we helpen met het huishouden en de was en zo, maar Elise, zie je jezelf al iedere dag met een pannetje eten over de gracht lopen? We moeten wat anders verzinnen. Ik kan één dag in de week vrij nemen op een van de dagen dat jij lesgeeft. Ik wil niet dat je daarmee stopt, daarvoor vind je het veel te leuk.'

'Dat hoeft ook niet. Ik geef alleen op donderdag les aan brugklassers en vrijdag aan tweede klassen. Als jij een dag vrij neemt kun je voor je moeder zorgen en we vinden vast nog wel iemand die haar een dagje wil helpen.' Ze staart nadenkend voor zich uit.

'Maar wat vinden jullie ervan als we haar in huis nemen? We kunnen de zijkamer naast de voordeur voor haar inrichten. Het is er zonnig en ze heeft uitzicht over de gracht.'

'Komt oma Rebecca bij ons wonen?' roepen Felix en Tom tegelijkertijd. 'Fijn, dan gaat ze lekker spelletjes met ons doen en ons voorlezen.'

'Daar heeft ze echt geen fut voor,' wijst Charlotte haar broertjes terecht.

Job fronst zijn wenkbrauwen. 'Het oude hoedenatelier van grootmoeder Louise, waar nu de fietsen staan? Weet je het zeker?'

Felix en Tom springen enthousiast van hun stoel, maar Charlotte beseft dat er in dat kamertje veel is gebeurd. Ze weet het door de verhalen van haar moeder. Haar overgrootmoeder Louise maakte er vroeger hoedjes voor jonge dames uit de betere kringen, die hun hart bij haar uitstortten als ze liefdesverdriet hadden. Maar later heeft er ook het bed gestaan waarin ze stierf. Ook oma Rebecca zal er sterven en voor haar ouders zullen er pijnlijke herinneringen bovenkomen, waar ze liever niet meer aan willen denken. Maar het is wel een goede oplossing.

'Zou ze het willen?' Elise kijkt vragend de kring rond.

'Daar zeg je wat. Ze zal ons niet tot last willen zijn en waar moeten we al haar meubels laten?'

'We bellen het Leger des Heils. Ze zijn blij met oude spullen, er zijn altijd mensen die nog wat kunnen gebruiken en het huis zetten we te koop als ze het goed vindt.'

Nog diezelfde avond gaat hun vader naar zijn moeder

in het ziekenhuis om het plan te bespreken. Felix en Tom moeten in bad en naar bed, maar Charlotte mag mee.

Tot haar opluchting en die van haar vader vindt oma Rebecca het een geweldig idee.

'Dan ben ik meteen niet meer zo alleen,' zegt ze terwijl ze Charlottes hand pakt, 'en dan zie ik mijn kleinkinderen vaker!'

3

De volgende dag gaat Charlottes moeder meteen aan de slag om de zijkamer voor oma Rebecca in orde te maken. Er vallen door ziekte een paar lesuren uit, dus Charlotte kan mooi helpen. De kamer is lang als opslagplaats gebruikt. Alles wat ze kwijt wilden zetten ze er neer. Fietsen, de step van Tom, dozen met speelgoed, een vogelkooi, rolschaatsen, een inklapbaar logeerbed en een gammele leunstoel die haar vader per se niet weg wilde doen omdat hij zo lekker zit.

In de keuken, als ze een emmer sop maken, moppert Charlottes moeder dat het stom was om in de loop der jaren zoveel troep te bewaren.

Charlotte staat naast haar en ziet de frons in haar voorhoofd en haar ogen die in de verte staren, maar niets zien. Ze voelt altijd intuïtief aan wanneer haar moeder piekert over wat er in het verleden is gebeurd.

Haar hart is ook stoffig, denkt Charlotte. Het bestaat uit rommelige kamers waar spoken uit het verleden wonen. Maakte ze dat ook maar eens schoon, dan zou ze zich beter voelen en meer tijd hebben om leuke dingen te doen. Haar moeder wrijft een lok haar uit haar ogen, alsof ze haar gedachten weg wil vegen. Gelukkig lacht ze even later weer.

Na een tijdje hard werken krijgen ze het warm. Ze zetten de ramen open. Frisse lucht stroomt naar binnen. De knoppen in de kastanjebomen langs de gracht worden al dikker. Vogels fluiten en de lucht is blauw. Als ze niet beter wisten, zouden ze denken dat het al voorjaar was. Maar 's nachts vriest het nog en op de slaapkamers, waar de verwarming altijd uit is, stonden van de week 's morgens ijsbloemen op de ramen. Felix en Tom bekeken ze met bewondering, zoiets moois hadden ze nog nooit gezien.

Charlotte opent de kast die tegen de zijmuur staat. Ze hebben er al jaren niet ingekeken en ze is nieuwsgierig wat erin zit. Het slot knarst als ze de sleutel omdraait. Ze kijkt verbaasd naar de dozen met stoffen en lintjes.

'Waarvoor gebruikte je die?' vraagt ze.

'Daar maakte mijn grootmoeder Louise vroeger hoedjes van, dat heb ik je toch wel eens verteld. Ze maakte ze voor een trouwerij of begrafenis of om zomaar mee te flaneren door de stad.'

Charlotte laat de zachte organza, de zijde en het fijne gaas voor voiles door haar handen glijden. In een andere doos zitten diverse soorten stro.

'Wat deed ze daar mee?'

'Dat is stro gemaakt van bananenvezel, daar maakte ze lichte zomerhoeden van. Het rafelde ontzettend. Maar je kon er heel mooie bloemen en vlinders van maken en daar heb ik haar toen ik klein was vaak mee geholpen.'

Naast de dozen staan houten bollen die als basis voor de hoeden gebruikt werden en speciaal gereedschap.
'Hoe kwam je grootmoeder Louise nou op het idee om hoeden te gaan maken?' vraagt Charlotte.
Ze gaan even zitten om uit te puffen. Charlottes moeder begint te glimlachen als ze eraan terugdenkt. Aan haar reactie merkt Charlotte dat er nu een grappig verhaal komt. Ze zit op de grond, trekt haar knieën op en slaat haar armen eromheen.
'Grootmoeder Louise had een vriendin, Dora,' begint haar moeder. 'Die had een hoedenwinkeltje in de Bakkerstraat. Op een morgen stond ze met haar fiets en een stapel dozen op de stoep. Ze zette haar fiets tegen het ijzeren hek bij de voordeur, droeg de dozen naar binnen en stapelde ze op tegen de muur in de gang. Ik was met grootmoeder Louise zilver aan het poetsen in de keuken, maar ze schoof het zilveren servies aan de kant, zette thee en luisterde naar Dora's plan. Ze vertelde, terwijl ze een hand op mijn grootmoeders arm legde, dat ze stopte met haar winkeltje om bij haar zus in Groningen te gaan wonen. En ze vond hoedjes maken net iets voor mijn grootmoeder.'
Charlotte schiet in de lach om het gezicht dat haar moeder trekt. Uit de verhalen weet ze dat haar overgrootmoeder Louise hield van poetsen en boenen, van spetteren met groene zeep en van ramen lappen tot ze glinsterden in de zon. Het was niet zo'n type om met engelengeduld hoedjes van ragfijne zijde en veren te maken.
'Ze keek met een rimpel in haar voorhoofd naar haar

vriendin,' gaat haar moeder verder, 'die ratelde maar door en riep: "Je kunt het best leren en je kleindochter is al negen. Zij kan hoedjes tekenen en die maak je gewoon na en ze kan ook helpen met de garnering." Ik was meteen enthousiast, maar mijn grootmoeder bleef aarzelen, maar Dora gaf niet op. Ze zou pas over zes weken vertrekken en ze zou een paar keer in de week komen om haar voor te doen hoe het moest. Ze zei ook: "Louise, je kunt er een leuk zakcentje mee verdienen!" Die opmerking gaf de doorslag, want mijn grootmoeder Louise moest ieder dubbeltje omdraaien en had nooit geld voor zichzelf. Dus ze besloot het te proberen en Dora zoende haar van blijdschap.'

'En toen hebben jullie de zijkamer als hoedenatelier ingericht!' zegt Charlotte grinnikend.

'De twee vriendinnen sleepten de oude trapnaaimachine van zolder naar beneden. Op advies van Dora zette ze ook twee stoelen en een tafel in de kamer om de klanten te ontvangen. Dora haalde de spullen uit de dozen en zette ze in de kast. Ik weet nog dat mijn anders zo kordate grootmoeder onwennig heen en weer liep. Maar het enthousiasme van Dora werkte aanstekelijk en aan het eind van de middag stonden alle spullen die ze nodig had om hoedjes te maken in de zijkamer. Door die twee grote ramen aan de kant van de gracht was het een heel licht atelier.'

'En lukte het met die hoedjes? Heb je echt geholpen?'

'Ja hoor, al was mijn eerste actie niet zo'n succes. Ik had op een stuk behangselpapier met grote letters: NAAI-FABRIEK gezet, versierd met bloemen en vlinders en

aan de buitenkant op de deur geplakt. Maar mijn ooms Daan en Koen, die toen nog thuis bij hun moeder woonden, lachten me uit. "Naaifabriek, Elise?" riep Koen, de grootste plaaggeest. "Dat is toch niets voor een net meisje zoals jij? Wat zullen de mensen daar wel niet van denken? Worden het jongetjes of meisjes?"'
Charlotte schiet in de lach.

'Hoeden natuurlijk, riep ik kwaad, want ik begreep hun grap niet, maar mijn grootmoeder Louise vond het toch beter dat ik de tekening eraf haalde.'

'En Dora kwam een paar keer in de week om jullie voor te doen hoe je bloemen en vlinders moest maken?'

'Ja, dat vond ik leuk. We gebruikten meeldraadjes en stampertjes van zijde en gitzwarte of parelmoeren kraaltjes voor de garnering. Ik zou echt niet meer weten hoe het moet, maar als ik mijn ogen dichtdoe, zie ik al die hoedjes hier weer netjes op een rij staan.'

'Hebben jullie nog wat verkocht?'

Haar moeders ogen glinsteren als ze eraan terugdenkt.

'De eerste durfden we aan niemand te verkopen, maar de rest kon er best mee door.' Ze grinnikt. 'Ik herinner me dat we dagenlang op een klant wachtten en dat ik iedere keer als de bel ging haastig naar de voordeur rende.'

'Wie was de eerste klant?'

'Op een dag stond freule Mathilde van Meurs tot Beusichem op de stoep. Ik had wel eens foto's van haar in de krant gezien en vond haar in haar feestelijke cocktailjurken erg mooi, maar in het echt was ze nog knapper. Ze had een rond poppengezichtje, blonde krullen, fijne wenkbrauwen, lange donkere wimpers en ogen zo blauw als vergeet-mij-nietjes. Ze zag er teer en kwetsbaar uit en dat was ze ook, dat begreep ik uit de verhalen die ze mijn grootmoeder en mij vertelde als ze een hoedje kwam passen.'

'Leeft ze nog?'

'Ja, maar ze is al oud en woont nog steeds op dat landgoed aan de rand van de stad. Toen mijn grootmoeder Louise stierf werden er geen hoedjes meer gemaakt. Ik was een jaar of twaalf en ik kon het niet alleen.'

De deur van de zijkamer gaat open en Charlottes vader steekt zijn hoofd om de hoek. Ze kijken verschrikt op hun horloge.

'We hebben nota bene een half uur zitten kletsen,' zegt Charlottes moeder.

'Ik dacht al dat jullie hier waren. Ik heb vanmiddag vrij genomen en kom net uit het ziekenhuis. Mama is blij dat ze bij ons kan wonen. Ze heeft een lijst gemaakt van de spullen die we uit haar huis moeten halen en ze wil graag dat we haar eigen bed hier zetten.'

Charlotte leest over haar moeders schouder mee. Bovenaan staan kleren en pantoffels. Dan volgt de trouwfoto die op haar nachtkastje staat, het schilderij van een bosgezicht, haar stoeltje naast de open haard, haar eigen bed, een nachtkastje en nog wat spulletjes om de kamer gezellig te maken.

'We kunnen alles kwijt. Deze kamer is ruim genoeg, maar ik hoop niet dat ze nog meer meubels mee wil nemen, want dan wordt het te krap. Ik vertelde Charlotte over vroeger,' zegt ze, wijzend naar de dozen met satijn en zijde.

'Ja, ik herinner me nog dat jullie zo druk met die hoedjes waren, bijna fanatiek en ik mocht nooit meehelpen.' Hij trekt een komisch sip gezicht alsof het hem nu nog raakt, maar er verschijnen lachrimpeltjes rond zijn ogen.

Charlottes moeder geeft hem plagerig een duwtje. 'Wij zijn hier nog niet klaar. Wil je die oude leunstoel echt bewaren? De mot zit in de bekleding.'

'Ach, die stoel is nog van opa Hoogendoorn geweest. Hij heeft ook nog een tijdje in deze kamer gelogeerd. Van mij mag ie naar het afvalscheidingstation, anders vliegen die motten straks door het hele huis.'

Job zet de stoel in de gang bij de andere spullen die weg kunnen en Charlotte zeemt nog snel even de ramen. Als ze klaar zijn kijken ze tevreden rond. De kamer is schoon en fris. Met haar eigen spullen zal oma Rebecca het hier zeker naar haar zin hebben.

'Ik ga stof voor nieuwe gordijnen kopen,' zegt haar moeder. 'Ik krijg ze nog wel af voordat Rebecca naar huis mag.'

'Je hebt goed geholpen, Charlotte.' Haar vader kijkt peinzend rond in de nu lege kamer.

'Als de muren konden praten, dan zouden we heel wat verhalen te horen krijgen. Mijn ouders zaten hier ondergedoken in de oorlog.' Hij kijkt Charlottes moeder aan. 'Jij hebt hier van jongs af aan gewoond. Charlotte werd hier geboren en Felix en Tom glijden van de trapleuningen af, net als wij vroeger.'

Hij werpt een blik op zijn horloge. 'Het is al bijna drie uur. Ik ga de jongens uit school halen en neem ze even mee om die spullen naar het afvalscheidingstation te brengen. Dat zullen ze leuk vinden en dan zijn wij die troep kwijt. Jullie zien er moe uit, zullen we een hapje in de stad gaan eten? Morgen moet je lesgeven en misschien kunnen we vanavond al wat spullen uit mama's huis halen en hier neerzetten.'

'Soms praten de muren echt, weet je dat?' zegt Charlottes moeder peinzend tegen haar vader. 'Als ik mijn ogen dichtdoe, dan hoor ik de stem van mijn grootmoeder Louise weerkaatsen in de gang. Dan zie ik haar bij de knetterende potkachel in de keuken zitten, terwijl ze aardappelen schilt om frietjes te bakken, dan ruik ik zelfs de kippensoep die ze op vrijdag kookte als ze wist dat er bezoek zou komen.'

Charlotte luistert stil. Ze weet dat de band tussen haar ouders bijzonder is. Het komt vast niet vaak voor dat mensen van jongs af aan al wisten dat ze bij elkaar hoorden.

Over het gezicht van haar moeder trekt een schaduw. Het is wonderlijk hoe snel haar stemming kan wisselen. Soms heel even, op zo'n moment als dit, voelt Charlotte zich buitengesloten. Haar vader legt een hand op haar moeders schouder. Hij weet wat er door haar heen gaat, maar ze praten er nooit over.

4

Het is een sombere dag, af en toe schijnt de zon even tussen de wolken door. De wind is guur en Charlotte heeft moeite om er tegenin te fietsen. Het is niet ver naar de middelbare school waar ze in de brugklas zit. Soms fietst ze met haar moeder op of ze gaan met de auto, maar vandaag had haar moeder een voorbespreking en ging ze eerder de deur uit.

Charlotte zet haar oude karretje in een van de rekken en wacht op haar vriendin Alice die ook net haar fiets wegzet. Voor hen loopt de wiskundeleraar, Sjoerd van Dongen. Hij lijkt net een jongen uit de hoogste klas. Hij ziet er hip uit in zijn spijkerbroek en overhemd met opgestroopte mouwen. Zijn haar is een slordige ragebol, alsof hij het iedere morgen vergeet te kammen. Alle meisjes in haar klas zijn een beetje verliefd op hem. Hij legt moeilijke sommen met veel geduld uit en hij kan tegen een grapje. De laatste tijd zit hij vaak te gapen voor de klas. Hij heeft pas een dochtertje gekregen en komt veel slaap te kort. Er hoeft er maar één te vragen: 'Meneer hoe is het met de baby?', dan komen de verhalen. Ze eindigen altijd met: 'Jongens, als ik in slaap val, schud me dan alsjeblieft wakker, want anders krijg ik vast mijn ontslag. En ik denk niet dat jullie me kunnen missen.'

De hele klas begint dan te loeien, maar een minuut later zijn ze allemaal aan het werk, want hij heeft de wind er goed onder.

In de hal van de school is het een druk geroezemoes van stemmen. Groepjes leerlingen staan bij elkaar, meisjes kammen hun haar voor hun geopende lockers. Sommigen hebben rode wangen van de fietstocht in de kou. Aan de andere kant van de hal ziet Charlotte haar moeder staan. Leerlingen klampen haar aan, ze luistert geduldig. In een hoek van de aula voeren jongens een gesprek waarbij de emoties hoog oplopen. Charlotte kan niet verstaan waar het over gaat, maar het zijn twee jongens uit haar klas. Ze staan als kemphanen tegenover elkaar. Xaveer, met zijn familie gevlucht voor het oorlogsgeweld in Afghanistan, en Mo, een Marokkaanse jongen, geboren in Nederland. Ze schelden, schreeuwen en duwen elkaar met hun schouders. Leerlingen staan in een kring om hen heen. Ze joelen en lachen, jutten hen op. Plotseling neemt Mo Xaveer in een judogreep. Hij valt met zijn hoofd op de grond. Even blijft hij liggen, dan schiet hij overeind met een van haat vertrokken gezicht. Mo probeert zijn aanval te ontwijken, maar er ontstaat een vechtpartij waarbij de jongens elkaar slaan en schoppen waar ze maar kunnen. De groep leerlingen deinst verschrikt achteruit. Een jongen uit een hogere klas probeert hen te scheiden, maar Mo geeft hem met zijn elleboog een stomp in zijn maag zodat hij ineenkrimpt van pijn. Charlotte staat aan de grond genageld. Waar zijn de conciërges die de orde moeten handhaven? Wat moeten ze doen? Gelukkig ziet ze dat haar moeder Sjoerd van Dongen, die bij de koffieautomaat staat, waarschuwt en samen rennen ze naar het opstootje.

De wiskundeleraar is een hoofd groter dan de twee vechtende jongens. Hij grijpt hen elk bij een arm. Even kalmeren ze, maar dan ontsteekt Xaveer in blinde woede. Hij worstelt zich los, schopt de leraar, in een flits ziet Charlotte een mes en tot haar verbijstering zakt Van Dongen in elkaar. Hij kijkt een ogenblik verbaasd om zich heen, verliest dan het bewustzijn. Bloed kleurt zijn overhemd rood. De vlek wordt snel groter.

'Bel een ambulance, haal de rector en een conciërge,' roept Charlottes moeder. Een paar meisjes rennen weg om hulp te halen. Haar moeder knielt op de grond naast de leraar. Ze trekt haar trui uit, en legt die dubbelgevouwen onder zijn hoofd.

Ze fluistert iets, maar dat kan Charlotte niet verstaan. Heel even kijkt ze Charlotte aan die snel een schone badhanddoek uit haar gymtas pakt en aan haar moeder geeft. 'Hier mam, om het bloeden te stelpen.' Ze pakt de handdoek aan en duwt hem tegen de wond. Het helpt een beetje.

Charlotte vraagt zich af of het haar moeders schuld is. Als ze de leraar er niet bij had geroepen, was dit niet gebeurd. Lag dan misschien een van de jongens hier? Ze is bang, maar ook trots op haar moeder omdat ze zo kordaat handelt.

Een conciërge dirigeert de leerlingen, die de bel voor het eerste lesuur genegeerd hebben, naar hun klaslokaal. Ze verspreiden zich, zacht pratend, terneergeslagen. Charlotte blijft met Alice nog even wachten. Haar moeder ziet er ontredderd uit met bloed op haar schone witte blouse en handen.

Koos Harting, de rector, gebaart dat de twee kemphanen zich straks bij hem moeten melden en hij geeft een conciërge opdracht de twee in een aparte kamer te zetten en in de gaten te houden tot hij terug is.

'Ik blijf hier tot de ambulance er is. Gaan jullie ook maar naar de les,' zegt hij tegen Charlotte en Alice als hij hun bezorgde gezichten ziet.

'Onze klas zou nu Frans van mijn moeder hebben,' zegt Charlotte. Haar stem klinkt schor, alsof een onzichtbare vijand haar keel dichtknijpt.

'Die les gaat niet door, zeg maar tegen je klasgenoten dat jullie vast je huiswerk voor morgen moeten gaan maken.'

Met tegenzin lopen Charlotte en Alice de trap op naar boven.

'Het ziet er niet goed uit,' horen ze de rector nog zeggen.

'Hoe vertellen we dit aan zijn vrouw? Ze hebben net een baby gekregen,' fluistert haar moeder.

Gelukkig klinkt in de verte de sirene van de ambulance al en binnen een paar minuten ligt hun wiskundeleraar op de brancard. Charlotte en Alice volgen alles boven aan de trap.

'Hij is nog steeds bewusteloos,' fluistert Alice. 'Als hij maar niet doodgaat.'

Die laatste opmerking bezorgt Charlotte een koude rilling. Ze moet er niet aan denken. Hij is nog jong, pas twee jaar getrouwd. Hoe moet dat dan met zijn pasgeboren baby?

'Ik ga mee naar het ziekenhuis,' hoort ze haar moeder tegen de broeders zeggen. 'Als hij bijkomt moet hij een bekend gezicht zien.'

'Ik haal zijn vrouw op en breng haar naar het ziekenhuis. Daarna zal ik eens een hartig woordje spreken met die jongens en hun ouders.' De rector beent met grote passen weg. Hij ziet er verslagen uit.

'Hij is boos,' fluistert Alice. 'Mo en Xaveer zullen ervan langs krijgen.'

'Over wat er net is gebeurd lees je in de krant. Dat gebeurt op andere scholen, niet op de onze.' Charlotte gaat op de bovenste trede van de trap zitten. Ze is misselijk en haar benen zijn zo slap als van een lappenpop. Als de ambulance wegrijdt gaan ze naar hun leslokaal. Normaal zou er nu flink gekeet worden, maar haar klasgenoten zitten bedrukt bij elkaar, zelfs Bas en Maarten, de grootste druktemakers van de klas, zitten met wit weggetrokken gezichten op hun stoel.

'Hoe gaat het met hem?' vraagt Bas, als ze binnenkomen.

'Ze brengen hem in de ambulance naar het ziekenhuis. Hij was nog steeds bewusteloos.'

'De Franse les gaat niet door,' zegt Alice. 'Charlottes moeder is mee naar het ziekenhuis.'

Normaal zouden ze juichen als ze een extra uur vrij kregen en op het plein gaan voetballen, maar nu blijft iedereen stil.

'Ik snap er niks van,' zegt Maarten. 'Mo en Xaveer hebben toch nooit ruzie? Ik dacht dat ze wel goed met elkaar overweg konden.'

'Nou, Mo is anders wel een pestkop,' zegt een van de meisjes. 'Hij heeft al drie keer voor de lol mijn fietsband leeg laten lopen. Daar werd ik niet echt vrolijk van.'

Ze praten nog een tijdje over het voorval. Ze zijn allemaal wel eens door Mo in de maling genomen, maar echt een hekel hebben ze niet aan hem.

'Ik ben wel geschrokken van dat mes. In Amerika lopen ze met pistolen, nou je weet wat daarvan komt,' zegt Tina, die nooit een blad voor de mond neemt. 'Moord en doodslag!'

'Dat zal op onze school niet gebeuren,' zegt Bas.

'Nou, dat er iemand neergestoken zou worden hadden we toch ook nooit verwacht? Vechtpartijen komen overal voor,' protesteert Tina. 'Je kunt nooit weten of er hier ook niet zo'n gek rondloopt, die ons allemaal overhoopschiet.'

'Hou op, Tina met dat stomme geklets,' roept Mark. Hij geeft haar een schop tegen haar scheenbeen. Ze wil hem aan zijn haren trekken, maar Bas houdt haar tegen.

'Niet doen, Tina. Straks kunnen we nóg een ambulance bellen.'

Een conciërge komt binnen en deelt proefwerkpapier uit.

'De rector wil dat jullie een verslag over vanmorgen maken. Niets verzinnen, opschrijven wat je hebt gezien. Dan weet hij precies wat er is gebeurd en vergeet niet je naam erboven te zetten.'

Ze gaan aan de slag. Maar de hele dag blijft het onrustig in school. Nadat de rector Mo en Xaveer had gesproken heeft hij een brief gemaakt voor alle ouders. Ze hebben er recht op om te weten wat er is gebeurd. De brief eindigt met de mededeling dat de jongens voorlopig van school zijn gestuurd en dat er passende maatregelen zullen worden genomen.

Charlotte is blij als de bel na het laatste lesuur gaat. Ze fietst snel naar huis en vindt haar moeder in de keuken. Ze heeft gedoucht. Haar haar is nat en ze draagt schone kleren.

'Mam, hoe is het met meneer Van Dongen?' vraagt ze, terwijl ze haar jas uittrekt en haar rugzak in een hoek zet.

'Ik weet het niet. Een van zijn nieren is beschadigd en toen ik wegging wist de dokter nog niet of hij die kon redden. Maar hij zei dat een mens met één nier ook heel goed kan leven.' Ze zucht diep en wrijft in haar ogen.

'Weet je waarom Mo en Xaveer ruzie hadden?'

'Toen ze Sjoerd naar de operatiekamer brachten, ben ik even op een bankje vlak bij de ingang van de Eerste Hulp gaan zitten. Ik had behoefte aan frisse lucht. De vrouw van Sjoerd, Marja, kwam even later met de rector en ze vroeg precies hetzelfde.'

'Mo is een driftkop en zijn huiswerk heeft hij ook nooit

af. Meestal schrijft hij het van een ander over.' Charlotte houdt niet van klikken, maar nu ligt de situatie anders. Iedereen zal de oorzaak van de vechtpartij willen weten. 'Zou het met discriminatie te maken hebben? Ook in de hogere klassen is daar wel eens ruzie over.'

Haar moeder staart zwijgend voor zich uit. 'We heten natuurlijk niet voor niets het Regenboogcollege,' zegt ze zacht.

De school is pas uitgebreid en ligt aan de rand van een achterstandswijk waaruit veel kinderen komen. De naam van het college is heel toepasselijk, want er zitten leerlingen met drieëntwintig verschillende nationaliteiten op, een palet waarin donkere koppies en bruine ogen domineren. Kinderen uit gezinnen die het moeilijk hebben, die tobben met ziektes en geldgebrek en soms met heimwee naar hun vaderland, ook al is het daar oorlog.

Charlotte weet dat haar moeder vaak met liefde over haar leerlingen praat. Ze geeft ze graag les, want ieder kind dat zijn eindexamen haalt, krijgt daardoor meer kansen in het leven dan zijn of haar ouders ooit gehad hebben.

'Ik denk dat het ook wat te maken heeft met het ernstige trauma dat Xaveer tijdens de oorlog in zijn land heeft opgelopen. De raketten van de Taliban vaagden hele dorpen weg en hij stond er als kleine jongen bij toen familieleden gedood werden. En Mo heeft het thuis ook niet makkelijk met een zieke moeder en een vader die werkeloos is.'

Ze staart een ogenblik voor zich uit. 'Ach, het zijn geen

kwaaie jongens,' zegt ze dan. 'Het begon vast als een robbertje stoeien, maar het is om een reden die we nog niet weten uit de hand gelopen. Koos Harting zou me vanavond bellen als hij meer wist.'

Charlotte beseft dat het nog veel erger had kunnen aflopen. Als meer leerlingen zich ermee bemoeid hadden, was het een massale vechtpartij geworden.

Elise zit naast de potkachel, het lievelingsplekje van Charlottes overgrootmoeder Louise. Ze tilt met de pook het deksel van de kachel en legt een paar houtblokken in het smeulende vuur. Het laait op, maar toch hebben ze alle twee koude rillingen. Charlotte ziet dat Elise het te kwaad krijgt. Ze zit ineengedoken en friemelt aan haar trui, vechtend tegen de tranen. Is ze verdrietig? Voelt ze zich bedreigd? Charlotte weet het niet, maar ze heeft het gevoel dat haar moeder het liefst in een donkere hoek weg wil kruipen.

Ze vult een glas met water en geeft het haar. Haar tanden tikken tegen het glas als ze een slok neemt.

5

Het gonst in de school van de geruchten. De leerlingen gissen hoe het met hun leraar wiskunde zal zijn en ze vragen zich af of de twee jongens in de cel zitten, want ze zijn niet meer op school geweest. Charlotte heeft met haar moeder afgesproken dat ze tegen haar klasgenoten niets zal zeggen over de dingen die haar moeder thuis over school vertelt. Ze vindt het wel heel moeilijk om zelfs tegen haar beste vriendinnen haar mond te houden.

Een dag na het voorval is haar moeder naar het ziekenhuis geweest om Van Dongen te bezoeken. Toen ze thuiskwam had ze slecht nieuws.

'De artsen konden zijn nier niet redden,' vertelt ze met een verdrietig gezicht. 'Zijn familie en vrienden hebben hem aangeraden om aangifte tegen Xaveer te doen, maar daar wil hij niets van weten. Hij zei dat Xaveer dan meteen een strafblad zou krijgen en dat zou hem zijn hele leven achtervolgen. Volgens hem heeft Xaveer meer aan therapie zodat hij met iemand over zijn oorlogstrauma kan praten. De rector is er ook ach-

tergekomen waarom Mo en Xaveer ruzie hadden.'
'Wat was er dan?' vraagt Charlotte. 'Ik heb er in de klas niets van gemerkt.'
'Je weet dat Mo een driftkop is, maar ook een pestkop die niet van ophouden weet. Hij had een paar vervelende opmerkingen gemaakt over de oorlog in Afghanistan en daardoor waren bij Xaveer, die zijn broertje en zusje moest beschermen tegen gevaar dat voortdurend op de loer lag, de stoppen doorgeslagen. Volgens de rector spookt de oorlog nog steeds door zijn hoofd. Hij heeft veel last van nachtmerries. Ook kon hij zich van de vechtpartij met Mo weinig herinneren. Hij wist alleen nog dat hij zich bedreigd voelde en toen als in een reflex het mes uit zijn broekzak pakte.'
'En wat voor straf krijgen ze?'
'Ze worden een paar weken geschorst en daarna moeten ze drie maanden lang na schooltijd onder toeziend oog van de conciërges het schoolplein vegen, ramen lappen en wc's schoonmaken.'
Als de jongens weer op school zijn, balen ze verschrikkelijk, vooral omdat andere leerlingen er plezier in scheppen om de prullenbakken om te keren en hen zo nog meer werk te bezorgen.
Mo doet onverschillig en stoer, terwijl Xaveer zich juist terugtrekt. Hij loopt met gebogen hoofd door de gangen en eet in de pauze in een hoekje van de kantine zijn boterhammen op.
Sommige leerlingen ontlopen hem. Met die messentrekker willen ze niets te maken hebben. Charlotte heeft medelijden met hem. Ze kent de oorzaak door

de verhalen van haar moeder, maar ze mag er met niemand over praten. Wel zegt ze voorzichtig als haar klasgenoten over hem roddelen, dat ze niet weten wat hij heeft meegemaakt en ze probeert hem toch bij hun gesprekken te betrekken.

Van de rector moeten Mo en Xaveer hun excuus aan Sjoerd van Dongen aanbieden. Ze zien er alle twee tegenop en daarom gaat Charlottes moeder, als mentor van hun klas, mee.

'Kun je aan je moeder vragen of jij ook mee mag?' vraagt Xaveer aan Charlotte. 'Ik krijg al buikpijn als ik eraan denk en ik zou het fijn vinden als jij er ook bij bent.'

Charlottes moeder vindt het goed en op een middag spreken ze af in de hal van het ziekenhuis. De moeders van de jongens zijn er ook. Ze voelen zich niet op hun gemak. Mo heeft sinaasappels meegenomen en Xaveer verschuilt zich achter een bos chrysanten.

Allemaal zijn ze zenuwachtig, ook de moeders. Die van Mo schikt voortdurend haar hoofddoek opnieuw en Xaveers moeder friemelt met een papieren zakdoekje en wrijft daarmee over haar gezicht. Charlottes moeder probeert hen gerust te stellen en samen lopen ze door de lange gangen naar de afdeling waar hun leraar alleen op een kamer ligt. Hij ziet er slecht uit met in zijn arm een infuus dat traag druppelt. Nadat ze wat beleefdheden hebben uitgewisseld, gaat hij moeizaam rechtop in de kussens zitten.

'Het is fijn dat jullie zijn gekomen,' begint hij, 'bedankt voor de bloemen en het fruit, maar ik wil jullie iets ver-

tellen.' Hij slikt een paar keer en gaat dan verder.
'Mijn broer is nierpatiënt. Hij moet drie keer in de
week gedialyseerd worden. Een paar maanden geleden hebben we in overleg met zijn arts besloten dat hij
een van mijn nieren zou krijgen. Er zijn onderzoeken
gedaan en we waren zo blij toen we hoorden dat ik een
geschikte donor ben. Na de transplantatie zou hij een
normaal leven kunnen leiden, zonder voortdurend moe
te zijn of altijd jeuk te hebben en dan hoeft hij ook niet
meer zo vaak naar het ziekenhuis. Maar omdat ik nu
een nier kwijt ben, kan ik hem niet helpen en daar...'
zijn stem stokt, '...heb ik het heel moeilijk mee. Ik word
wel weer beter, maar hoe moet het nu met mijn broer?
Er is een groot tekort aan donornieren.' Er ligt wanhoop in zijn stem.
Ze luisteren geschrokken. Ineens begint de moeder van
Xaveer te huilen met lange gierende uithalen. Hoewel
ze nog niet erg goed Nederlands spreekt, begrijpt ze
het wel. Ze slaat haar handen voor haar ogen en zakt
ineen op een stoel, terwijl ze maar door blijft jammeren. Charlottes moeder probeert haar te troosten, maar
ze blijft maar doorgaan met huilen en snuit luidruchtig haar neus in een zakdoekje. Een verpleegster komt
verschrikt aanrennen om te kijken wat er aan de hand
is.
Meneer Van Dongen kijkt vragend naar Charlottes
moeder. 'Had ik beter niets kunnen zeggen?'
'Je moet van je hart geen moordkuil maken. Ze moeten
wel de gevolgen van hun vechtpartij weten.'
Charlotte is er zelf ook van geschrokken. Ze wist niet

dat hij een nier aan zijn broer zou geven. Dat had haar moeder niet verteld. Zou zijn broer nu snel dood gaan? Of zou er een andere nier beschikbaar zijn? Ze durft het niet te vragen.

De zuster geeft de moeder van Xaveer een glaasje water, maar ze kalmeert niet, daarom zegt ze dat het beter is als ze allemaal naar huis gaan. 'Meneer is nog erg zwak. Hij heeft rust nodig.'

De jongens verlaten samen met hun moeders de kamer.

'Blijven jullie nog even?' vraagt Van Dongen aan Charlotte en haar moeder als het gehuil in de gang wegsterft. 'Ik lig hier de hele dag alleen. Marja komt 's middags met de kleine, en 's avonds krijg ik ook bezoek, maar de dag duurt lang en het is saai hier zo helemaal alleen.'

Ze gaan elk aan een kant naast hem op een stoel zitten en Charlottes moeder vertelt wat ze op school van plan zijn.

'We gaan een Week voor de Vrede houden. Alle klassen doen mee. De leerlingen moeten boeken over de oorlog lezen, een verslag schrijven, posters maken en krantenknipsels verzamelen. De dirigent van het schoolorkest zal een lied over de vrede componeren en de tekst schrijven. Er komt een speakers corner voor leerlingen en de leerkrachten vertellen in hun eigen mentorklas een persoonlijk verhaal over iets dat in hun leven een belangrijke rol heeft gespeeld.' Charlotte luistert verbaasd. Daar had haar moeder niets over gezegd. Maar er gebeurt natuurlijk wel meer op school, waar zij niets van af weet.

'Jammer dat ik er niet bij kan zijn,' zegt Van Dongen.
'Wanneer is het?'
'Jij bent de aanleiding voor deze dag,' antwoordt ze.
'De datum ligt nog niet vast. Er moeten ook nog veel
dingen geregeld worden.'
'Bewustwording kan geen kwaad. Weet je, ik ben eigen-
lijk niet boos op Mo en Xaveer. Ik ben alleen verdrietig
en vooral omdat ik nu mijn broer niet kan helpen.'
'Weet hij het al?'
Hij knikt. 'Als jij maar beter wordt, zei hij.'
Een ogenblik wordt het hem te veel.
'Wij gaan naar huis,' besluit Charlottes moeder na een
tijdje. 'Je moet rusten. Het was een drukke dag met die
emotionele moeders erbij.'
Hij zakt onderuit in de kussens en sluit zijn ogen.
'Dat hem dat nou moest overkomen,' zegt Charlottes
moeder als ze naar de uitgang van het ziekenhuis lopen. 'Als er één leraar zich inzet voor de leerlingen, dan
is hij het wel. Een leerkracht in hart en nieren.' Ze kijken elkaar verschrikt aan bij haar laatste opmerking.
Buiten laat Charlotte haar gedachten de vrije loop.
Soms gebeuren er onverwachte dingen. Haar wiskundeleraar had nooit kunnen bedenken dat hij zo plotseling in het ziekenhuis terecht zou komen, met alle nare
gevolgen voor hem en zijn broer.
'Xaveer gaat in therapie,' zegt haar moeder, 'anders
heeft hij zijn hele leven last van de dingen die hij in
de oorlog meemaakte. Het is alleen jammer dat er een
wachtlijst is. Het zou beter zijn als hij meteen behan-
deld kan worden.'

Charlotte knikt nadenkend. 'Gelukkig is er in ons land geen oorlog.'

Ze kent wel de verhalen van lang geleden over haar grootouders en overgrootouders. Zou alles wat toen gebeurde generaties lang doorwerken? Soms lijkt het of haar ouders lijden onder de dingen die in de Tweede Wereldoorlog zijn gebeurd, vooral aan oma Rebecca kan ze het merken.

'Het is niet goed dat Xaveer steeds op zijn hoede moet zijn,' gaat haar moeder verder als ze in de auto naar huis rijden. 'Hij voelt zich bedreigd en Mo moet dat gepest afleren en ook die driftaanvallen.'

Charlotte knikt. Therapie! Ze heeft geen idee hoe dat gaat. Zou Xaveer dan alles opnieuw moeten beleven, zodat hij het kan verwerken? Ze vraagt het aan haar moeder.

'Misschien is het voorval voor beide jongens een keerpunt. Zo gaat het vaker in het leven,' legt ze uit. 'Een deur wordt dichtgeslagen, maar elders staat een raam op een kier en hoef je alleen maar naar binnen te klimmen. Kansen grijpen, daar komt het op neer. Dat heb ik zelf ook altijd gedaan, al was het wel eens moeilijk. Therapie geeft je inzicht in de dingen die je bezighouden en dwarszitten. Xaveer zal er veel baat bij hebben.'

Ze stopt bij de supermarkt om ingrediënten voor macaroni te kopen.

'Vanavond maak ik maar iets makkelijks klaar. Ik heb geen zin om uitgebreid te koken,' zegt ze.

'Moet ik nog naar school?' vraagt Charlotte. 'Het is bijna twee uur.'

'Wat voor vak heb je het laatste uur?'

'Gym. We moeten trainen voor het korfbaltoernooi waar een paar uit onze klas aan meedoen.'

'Speel jij ook mee?'

'Nee, ik ben niet zo goed. Ik moet aanmoedigen.'

'Nou, blijf dat laatste uurtje dan maar thuis,' zegt haar moeder grinnikend. 'Ik heb nog wel een karweitje voor je.'

Maar thuis zit tot hun verrassing oma Rebecca in de keuken, dicht bij de zacht loeiende potkachel. Charlottes vader is ook al thuis en heeft thee gezet. Hij schenkt ook voor hen een kop in.

'Mama, ik dacht dat je zaterdag pas naar huis mocht,' zegt Charlottes moeder. Ze slaat haar armen om haar schoonmoeder heen ter begroeting en zoent haar op beide wangen. Ook Charlotte begroet haar oma. 'Fijn dat u weer thuis bent,' zegt ze.

Ze is mager. Toen Charlotte een hand op haar oma's schouder legde, voelde ze haar botten door haar pyjama en ochtendjas heen. Haar huid is bijna doorschijnend en haar ogen staan groot en donker in haar bleke gezicht.

'Ik heb tegen de dokter gezegd dat ik stierf van de heimwee en toen zei hij dat ik meteen iemand mocht bellen om me te komen halen.' Ze lacht ondeugend, tevreden dat ze dat voor elkaar heeft gekregen. 'Het is een geluk, dat Job zijn eigen advocatenkantoor heeft, dan kan hij vrij nemen wanneer hij wil.'

Ze lachen met haar mee. Charlotte weet dat oma Rebecca voor haar moeder veel meer is dan alleen een schoonmoeder. Ze is ook een beetje haar moeder, altijd geweest, want ze kent haar al haar hele leven, net zoals haar ouders elkaar al kennen vanaf dat ze klein waren, en in het park op avontuur gingen. Uit de verhalen weet ze dat toen al duidelijk was dat hun levens met elkaar verbonden waren. En al op jonge leeftijd hadden ze besloten dat ze elkaar nooit meer los zouden laten.

'Is de kamer naar je zin?' vraagt haar moeder aan oma Rebecca.

'Heel mooi! Ik ben blij dat ik bij jullie mag wonen. Ik zal jullie niet tot last zijn.'

'Ach moeder, dat ben je niet,' protesteert Charlottes vader. 'En als je toch lastig wordt, stoppen we je gewoon in het kolenhok in de tuin.' Hij kijkt haar met een twinkeling in zijn ogen aan, gelukkig is ze haar humor nog niet kwijt.

'Nou, dank je wel, zoon,' reageert ze quasi beledigd. 'Lekker tussen de muizen.'

Ze vertelt een verhaal van vroeger aan Charlotte. 'Ik ging voor je overgrootmoeder Louise kolen scheppen omdat de kachel bijna uit was, maar toen ik het deksel van het kolenhok opendeed, sprongen er twee muizen uit. Ik begon hard te gillen, want ik heb het niet zo op die beesten, maar Louise ving ze en stopte ze in een doosje.'

'Wat hebben jullie met ze gedaan?' Charlotte vreest het ergste, maar oma Rebecca haalt haar schouders op.

'Wat denk je? Losgelaten in het park natuurlijk!'

'Ik kan me er niks meer van herinneren,' zegt Charlottes moeder lachend. 'Maar ja, een mens vergeet wel

eens wat en we hoeven niet alles meer te weten.'
Charlotte kijkt haar peinzend aan. Ze snapt er niets
van. Haar moeder roept altijd dat vrolijke herinneringen je gelukkig maken en dat die altijd welkom zijn.
Maar soms voelt ze dat diep binnenin haar moeder een
grauwe waas zit, waarover ze niet wil praten.

6

Donderdagmorgen loopt Charlotte met haar klasgenoten met veel kabaal het lokaal in.

Lessen die van het rooster afwijken zijn spannend.
Haar moeder is de mentor van hun klas. Ze staat bij de
deuropening om hen op te vangen.

'Dit is de Week voor de Vrede,' begint ze als de bel is
gegaan en iedereen eindelijk op zijn plaats zit. 'In veel
landen is het oorlog. Oorlog die soms al jaren duurt.
Tijdens vijandige bombardementen sterven veel mensen en dieren, kinderen verliezen hun ouders en worden wees. Als ik een wens mocht doen, dan zou ik
willen dat het vrede was in ieder land, in ieder men-
senhart. Dan kunnen we in harmonie en met respect
samenleven.'

Charlotte kijkt de klas rond. Toen ze naar deze middelbare school ging, waar haar moeder al jaren les gaf,
was ze bang dat ze daarom gepest zou worden. Gelukkig gebeurt dat niet. De andere leerlingen mogen haar
moeder. Ze legt alles goed uit en ze heeft gelukkig geen
ordeproblemen, zoals de muziekleraar, daar is het in

iedere les een puinhoop. Haar klasgenoten luisteren aandachtig en Charlotte is trots op haar moeder.

'Daarom wil ik jullie vertellen wat oorlog met een mens doet,' hoort ze haar zeggen.

Tina zit in haar tas te rommelen, een pen rolt op de grond. De klas sist.

'Ik wil jullie iets vertellen over het leven van mijn grootmoeder,' gaat Elise verder.

Charlotte kent het verhaal, maar ze gaat er goed voor zitten. Misschien hoort ze toch nog iets dat ze niet weet.

'Mijn grootmoeder Louise heeft de Eerste en de Tweede Wereldoorlog meegemaakt en alle dingen die er toen gebeurden gingen nooit meer uit haar hoofd. Ze heeft me er toen ik klein was veel over verteld en alles wat ze deed en dacht werd er door beïnvloed. Dat is niet bijzonder, want het geldt voor iedereen, alle dingen die in je leven gebeuren, maken je tot wie je bent.'

Charlotte ziet dat Mo en Xaveer elkaar een ogenblik aankijken. Volgens haar moeder heeft de taakstraf hen dichter bij elkaar gebracht. Charlotte zag hen een keer toen ze het plein moesten vegen op het muurtje zitten praten.

Ze dwingt zich om op te letten. Soms dwalen haar gedachten tijdens de les mijlenver weg, maar nu concentreert ze zich weer op de zachte stem van haar moeder.

'Mijn grootmoeder woonde toen ze tien jaar was en de Eerste Wereldoorlog uitbrak in de Leopoldlei in Sint Mariaburg. Dat ligt in België, vlak bij Antwerpen. Het was 12 oktober 1914 en vanuit het zolderraam zag ze met haar broers aan de horizon de stad Antwerpen veranderen in een brandende hel. Ze hadden gehoord dat de Dikke Bertha's, de kanonnen van de Duitsers, met een oorverdovend gebulder hele straten wegveegden. Huilende mensen trokken in een lange stoet voorbij. Mannen keken bezorgd en droegen een kind op hun arm. Sommige vluchtelingen hadden nog wat bij zich, een tas of koffer, maar de meeste mensen hadden niets, helemaal niets, behalve de kleren die ze droegen. Ze zagen een jongetje dat sjouwde met een kat die steeds probeerde te ontvluchten en een meisje dat een kooitje met een kanarie droeg. Moeders riepen de naam van hun kind, bang dat ze het in het gedrang kwijt zouden raken.

Mijn grootmoeder Louise wist nog niet dat ze zich bij die stoet vluchtelingen zouden moeten aansluiten om uit handen te blijven van het wrede Duitse leger. De soldaten staken boerderijen in brand, slachtten vee, stalen van de burgers en bij tegenstand executeerden ze mensen meedogenloos.'

Ze pauzeert even, dertig paar ogen kijken haar gespannen aan.

Charlotte zucht. Ze kent het verhaal. Haar moeder heeft het haar al vaak verteld, net alsof ze er over móest praten om voor zichzelf dingen op een rij te zetten. Ze gaat weer verder.

'Van die oorlogsverhalen van mijn grootmoeder kreeg ik altijd kippenvel, maar ik hing toch iedere keer aan haar lippen om te horen hoe ze plannen maakten om uit handen van de Duitsers te blijven.

Mijn overgrootvader besloot zijn gezin bij vrienden in Zelzate in veiligheid te brengen, maar toen ze op weg gingen hoorde hij dat ook daar de Duitsers door de straten marcheerden. Hij besloot dat ze beter naar Nederland konden gaan. Mijn overgrootmoeder liep de hele weg te jammeren dat hij ook mee moest naar dat vreemde land, maar hij wilde terug naar de haven. Hij was als ingenieur verantwoordelijk voor zijn werknemers en de olievoorraden in de havens moesten in brand gestoken worden, zodat de Duitsers door gebrek aan brandstof geen kant op konden.

Daarom regelde hij een gammel bootje, kuste zijn vrouw en kinderen gedag en duwde ze de Schelde op. De broers van mijn grootmoeder roeiden alsof hun leven ervan afhing en dat was natuurlijk ook zo. Ze waren niet de enige die in het donker de Schelde overstaken. Er hing een witte nevel en vanuit het duister klonken stemmen, soms ver weg, soms dichtbij, luguber als fluisterende geesten. Er stond een sterke stroming, waardoor het leek of ze niet vooruit kwamen. Felle lichtbundels scheerden over het water, soms kwamen ze gevaarlijk dicht in de buurt en hoorden ze geweerschoten en ijzig gegil. Dan doken ze op de bodem van het bootje en klemden zich aan elkaar vast.'

De leerlingen luisteren ademloos. Ze bespeelt mijn klasgenoten met haar stem, denkt Charlotte, net zoals ze thuis doet als ze Felix, Tom en mij verhalen vertelt. Dat heeft ze vast van haar grootmoeder Louise geleerd.

'Bereikten ze de overkant?' vraagt Tina.

'Ze kwamen na een angstige nacht veilig aan land, maar toen moesten ze op zoek naar een plek om te slapen. Koningin Wilhelmina had in haar troonrede op 15 december 1914 gezegd dat alle Nederlanders de Belgische vluchtelingen moesten helpen. Ze hadden voedsel en kleding nodig. De Nederlanders gaven gul geld en kleding, maar het bleek niet genoeg te zijn om alle vluchtelingen te helpen. Er ontstonden spanningen tussen de Belgen onderling en er werd ook veel gemopperd op de hulpverleners. Ze deden hun best en kookten voedzame erwtensoep, maar dat kenden de Belgen niet. Mijn grootmoeder vertelde me, dat zij en haar broers het van hun moeder op moesten eten, ook al vonden ze het niet lekker, maar de meeste mensen noemden het *béton armé*, gewapend beton, en kieperden het tussen de struiken. Er waren ook niet genoeg slaapplaatsen. Mensen sliepen op straat en jullie kunnen je vast wel voorstellen hoe dat dan met de hygiënische omstandigheden gaat.'

'Poepen tussen de bosjes,' roept Tina. Er wordt gegrinnikt, maar Charlottes moeder schudt haar hoofd.

'Stel je voor dat het jou overkomt. Hoe zou je je voelen? Het is echt wat anders dan met je tentje naar een camping gaan en zeker te weten dat het toiletgebouw in de buurt is.'

'Ze kregen allemaal ziekten, zoals tbc, tyfus en cholera,' zegt Xaveer, 'dat gebeurde bij ons in Afghanistan ook toen er geen schoon drinkwater en bijna geen eten meer was.'

Er gaat een schok door de klas. Zijn klasgenoten weten allemaal dat hij is gevlucht. Hij praat er nooit over. Maar nu komt het ineens heel dichtbij. Ze beseffen dat een van hen het zelf heeft meegemaakt.

Het blijft stil in de klas, zelfs Tina staart zwijgend voor zich uit.

'Waarom moesten ze op straat slapen?' vraagt Timo, de behulpzaamste jongen uit de klas. 'Ze konden toch bij mensen thuis logeren?'

'Veel mensen namen vluchtelingen in huis. Ze legden extra matrassen op de grond zodat ze een plek hadden om te slapen, maar andere vroegen woekerprijzen voor een kamertje dat vaak nog onverwarmd was ook. Er waren ook mensen die in een oude schuur of loods een plekje hadden gevonden, maar daar waaide de wind door kieren en gaten, zodat kinderen en ouderen ziek werden en zelfs stierven.'

'Wat gebeurde er met uw oma?' wil Tina weten. Ze zit op het puntje van haar stoel.

'Mijn overgrootmoeder vond voor haarzelf en haar kinderen een plekje in de suikerfabriek in Roozendaal. Hulpverleners hadden daar snel stro neergelegd. Het jeukte en prikte en zat vol met luizen en vlooien, maar 's nachts hadden ze het in ieder geval niet koud.

Toen Antwerpen zich overgaf vond de Nederlandse minister van Oorlog, Bosboom, het tijd worden dat alle Belgen terugkeerden naar hun land. Er kwamen nog steeds vluchtelingen, maar sommige gemeentebesturen zetten gezinnen met kinderen en oude mensen gewoon buiten de gemeentegrenzen. Er ontstond veel wanhoop en paniek, omdat er eind 1914 een heel luguber verhaal

de ronde deed. De Duitsers hadden een tweehonderd kilometer lange draad langs de Belgisch-Nederlandse grens gespannen waarop tweeduizend volt stond. Dat deden ze om vluchtelingen en spionnen tegen te houden. Die 'dodendraad' maakte duizenden slachtoffers en mijn overgrootmoeder durfde met haar kinderen, net als veel landgenoten, niet naar huis. Niemand wist precies waar de Duitsers de draad, die zoveel slachtoffers maakte, hadden gespannen. Na veel omzwervingen kwam ze toen met haar kinderen op een boerderij in Nieuwkoop. Mijn grootmoeder Louise hield van dieren en ze had het op de boerderij naar haar zin, maar haar moeder en haar broers kregen heimwee. Ze kwijnden weg en daarom keerden ze terug naar België. Mijn grootmoeder bleef hier. Ze wilde niet terug naar Sint Mariaburg omdat ze bang was voor de dingen die ze daar zou zien en horen. Ze hoorden verhalen over mensen die ze kenden en die in de oorlog gesneuveld waren. Ook was er in hun vaderland geen voedsel genoeg. De mensen aten aardappelschillen en zelfs hun kat Moorke was door de achterblijvers opgegeten.'
De klas huivert.
'Dus mijn grootmoeder Louise bleef op de boerderij, waar ze hard moest werken, maar ze kreeg in ieder geval genoeg te eten en ik...' gaat Charlottes moeder verder. 'Ik ben nog steeds blij met die beslissing, want daardoor had ik de liefste oma van de hele wereld!'
Er gaat een zucht door de klas, en van opluchting beginnen ze te wiebelen op hun stoel. Alleen Charlotte staart nadenkend voor zich uit. En de ouders van haar

moeder dan, schiet door haar heen. Ze hoopte dat ze daar nu ook iets over zou vertellen. Wat was er met hen gebeurd? Waarom groeide ze niet bij hen op, maar bij haar grootmoeder? Waarom verzwijgt ze dingen? Is het iets om zich voor te schamen? Of toch niet, is het iets dat veel erger is en verschrikkelijk veel pijn doet? Charlotte merkt dat haar moeder naar haar kijkt. Ze geeft haar een geruststellend knikje, maar een ogenblik, heel even maar, als in een flits, ligt er iets donkers in haar ogen, alsof ze Charlottes gedachten kan lezen. Dan kijkt ze weer naar de klas.

'Ik ben voor vrede!' zegt Tina.

'Ik ook! Ik ook!' klinkt het van alle kanten. 'Oorlog is afschuwelijk!'

'Met dit verhaal wil ik duidelijk maken, dat je alles wat je in een oorlog meemaakt nooit vergeet. Mijn grootmoeder vertelde me dit verhaal over haar jeugd in de Eerste Wereldoorlog vaak en ik heb het goed onthouden. Ze praatte erover omdat ze voelde dat ze verdrietige dingen beter niet in haar hart kon laten zitten, want dan kun je niet van fijne dingen genieten.'

Charlotte haalt haar neus op en schudt ongemerkt haar hoofd. Moet haar moeder nodig zeggen. Haar hart zit vol met stoffige herinneringen waar ze zelden over praat. Ze begrijpt dat het een hint is voor Xaveer, maar keek ze ook maar eens naar zichzelf.

'Ik heb een opdracht voor jullie. Pak je agenda maar.'

De klas roezemoest. Nog even, dan gaat de bel voor het volgende lesuur. Ze gaan posters over de vrede maken tijdens handenarbeid. Dat staat op het programma dat ze aan het begin van de dag hebben gekregen.

Charlotte vond het bijzonder dat Xaveer iets over zichzelf durfde te zeggen. Nu begrijpt ze hem beter en beseft ze dat wat hij deed door dingen uit zijn verleden kwam.

'Ik wil graag dat jullie in mijn eerstvolgende les een opstel inleveren over een moment in je leven dat je nooit meer zult vergeten en waar je nog vaak aan terugdenkt,' zegt haar moeder.

'Moet het iets vrolijks of verdrietigs zijn?' vraagt Bas.

'Dat mag je zelf weten,' antwoordt ze, 'het moet iets belangrijks zijn, iets dat je je hele leven niet zult vergeten. Als het maar niet gaat over je nieuwe spijkerbroek die in de was gekrompen is.'

Ze lachen om haar grapje. Het breekt de spanning.

7

Felix en Tom hebben ruzie. Zoals altijd gaat het over een kleinigheid, over wie met een bepaald autootje mag spelen of het eerst met de dobbelsteen mag gooien. Nu ligt de keukentafel vol met restjes hout en spijkers en hebben ze een meningsverschil over wat ze gaan maken.

'Een vogelhuisje!' roept Felix.

'Nee, een boot!' wil Tom.

Charlotte probeert hen te sussen. Het helpt niet, maar voordat ze met een hamer elkaar de hersens inslaan komt Elise de keuken in.

'Wat is hier aan de hand?' vraagt ze. 'Ik zit boven opstellen na te kijken en ik kan jullie helemaal in mijn werkkamer horen. Oma Rebecca slaapt, dus stop met dat kinderachtige gedoe.'

Charlotte zucht opgelucht als haar moeder met haar opstellen aan een hoekje van de keukentafel gaat zitten en haar broertjes elk met hun eigen idee aan de slag gaan.

Zij zit bij de potkachel die zacht loeit en leert een rijtje onregelmatige Engelse werkwoorden uit haar hoofd. Buiten is het guur en donker. De regen klettert tegen het keukenraam en de stormwind rukt aan de takken van de appelboom. Ondanks de warmte van de kachel rilt ze. Ze heeft een hekel aan de winter, was het maar zomer, dan bakt haar moeder appeltaart van hun eigen appels en dan zitten ze vaak in de grote tuin achter het huis.

Met een ernstig gezicht kijkt haar moeder de opstellen na. Charlotte zou ze graag willen lezen, om te weten wat haar klasgenoten ervan gemaakt hebben.

Ze had wel eens terloops over haar moeders schouder meegelezen als ze een repetitie nakeek, maar mopperend had ze toen gezegd dat Charlotte zelf maar lerares moest worden.

Tijdens een Franse les bespreekt Charlottes moeder eerst de opstellen die ze voor de Dag van de Vrede moesten maken.

'Wie wil zijn opstel voorlezen?' vraagt ze.

Tot ieders verbazing steekt Xaveer zijn vinger op. Hij gaat nerveus voor de klas staan, friemelt aan zijn trui en wrijft over zijn gezicht, alsof hij nu al spijt heeft van zijn impulsieve reactie.

De klas luistert stil als hij voorleest wat hij geschreven heeft. Het vel papier in zijn hand trilt. Het gaat over de oorlog in zijn geboorteland en over een oom en tante die omkwamen waar hij bij stond, zelfs kleine kinderen werden gedood, kleuters nog, die niets van dat geweld begrepen.

'De vijand kon ons ieder ogenblik aanvallen. Ik moest voortdurend op mijn hoede zijn,' eindigt hij.

'Daarom greep je naar een mes tijdens dat vechtpartijtje met Mo,' zegt Tina. 'Je voelde je bedreigd.'

Xaveer bijt op zijn lip en knikt. 'Ik was weer even in Afghanistan.'

Sommige klasgenoten knikken. Ze beginnen te begrijpen wat hem bezielde. Hij was niet zomaar boos. De oorzaak van de vechtpartij ligt veel dieper en zal in zijn leven altijd op de loer blijven liggen.

'Wij zouden het vast ook doen, als we hetzelfde als jij hadden meegemaakt,' zegt Timo.

De klas valt hem bij en Xaveer wordt vanaf dat moment niet meer buitengesloten, zoals de laatste tijd het geval was, omdat ze niet met een messentrekker bevriend wilden zijn.

Gelukkig gaat Sjoerd van Dongen langzaam vooruit. Hij ligt nog wel in het ziekenhuis en voorlopig zal hij niet op school komen, maar hij voelt zich al wat beter.

Charlottes moeder gaat regelmatig met een collega bij hem op bezoek.

'Hij is nog snel moe,' vertelde ze, 'en hij moet alles ook nog verwerken.'

Het incident zorgt wel voor een belangrijke verandering. Aan de schoolregels wordt toegevoegd dat messen en andere steekwapens verboden zijn.

Op een morgen, vlak na het begin van de lessen, gaan de conciërges langs alle klassen om rugzakken te controleren. Er wordt flink geprotesteerd, maar de meeste leerlingen schudden hun tas leeg. Charlotte hoort van haar moeder dat er achtentwintig messen in beslag zijn genomen, van gevaarlijke stiletto's tot kleine zakmessen.

'Ze gaan zo'n actie op school regelmatig herhalen en ook de lockers controleren,' vertelt ze. 'Een conciërge stelde voor om controlepoortjes bij de ingang te plaatsen. Sommige scholen hebben die al, maar dat wil de rector niet, want hij vindt dat het dan net lijkt of we aan criminelen lesgeven.'

Charlotte schrikt van het grote aantal. Maar goed dat ze het niet wist, want ze zou zich geen moment meer veilig hebben gevoeld.

'De meesten begrepen dat ze hun mes in moesten leveren, maar niet iedereen was er blij mee,' gaat haar moeder verder. 'Er kwam in de pauze een jongen uit de examenklas de lerarenkamer in stormen. Hij eiste zijn mes terug. Het was van zijn grootvader geweest en die was dood. Hij riep dat dat mes het enige was dat hij van hem had en dat hij er vroeger fluitjes van takken voor hem van sneed. En er zat ook een flessenopener en een kurkentrekker in, die gebruikte hij als hij ging kamperen.'

'Kreeg hij zijn mes terug?'

Charlottes moeder schudt haar hoofd. 'De rector maakte geen uitzondering, gaf hem een enveloppe en liet hem zijn naam erop schrijven, deed het mes erin en zei dat hij het op kon halen als hij zijn diploma had gehaald.'

'En dat vond hij goed?'

'Hij sputterde tegen, maar hij begreep dat het niet anders kon.'

Soms gaan er maanden voorbij, dan gebeurt er niets bijzonders op school. Alles gaat zijn gang, maar na de vechtpartij tussen Mo en Xaveer ging er iedere week wel wat mis.

De posters, gemaakt op de Dag van de Vrede, werden opgehangen in de gangen en de aula, maar na een tijdje stonden er allerlei leuzen bij die niets met vrede te maken hadden.

Er werden fietsen gestolen, een conciërge ontdekte wietplanten achter de schuur bij de fietsenstalling, een ruit in de hal sneuvelde en de mensen in de buurt klaagden over colablikjes en kauwgompapier in de voortuinen.

Er werd strenger opgetreden en na een tijdje keerde de rust terug.

Charlotte vertelt alle verhalen over school aan oma Rebeccca. Ze ligt niet meer de hele dag op bed, doet hooguit 's middags een dutje en scharrelt door het huis. Ze eet gelukkig ook weer beter.

De laatste bestralingen heeft ze gehad en ze hoeft alleen nog naar het ziekenhuis voor controle. Door de behandeling is ze snel moe en iedere morgen liggen er uitgevallen haren op haar kussen.

'Ik word zo kaal als een kip,' zegt ze in een poging grappig te zijn tegen Charlottes moeder. 'Scheer die laatste plukjes er ook maar af.'

Ze doet het met tegenzin, maar oma Rebecca knoopt sierlijk een sjaaltje om haar hoofd.

'Hè, heerlijk! Lekker fris. De zomer komt eraan. Het

groeit wel weer. Ik hoop dat mijn krullen terugkomen.'

Charlotte merkt dat haar moeder zich zorgen maakt. Uit de verhalen weet ze dat oma Rebecca vroeger veel last van depressies had, dan lag ze dagenlang in bed en huilde ze alsof het verdriet van de hele wereld op haar schouders lag. Vlak voor zo'n depressie had ze vaak zoveel energie dat iedereen het er benauwd van kreeg. Charlotte kent die buien van haar oma wel, maar ze begrijpt de oorzaak niet. Ook nu lijkt het alsof haar ernstige ziekte niet tot haar doordringt. Ze maakt er alleen maar gekke grapjes over.

Oma Rebecca en Charlotte zitten in de keuken en drinken thee met honing. Na een paar regenachtige dagen schijnt er eindelijk een waterig zonnetje. Felix en Tom spelen met vriendjes in het park en haar moeder is op school aan het vergaderen. Het raam staat op een kier en vogelgeluiden dringen naar binnen, duiven trippelen op het dak van de schuur en kwetterende koolmeesjes halen capriolen uit aan het pindasnoer dat Felix en Tom geregen hebben.

Oma Rebecca kijkt verlangend naar buiten. 'Nog een paar maanden dan staat de appelboom weer in bloei. De knoppen worden al dikker. Ik hou van de lente en vooral van de zomer.'

'Dan kunnen we weer lekker in de tuin zitten,' zegt Charlotte. Ze weet dat er dan weer herinneringen van lang geleden boven zullen komen. Oma Rebecca kent de verhalen over haar overgrootmoeder Louise ook allemaal. Soms heeft ze het gevoel, dat ze zelfs meer weet en iets verzwijgt, iets dat met vroeger te maken heeft, toen zij nog niet geboren was.

Dan wrijft oma Rebecca nadenkend over haar voorhoofd en dan dromen haar ogen mijlenver weg en haar gezicht vertrekt alsof ze pijn heeft.

'Je moeder denkt er al een tijdje over om de werfkelder weer als atelier in te richten. Ze heeft zin om te schilderen.'

'Ik hoop dat ze het doet,' antwoordt Charlotte. Ze heeft er goede herinneringen aan. Het is er zo heerlijk rustig. Als ze haar ogen dichtdoet, ruikt ze de verf en hoort ze het water van de gracht tegen de kant kabbelen.

'Zullen we naar beneden gaan om te kijken?' stelt ze voor.

'Laten we maar even op je moeder wachten. Ze kan ieder ogenblik thuiskomen.'

Iets over vijven hoort Charlotte Elise de sleutel in het slot steken. Als ze de keuken inloopt, vraagt ze: 'Je wilt weer gaan schilderen, hè mam? Oma wil even in de werfkelder kijken en ik vind het ook wel leuk.'

'Ja, ik dacht er van de week ineens aan. Het is nu nog te koud en de kelder moet nog schoongemaakt worden, maar het lijkt me van de zomer fijn om daar weer te werken. We kunnen nu wel even kijken, maar wil je echt mee, mama?' richt ze zich tot haar schoonmoeder.

'Vroeger wilde je voor geen goud naar de werfkelder.'

'Nu wel,' zegt ze. Ze staat op en loopt naar de kast in de gang. Charlotte en haar moeder volgen haar. Er staan potten met groenten en zelfgemaakte appelmoes op de planken en de trommel waarin een stuk vetvrij papier zit om de roomboterkoekjes vers te houden. Een gewoonte die nog van grootmoeder Louise was. De kast is groot, vroeger kroop Charlotte erin als ze met Felix en Tom verstoppertje deed.

Ze halen de strijkplank, de stofzuiger en een doos met oude kranten eruit, rollen het zeil op en trekken aan de koperen ring het luik omhoog. Dat maken ze met een touw vast aan een haak in de muur. Een smalle trap leidt naar een schemerdonker gat beneden. Een van vocht doordrongen lucht stijgt op. Charlotte niest.

'Voor je hier kunt werken zul je flink moeten luchten,' merkt oma Rebecca op. 'Het ruikt muf.'

Van een plank pakt Elise een zaklantaarn, knipt hem aan, rolt de pijpen van haar spijkerbroek op en loopt naar beneden. Oma Rebecca en Charlotte volgen haar voorzichtig op de smalle traptreden, terwijl ze steun zoeken aan de klamme wanden waarop het licht van de zaklantaarn grillige schaduwen tovert. Spinnenwebben kriebelen in hun gezicht.

Ze komen in een grote ruimte met een plafond dat als een ronde boog over hen heen sluit. Een bleek zonnetje schijnt door het glas van de deuren, die toegang tot de werf geven, naar binnen.

'Het is hier koud.' Oma Rebecca rilt. 'Dat was ik vergeten, daarom kun je hier alleen maar in de zomer schilderen.'

Elise loopt naar een muur en draait een schakelaar om, een gloeilampje licht op.

In een hoek staat een houten kist met koperbeslag

waarin ze haar verf en penselen bewaart, naast een schildersezel met een half afgemaakt doek.

Charlotte kijkt verbaasd om zich heen. Ze is hier al jaren niet meer geweest. Waarom zou haar moeder met schilderen gestopt zijn? Ze weet alleen nog dat ze aan de werf in een zandbak speelde, die haar vader er had neergezet, en taartjes bakte.

Op de grond liggen hobbezakken gevuld met stro. Ze struikelt er bijna over, een muis schiet weg, of is het een rat?

Op de muren staan krijttekeningen. 'Die zijn gemaakt door de Joodse kinderen die in de oorlog in de werfkelder ondergedoken zaten,' vertelt haar moeder. Charlotte herinnert zich de tekeningen niet.

Oma Rebecca loopt langs de muren en raakt ze één voor één aan. Op sommige staan onbeholpen poppetjes met een hoofd waar de armen en benen direct aan vastzitten en met vingers zo dun als lucifershoutjes. Op de andere wand is de kaart van Nederland getekend. Sommige steden zijn verdwenen door schimmel en vochtplekken.

'Dat heeft Simon gedaan!' zegt oma Rebecca, 'en die tekening is van de kleine Jaïr en die is van Sarah.'

Charlotte heeft de verhalen over haar overgrootmoeder Louise van haar moeder gehoord. Ze had zelf als klein meisje in de Eerste Wereldoorlog ook hulp en onderdak gehad. En in de Tweede Wereldoorlog zorgde ze voor Joodse kinderen, waarvan de ouders weggevoerd werden en nooit meer terugkwamen. Oma Rebecca en haar opa Simon waren twee van die kinderen. Ze vonden bij haar overgrootmoeder Louise een veilig onderdak. De hobbezakken kon haar overgrootmoeder na de oorlog niet wegdoen en daarom heeft haar moeder ze ook maar laten liggen, maar nu er muizen in zitten zal het er toch wel van komen.

Charlotte bekijkt de tekeningen aandachtig en draait zich om naar oma Rebecca. Ze staat midden in de grote ruimte en wrijft in haar ogen.

'Jouw grootmoeder noemde ik mama Louise,' fluistert ze tegen Charlottes moeder. 'Als zij er niet was geweest...'

'Ja, en wat zou er van mij geworden zijn, als ze er niet was geweest,' hoort Charlotte haar moeder zeggen.

Ze beseft dat haar moeder en oma veel gemeen hebben. Ze lijden beiden pijn om het verlies van hun ouders, ook al weet zij niet precies wat er is gebeurd.

Haar moeder slaat haar armen om oma Rebecca heen. Een ogenblik staan ze dicht tegen elkaar aan, gevangen in liefde, die geen woorden nodig heeft.

Charlotte doet alsof ze de muurtekeningen bestudeert.

8

Charlotte merkt dat het bezoek aan de werfkelder bij haar moeder en oma veel losgemaakt heeft. Ze houden van elkaar, maar in hun hart ligt dezelfde pijn. Ze praten over van alles, maar nooit over dingen uit een ver verleden waar een geheimzinnig waas over ligt en waar Charlotte alles over zou willen weten.

Ze voelt intuïtief aan dat ze elkaar het verdriet willen besparen. Misschien geloven ze, door er niet over te praten, dat akelige herinneringen dan vanzelf verdwijnen. Zou dat echt kunnen? Ze denkt aan Xaveer. Zou hij ooit over zijn traumatische ervaringen heen komen?

Bijna dagelijks, vooral nu de lente nadert en sommige bomen al uitlopen, werkt haar moeder in de werfkelder om hem weer in te richten als atelier. Charlotte en haar vriendin Alice helpen na schooltijd en zelfs haar vader Job pakt een bezem en schrobt de vloer.

'Zal ik de muren witkalken?' stelt hij op een zonnige namiddag voor. 'Al dat vocht en die schimmel is niet gezond en in de zomer spelen Felix en Tom hier.'

'Dan verdwijnen de tekeningen die je ouders in de

Tweede Wereldoorlog gemaakt hebben,' roept Charlottes moeder verontwaardigd, 'die tekeningen vertellen iets over de geschiedenis van ons volk, van jouw volk, Job, de Joden. Ze horen eigenlijk in een museum thuis.'

'Wat wil je nou? Hier schilderen of wil je een museum inrichten en stromen buitenlanders over de vloer hebben? Denk toch eens na, Elise.' Hij klinkt ongeduldig.

Het ontgaat oma Rebecca niet, die langs de werf in een oude leunstoel met een dikke jas aan zit te genieten van de lentezon. Hun stemmen weerkaatsen tegen de muren in het keldergewelf en de woordenwisseling loopt hoog op. Charlotte schaamt zich voor Alice. Gaan haar ouders ruziemaken over een paar tekeningen.

Ze gaat met Alice naast oma Rebecca op de grond zitten en kijkt haar verschrikt aan. Ze hebben eigenlijk nooit ruzie.

'Ach, mijn vader en moeder...' begint Alice, maar dan rent Charlottes moeder naar buiten.

'Mama, wat vind je ervan?' vraagt ze met stemverheffing aan oma Rebecca. 'Job wil de muren wit kalken, gewoon over de tekeningen van vroeger heen.'

Oma Rebecca staart peinzend voor zich uit, alsof ze de vraag niet heeft gehoord.

'Hoorde ik Job zeggen, dat vocht en schimmel niet gezond zijn voor de jongens?' vraagt ze na een tijdje.

'Ja, maar die tekeningen vertellen een verhaal, dat is geschiedenis. Daar kunnen we toch niet zomaar overheen verven?'

'Ach, in al die voormalige concentratiekampen, Mau-

thausen, Auschwitz, Birkenau, waar vroeger verschrik-
kelijke dingen zijn gebeurd, groeien nu wilde bloemen.
Daar heeft de natuur het verleden liefdevol toegedekt,
maar wat er is gebeurd zullen we nooit vergeten. Als
de muren in de werfkelder wit gekalkt zijn, zitten de
tekeningen er nog onder.
Als ik mijn ogen dichtdoe, weet ik nog precies hoe het
was. De herinneringen van toen zitten in mijn hart en
gaan er nooit meer uit. Dus maak de muren maar wit,
dan heb je mooier licht als je schildert.'
Charlottes vader pakt na de uitspraak van zijn moeder
meteen een blik witkalk en een roller en gaat fluitend
aan de slag. Het irriteert haar moeder. Ze loopt rood
aan van nijd.
'Het voelt alsof bij iedere witte streep op de muur een
stukje van het verleden wordt weggeveegd,' moppert
ze.
En dat terwijl er toch al puzzelstukjes zijn die niet in
elkaar passen, denkt Charlotte. Ze knipoogt naar haar
vader, pakt twee rollers, geeft er een aan Alice en samen
helpen ze hem.
Na een tijdje sleept haar moeder een hobbezak naar
buiten en gaat naast oma Rebecca zitten.
Woerden vechten om een vrouwtje. Een kat sluipt langs
de waterkant. Nog even, dan bloeien de kastanjebomen
langs de Nieuwegracht weer met rode en witte kaarsen.
Charlotte hoort oma Rebecca geruststellend tegen haar
moeder praten.
'Liefje, geloof me,' zegt ze. 'De geesten van de overledenen leven voort in de herinnering van de levenden.

Wat grootmoeder Louise je vroeger vertelde, raak je nooit meer kwijt. Er vallen gaten in herinneringen, want sommige dingen ben je vergeten of heb je verdrongen, maar alles wordt duidelijk als de tijd er rijp voor is.'

Charlottes moeder zucht diep, maar kalmeert. Ze turen een tijdje zwijgend over het water, dan springt ze op. 'Ik ga Felix en Tom ophalen. Ze spelen bij Robin.' Gelukkig lacht ze weer.

'Zo, is de boze bui gezakt?' plaagt Charlottes vader als haar moeder door de kelder naar de trap loopt om naar boven te gaan.

Ze blijft staan om de muur die bijna af is te bekijken en geeft toe dat de werfkelder er een stuk lichter van wordt.

'Ach, Charlotte haal jij de jongens even bij Robin, dan neem ik die roller van je over,' zegt ze.

Charlotte wisselt een blik van verstandhouding met haar vader en geeft haar de verfroller. 'Goed, ik ga wel even,' zegt ze.

'Zal ik meelopen?' vraagt Alice 'Of zal ik doorgaan met witten?'

'Ik ga wel even alleen. Het is vlakbij. Ik denk dat mijn vader wel blij is met je hulp!'

'Zeker weten!' zegt hij tegen Alice. 'Zo'n handig hulpje kan ik wel gebruiken.'

Alice lacht om het complimentje en doopt de roller in de witkalk.

'Nou, tot zo,' zegt ze tegen Charlotte, terwijl ze een lok haar uit haar gezicht blaast en op de trap klimt.

Felix en Tom zijn direct na schooltijd met hun vriendje meegegaan en geven Charlotte hun tas en jas.

'Pfft, ik stik van de hitte,' zegt Tom. Hij ziet er inderdaad verhit uit, alsof hij bij Robin een muur gesloopt heeft of de tuin heeft omgespit.

'Zullen we nog even naar de speeltuin gaan?' stelt Felix voor.

'Nee, liever naar de kinderboerderij. Er zijn lammetjes geboren,' protesteert Tom.

Ze kibbelen nog een tijdje door en Charlotte besluit hen geen van beiden hun zin te geven.

'Papa en mama zijn de werfkelder aan het witten en oma Rebecca zit lekker in de zon langs de gracht. Alice is er ook. Wij gaan een pot thee zetten en ze verrassen.'

In de keuken zet Charlotte de volle theepot en een paar stevige mokken op een dienblad, Felix en Tom staan ongeduldig voor de geopende kast. Felix heeft een zaklantaarn gevonden en maakt spookachtige geluiden om zijn broertje bang te maken.

'Licht ons maar bij, Felix, en hier heb jij de koektrommel, Tom, niet laten vallen.'

Voorzichtig loopt Charlotte met haar broertjes voor zich uit met het rammelende blad de trap af. Haar vader en moeder en Alice zitten naast oma Rebecca uit te puffen. Haar vader heeft zelfs zijn trui uitgedaan en ook de andere twee zien er bezweet uit.

Felix en Tom vallen direct in de armen van hun vader en met zijn drieën rollebollen ze lachend over de hobbezak. Hier en daar prikt het stro door de stof heen, maar vroeger zal het zeker een lekker warm bed geweest zijn...

'Ik kom altijd op de tweede plaats,' zegt hun moeder quasi beledigd. Maar Charlotte weet dat ze ervan geniet als ze met papa stoeien. Hij heeft het meestal druk en soms komt hij pas thuis als zij al op bed liggen.

Ze begroeten Alice en geven hun moeder en oma Rebecca een kus en gaan langs de grachtkant zitten.

'Mogen we met onze benen in het water bungelen, net zoals jij vroeger deed, mama?' vraagt Felix die ook graag luistert naar de verhalen van zijn moeder en oma Rebecca.

'Wat denk je? Nog maar een paar weken geleden lag er een dun laagje ijs op. Het is echt nog te koud en bovendien geloof ik niet dat ik dat vroeger deed.'

'Wel! Je jokt, mama! Papa deed het vroeger ook, dat verhaal ben je zeker vergeten. Vertel het nog maar eens.'

'Nu?'

Ja, nu!'

Charlotte gaat naast Alice op een hobbezak zitten en trekt een gezicht alsof ze zeggen wil: Nou krijg je wat te horen! Alice grinnikt.

Charlottes moeder haalt diep adem en begint te vertellen, af en toe aangevuld door hun vader.

'Ik ben opgegroeid met mijn ooms Daan en Koen, de zonen van mijn grootmoeder Louise, die nu in Canada wonen. Ze waren fan van Elvis Presley en dat zijn ze nog steeds, want de songs van de sterren uit je jeugd, vergeet je nooit. Als ze op de radio een lied van Elvis hoorden, zongen ze hard mee en toen ze zijn filmdebuut, Love me tender, hadden gezien, imiteerden ze de bewegingen van Elvis, terwijl ze luchtgitaar speelden. Job doet voor hoe dat gaat en Felix en Tom doen meteen mee. Charlotte en Alice giechelen en oma Rebecca lacht ook om haar kleinzonen.

Charlottes moeder gaat onverstoorbaar door. 'In de huiskamer schoven ze de stoelen aan de kant en dan rock-'n-rolden ze zo wild met hun meisjes dat de spulletjes van mijn grootmoeder Louise heen een weer dansten op de maat van de muziek.'

'Er brak zelfs een keer een antieke vaas en daar was ze niet zo blij mee,' zegt oma Rebecca.

'Mijn ooms mochten toen van mijn grootmoeder de huiskamer niet meer verbouwen. Ze vond dat ze maar in de werfkelder moesten gaan dansen.'

'Nou, dat was niet tegen dovemansoren gezegd,' gaat hun vader verder. 'Mama en ik mochten meehelpen. Daan en Koen hingen in de kelder een snoer gekleurde lampjes op en sleepten van de zolder oude stoelen naar beneden, op de grond legden we kussens en op de muren plakten we posters van Elvis.'

'En toen hielden ze regelmatig met vrienden feestjes. Ze hadden een oude platenspeler...'

'Wat is dat?' valt Felix hem in de rede. 'Een platenspeler, daar heb ik nog nooit van gehoord.'

'Net zoiets als een apparaat waar wij een cd indoen als we naar muziek willen luisteren, maar dan veel ouderwetser en lang zo'n mooi geluid niet. Er staat er nog een op zolder. Ik zal hem je wel eens laten zien.'

'Kon ie lekker hard?' vraagt Tom.

'Heel hard!' Zijn vader schiet in de lach. 'Maar hier in de werfkelder stoorden we niemand.'

'Soms mochten papa en ik er ook bij zijn. Mijn ooms leerden ons dansen en we zongen alle songs van Elvis mee. Ik ken er nog wel een paar: That's alright mama, zijn eerste single, Heartbreak hotel, Don 't be cruel en Love me tender, dat was mijn favoriet.'

'Als dat nummer speelde,' gaat hun vader verder, 'dan grepen de jongens hun meisje bij de hand, drukten haar tegen zich aan en dan schuifelden ze door de kelder.'

'En papa en ik deden hen na, dus we leerden al snel de bewegingen die erbij hoorden en die volgens mijn oom Koen super cool waren.'

'Doe eens voor, mam! Doe eens voor!' roept Tom en hij begint enthousiast aan haar arm te trekken.

'Hadden jullie nooit ruzie?' vraagt Felix die af en toe zijn broertje knap zat is.

'Nooit! Ik denk dat we toen al van elkaar hielden,' zegt zijn vader. 'Mama lachte zo lief als ze op mijn tenen trapte en ze legde haar hoofd tegen mijn schouder, net zoals de oudere meisjes bij hun vriendjes deden. Als het in de zomer warm was, gingen we aan de waterkant zitten en dan bungelden we met onze blote voeten in de gracht en zwaaiden we naar passerende bootjes.'

'Ik wist het wel, dat jullie dat vroeger deden! Mam, nou hoor je het zelf van papa!' zegt Felix glunderend.

'Ja, maar toen mijn grootmoeder Louise het zag, mocht ik het niet meer, want ik kon toen nog niet zwemmen.'

'Maar ik heb al twee zwemdiploma's en over een paar weken mag Tom ook afzwemmen en je oma is toch al dood, dus die kan niet meer zeggen dat het niet mag.'

'Maar ik ben er wel,' zegt hun moeder, 'het is nog te koud. Van de zomer zien we wel. Het water is ook vies.'

'Een liedje van Elvis heeft je ook nog eens in de problemen gebracht, weet je dat nog?' Hun vaders ogen glinsteren en ook oma Rebecca begint te grinniken. Charlotte kent het verhaal, maar de twee jongens kruipen nieuwsgierig dichterbij en ook Alice spitst haar oren.

'Een keer in de week kregen we op school zangles,' gaat hun moeder verder. 'We leerden het Wilhelmus en oude vaderlandse liedjes zoals: Waar de blanke top der duinen, Knaapje zag een roosje staan, In een blauw geruite kiel en Op de grote stille heide.'

'Leuke liedjes?' vraagt Tom, die geïnteresseerd is in alles waar hij muziek mee kan maken en misschien wel talent op dat gebied heeft, hoewel het niet in de familie zit.

'Die versjes zal de juf jullie wel niet meer leren. Ze zijn echt heel oud.'

Oma Rebecca begint spontaan 'Op de grote stille heide' te zingen. Haar stem heeft niet veel kracht meer, maar het klinkt zuiver. Hun moeder zingt zacht mee en ook Charlotte. Zij heeft het liedje van oma Rebecca geleerd toen ze klein was.

'Best mooi!' zegt Alice als het lied uit is en Tom is het met haar eens, maar zijn vader kijkt naar boven om te zien of er niet iemand over de reling hangt om te kijken wie er zo gek zijn om zoiets stoms te zingen in deze tijd.

'Maar toen moest mama voor de klas een liedje zingen en dat klonk heel anders dan Op de grote stille heide.'

'Ik koos een gevoelig liedje van Elvis Presley en maakte er natuurlijk ook de bewegingen bij die mijn ooms me geleerd hadden. Oom Daan had de tekst voor me vertaald en ik vond de melodie ook zo mooi, dat ik er kippenvel van kreeg. Vooral ook omdat er in de werfkelder na afloop altijd gezoend werd door mijn ooms, hun vrienden en hun meisjes, zelfs papa zoende me op mijn wang. De klas luisterde en ik wist dat ik mooi kon zingen, want dat zeiden de vriendinnen van mijn ooms altijd. Maar halverwege pakte de juf me bij mijn arm. Ik stopte verschrikt in een gevoelige zin en toen sleurde ze me met een boos gezicht naar de gang en daar gaf ze me een paar flinke tikken op mijn billen. Ik schrok erg, want bij ons thuis werd niet geslagen, alleen wel eens hardhandig gestoeid. Ze riep dat ik opgroeide voor galg en rad.'

'We wisten niet wat dat betekende,' gaat hun vader verder. 'En thuis hebben we verteld wat er was gebeurd.'

'Grootmoeder Louise wilde het lied wel eens horen en ook mijn ooms Daan en Koen luisterden mee. Ik deed extra mijn best. Ze vonden het prachtig en ze zeiden dat Elvis trots zou zijn op een meisje dat zo goed zijn liedjes kon zingen. Oom Daan zei: "Laat de juf maar kletsen!"'

Ze pauzeert even, gaat dan verder. 'En oma Louise vond het ook en zei dat ze wel even met de juf ging praten, want ze wilde niet dat ze me sloeg.'

'De volgende dag stond ze om twaalf uur bij school,' vertelt hun vader. 'Ze had haar nette jas aan en haar zondagse hoedje op. Wij moesten bij het schoolhek blijven wachten en na een kwartier kwam ze met een frons tussen haar ogen en rode wangen naar ons toe. "Zing dat liedje maar niet meer," zei ze tegen me. "Je juf is niet het type dat daarvan houdt, maar ze zal je niet meer slaan." Thuis mocht ik dat liedje zo vaak en zo hard zingen als ik wilde.'

'Maar je bleef er toch over piekeren,' zegt oma Rebecca, 'en op een dag zei je: "Misschien houden grijze mevrouwen met een knoedeltje in hun nek, die parelkettinkjes om hebben en plooirokken, zwarte kousen en veterschoenen dragen, niet van mooie liedjes. Ze missen wel veel!"'

'Ik was erbij toen je dat zei,' zegt Job. 'Iedereen schoot in de lach.'

'Ach, ze lachten wel vaker om de dingen die ik zei, maar ik begreep niet waarom ze zo vrolijk waren. Maar mijn verdriet was wel over.'

'En heeft de juf je nooit meer geslagen?' vraagt Felix, 'onze juffen doen dat niet, hè Tom.'

Het komt niet vaak voor, maar deze keer is Tom het met zijn broer eens. Ze springen op en gaan een eindje verderop steentjes in de gracht gooien. Hun moeder merkt niet dat ze weglopen. Als in een soort trance praat ze verder. Charlotte en Alice blijven geboeid luisteren.

'Ze heeft me gelukkig nooit meer geslagen, maar ik kreeg ook nooit meer een complimentje van haar. Ze had ijzig koude ogen, waarmee ze venijnig naar me kon loeren. Soms kreeg ik de schuld van dingen die ik niet had gedaan. Als ik een paar minuten te laat kwam, moest ik lang op de gang staan. Dan vroeg ik me af of ik me voor niets zo had gehaast. Als we rekenen hadden, vond ik het niet zo erg om eruit gestuurd te worden, maar met zingen of tekenen wilde ik graag meedoen. Misschien wist de juf niet dat ik tekenen zo fijn vond. Ik had haar eens gezegd, dat ik het net zo goed kon als mijn vader, dat had grootmoeder Louise me verteld en ze had me tekeningen van hem laten zien. "Hoe kan jij dat nou weten," zei de juf. "Je heb niet eens een vader."'

Charlotte hoort dat er een brok in haar moeders keel komt. Ook Alice merkt het. Ze kijkt haar verlegen aan. 'Ik kreeg voor tekenen maar een zes,' gaat ze verder, 'terwijl ik volgens mijn ooms wel een negen of een tien verdiende. Ze zeiden dat mijn juf een oude taartendoos was die nodig met pensioen moest. Toen hij me dat vertelde zag ik in gedachten een doos voor me vol met krassen, deuken en kreukels. Ik besefte toen niet hoe dicht dat beeld bij de waarheid lag. Jaren later hoorde ik dat ze zelfmoord had gepleegd. Ze had toen ze jong was haar man en haar enige kind verloren. Dat verlies heeft ze nooit kunnen verwerken. Die krassen, deuken en kreukels zaten in haar ziel, maar ik herinner me dat je ze ook aan de buitenkant kon zien.'

Charlotte bijt op haar lip. Haar moeder stopt abrupt met haar verhaal. Het lijkt alsof ze uit een droom ontwaakt. Ze is mooi en slank en haar ogen staan helder in haar gelijkmatige gezicht. Aan de buitenkant zie je niks, maar hoeveel krassen, deuken en kreukels heeft zij vanbinnen?

9

In het oude familiehuis werd ieder jaar wel iets vernieuwd, behalve de keuken, die ziet er nog net zo uit als in haar moeders jeugd, weet Charlotte uit de verhalen. Haar moeder kan ook gewoonten van vroeger niet loslaten.

In de winter snort de potkachel in de keuken, alleen stoppen ze er nu geen eierkolen, maar houtblokken in, die haar vader eens in de zoveel tijd bij een boer gaat halen.

In het voorjaar en najaar smeert haar moeder de kachel nog steeds in met zwarte schoensmeer en daarna wrijft ze hem uit met een wollen lap tot hij glimt als een spiegel. Op vrijdag kookt ze net als haar grootmoeder Louise een grote pan kippensoep en vriendjes en vriendinnen kunnen altijd mee-eten. Een keer in de maand bakt ze op woensdag friet, ook een specialiteit van haar grootmoeder, die tot haar tiende in Vlaanderen woonde. Het is een heel werk, maar Charlotte helpt vaak mee. Zelfs Felix en Tom worden aan het werk gezet.

Dus op de eerste woensdagmiddag van de maand pakt Tom het oude aardappelmandje uit het aanrechtkastje en loopt hij met Felix naar de aardappelkist in de tuin.

Tom houdt het deksel omhoog en Felix vult het mandje. Daarna geeft Elise hen een bot mesje, legt een krant op de keukentafel en laat de jongens helpen met schillen, terwijl oma Rebecca in haar stoel bij de kachel een dutje doet. Charlotte maakt plakjes en repen van de aardappels en Elise leest, net als haar grootmoeder Louise vroeger deed, de krant voor, terwijl ze de schillen van de ene naar de andere kant schuift.

'Doordat grootmoeder Louise me vroeger de krant voorlas, wist ik altijd wat er zich in de stad afspeelde,' vertelt ze. 'Ik wist waar een ongeluk was gebeurd, wie in aanmerking kwam voor een lintje van de burgemeester en waar de koffie in de aanbieding was. Het enige verschil met toen is dat er nu veel ernstiger nieuws in de krant staat.'

Ze ziet artikelen die gaan over moord en doodslag, bomaanslagen en terreurdreiging. Die slaat ze over, want daar hoeven Felix en Tom op hun leeftijd nog niets van te weten. Daarom bladert ze eerst de krant door om een pagina te vinden met verhalen waar ze geen nachtmerries van zullen krijgen. Dus ze leest voor dat er een circus in de stad komt, dat er van de zomer weer kermis op de Maliebaan is en ze wijst hen op een kortingskaart voor het Spoorwegmuseum.

Als de frietjes zijn afgespoeld en Charlotte ze met een schone theedoek heeft droog gedept, worden ze gebakken in heet vet. Af en toe kijkt Elise in de sissende pan, want de eerste bakronde is belangrijk. De frietjes mogen niet te bruin of te bleek zijn, want dan worden ze niet knapperig.

Als ze de frietjes in een schaal, bedekt met een theedoek, in de tuin zet om af te koelen, zitten Felix en Tom als ze terugkomt over de krant gebogen.

Tom, die in groep drie zit en al aardig begint te lezen, wijst met zijn vinger bij, terwijl hij voorleest.

'Bisschop ontkent de Holocaust,' spelt hij moeizaam. 'Mam, wat staat er? Wat is de Holocaust?'

Charlotte en haar moeder kijken verschrikt naar oma Rebecca. Het gaat zo goed met haar. Ze kan er beter niet meer aan herinnerd worden. Maar ze heeft het toch gehoord en komt aan tafel naast Felix en Tom zitten.

'Weet jij het oma Rebecca?' herhaalt Tom.

Charlotte merkt dat haar moeder nerveus wordt en snel een vraag over school stelt om hem af te leiden, maar hij kijkt zijn oma aan en wacht op antwoord.

Rebecca legt even geruststellend een hand op de arm van haar schoondochter, dan kijkt ze naar Felix en Tom.

'Lang, heel lang geleden,' begint ze zacht. Charlotte beseft net als haar moeder, dat het haar moeite moet kosten om erover te praten, maar ze vindt vast dat haar kleinzonen, ook al zijn ze nog maar klein, moeten weten wat er met hun voorouders is gebeurd. Ze gaat verder. 'Jullie papa en mama waren nog niet geboren toen de Tweede Wereldoorlog uitbrak. Het is dus heel lang geleden. Ik zat in de tweede klas van de middelbare school. We woonden in Amsterdam. Omdat we Joden waren moesten mijn vader, moeder en ik een gele ster op onze kleren dragen. We mochten niet naar de bioscoop of naar het zwembad. We mochten zelfs niet in het park op een bank zitten. Overal hingen bordjes met de tekst: Verboden voor Joden.'

'Moest je dan de hele dag binnen zitten?' vraagt Felix.

'We gingen wel naar school, maar bijna iedere dag ontbraken er een paar kinderen, die waren met hun ouders weggevoerd door slechte mensen.'

'Waarom?'

'Omdat ze Joods waren.'

'Waar gingen ze dan naartoe?'

'Ze werden in veewagons naar kampen gebracht waar ze hard moesten werken en waar veel mensen stierven.'

'Waren ze ziek?' vraagt Tom.

Oma Rebecca geeft niet meteen antwoord. De blik in haar ogen heeft Charlotte vaker gezien en Elise pakt gauw een zakdoekje en snuit haar neus. Charlotte zou willen helpen, maar ze weet niet hoe. Die jongens ook altijd met hun lastige vragen!

'Ze zijn vermoord omdat ze Joods waren,' zegt oma Rebecca uiteindelijk.

Felix en Tom kijken haar ongerust aan.

'Mama zegt, dat jij en papa en tante Naomi in Amerika Joods zijn. Kunnen ze jullie ook komen halen, want dat wil ik niet,' zegt Tom angstig.

Oma Rebecca trekt het jongetje op schoot.

'Al die afschuwelijke dingen gebeurden lang geleden toen slechte mensen alle Joden wilden vermoorden. Maar je hoeft niet bang te zijn. Het is hier nu veilig.'

'Maar die slechte mensen hebben jou gelukkig niet te pakken gekregen,' zegt Felix en hij kruipt tegen zijn grootmoeder aan. 'Want je verstopte je in de werfkelder. Maar je papa en mama hebben ze die wel meegenomen?'

'Op een zondagmiddag gingen we op bezoek bij vrienden van mijn ouders. Dat vond ik fijn, want hun zoon Simon zat op dezelfde school als ik, en ik was een beetje verliefd op hem.'

Felix en Tom gniffelen.

'We deden een spelletje toen er op de deur werd gebonkt. De vader van Simon vertrouwde het niet en hij hielp Simon en mij op zolder in een geheime bergplaats, een smalle ruimte vlak onder het dak, die doorliep naar het buurhuis. Daar hebben we uren gezeten en gewacht op de dingen die zouden komen. Pas toen het donker was haalde de buurman ons uit onze benauwde positie. Hij vertelde dat onze ouders door de vijand weggevoerd waren en dat we niet in het huis konden blijven. Hij heeft ervoor gezorgd dat we veilig weg konden en hier kwamen.'

'En je papa en mama?' vraagt Felix. Hij kijkt bang, alsof hij het antwoord al weet.

'Ik hoopte heel lang dat ze terug zouden komen, maar ik heb ze nooit meer gezien en de ouders van Simon, met wie ik later getrouwd ben en die dus jullie opa was, zijn ook vermoord.'

'En dat ze de Joden doodmaakten noemen ze de Holocaust?' vraagt Tom, terwijl hij het zinnetje waar alles mee begon nog eens hardop leest.

'Dat woord gebruiken ze voor het vermoorden van de Joden. En die bisschop ontkent het en dat is dom,' zegt Elise. 'Iedereen weet dat die vreselijke dingen zijn gebeurd. Mensen die het meegemaakt hebben en overleefden, vertelden het. Het staat in alle geschiedenisboeken en als je zegt, dat het nooit is gebeurd, dan ontken je de volkerenmoord op de Joden en hun verdriet dat generaties lang pijn blijft doen.'

'Het waren allemaal vaders en moeders met kinderen, grootouders of ooms en tantes, neven en nichten van iemand,' gaat oma Rebecca verder. 'Het waren mensen. Je kunt niet zomaar zeggen: Het is niet waar. Ieder mens dat vermoord is had plannen voor de toekomst, wilde werken of studeren, van iemand houden en gelukkig zijn. Die kans is veel mensen ontnomen.'

Felix kijkt haar ongerust aan en fluistert: 'Maar nu doen ze zulke dingen niet meer, hè?'

Charlotte denkt aan de volkerenmoorden die nog steeds in de hele wereld gebeuren en waarbij de mensheid toekijkt. Hier, in ons land, heerst geen oorlogsgeweld, maar hoeveel volwassenen en kinderen ver weg lijden er wel onder? Ze hoeft alleen maar aan Xaveer te denken om te begrijpen hoe ernstig de gevolgen zijn voor de volgende generaties. Zulk groot verdriet gaat nooit over. De Holocaust was een tragedie, een tragedie voor de hele mensheid omdat er zoveel talent verloren ging, maar ook omdat de wereld er niets van leerde.

Zou oma Rebecca dat ook aan Felix en Tom vertellen? Kleine jongetjes, die druk in de weer zijn met voetbalplaatjes, die een dak boven hun hoofd en een warm bed hebben en die voldoende eten en liefde krijgen?

'Hier zijn jullie veilig,' zegt oma Rebecca zacht. Ze haalt even een hand door Felix' warrige haren, loopt dan door de gang naar de tuindeur en opent hem. Door het keukenraam ziet Charlotte dat ze een paar keer diep ademhaalt. Haar moeder loopt haar achterna en slaat een arm om haar smalle schouders.

Charlotte pakt snel een boek dat altijd klaarligt en leest haar broertjes eruit voor. Ze lachen om de grappige stemmetjes die ze nadoet.

10

Charlotte ligt te woelen onder haar dekbed. Ze is vanavond vroeg gaan slapen, want morgen heeft ze een
belangrijke repetitie, maar ze schrok wakker van een
akelige droom over de grootouders die ze nooit heeft
gekend. In de droom lachten en wenkten ze naar haar.
Ze begon te rennen zo hard ze kon, maar toen verdwenen haar grootouders in de mist en door het scherpe
gefluit van een stoomlocomotief werd ze klaarwakker.
Ze schopt het dekbed weg, want ze stikt van de hitte.
Ze besluit naar beneden te gaan om in de keuken wat
te drinken en een appel te eten. Als ze iets in haar maag
heeft, valt ze wel weer in slaap.
Het is stil in huis. Op haar tenen loopt ze de trap af,
de trede die altijd kraakt slaat ze over. Als ze beneden
langs de zijkamer loopt, hoort ze oma Rebecca zacht
snurken. Gelukkig maar, want de laatste tijd gaat het
wat minder met haar. Ze is afwezig en vertelde dat ze
veel over haar ouders droomt. 'Ik word er vrolijk, maar
ook verdrietig van,' had ze gezegd. 'Ik denk dat ze me
willen vertellen dat de engelen me gauw komen halen.'

Natuurlijk hadden ze haar dat meteen uit haar hoofd gepraat.

'Je blijft nog jaren bij ons, oma. Je wordt heel oud, want we kunnen je nog lang niet missen,' had Charlotte gezegd en Felix en Tom waren het met haar eens.

'Je mag niet doodgaan, oma!' had Tom gezegd. 'Wie moet ons dan voorlezen? Ik heb net een nieuw boek in de bibliotheek gehaald.'

Het snurken gaat over in zacht gekreun. Charlotte schrikt. Ze zal toch niet uit bed zijn gevallen? Voorzichtig doet ze de deur open. Door een kier van het gordijn verlicht de maan de kamer. Het duurt even voor haar ogen aan de schemering gewend zijn, maar dan ziet ze het lichaam van haar oma schokken en ze mompelt iets onverstaanbaars. Zacht loopt Charlotte naar haar toe. Aan haar oma's snelle oogbewegingen ziet ze dat ze weer een angstige droom heeft. Charlotte wil haar wakker maken, maar doet het niet. Haar moeder zegt altijd dat ieder mens dromen nodig heeft om dingen te verwerken en oma Rebecca heeft veel meegemaakt. Haar dekbed is op de grond gegleden. Charlotte raapt het op, dekt haar behoedzaam toe en blijft even bij haar tot de akelige droom voorbij lijkt.

In de keuken trekt ze de ijskast open. Er staat appelsap en cola. In cola heeft ze de meeste trek, maar er zit coffeïne in, en dan komt ze straks helemaal niet meer in slaap. Ze besluit wat melk op te warmen, roert er een lepel honing door en eet een paar biscuitjes.

De kachel is uit. Ze krijgt het koud en na een tijdje verlangt ze terug naar haar warme bed.

Als ze langs de werkkamer van haar ouders loopt, hoort ze zacht geklik. Zit haar vader nog te internetten? Als hij boven zit, roept hij vaak dat hij achterstallige administratie bij moet werken, maar ze heeft hem al een paar keer betrapt op een potje schaak met de computer.

Ze heeft geen idee hoe laat het is en steekt haar hoofd om een hoek van de deur. Haar vader en moeder turen naar het scherm. Haar vader in zijn pyjama en haar moeder in een van zijn oude overhemden, die ze in bed afdraagt.

'Zijn jullie nog wakker?' vraagt Charlotte. 'Ik ging beneden...'

'Kom eens,' zegt haar vader. 'Er is een e-mail van tante Naomi.'

Hij schuift een eindje op, zodat ze naast hem op de stoel kan zitten. Tante Naomi is de zus van haar vader. Een nakomertje! Als fotografe reist ze in opdracht van glossy tijdschriften de hele wereld over. Ze is rusteloos en avontuurlijk. Ze trouwde ooit met een oorlogscorrespondent, maar is inmiddels alweer van hem gescheiden.

'We zagen elkaar nooit,' legde ze aan de familie uit. 'Dat werkte niet.'

Nu heeft ze een appartement in New York, veel vrienden en, wat ze vooral belangrijk vindt, de vrijheid! Charlotte is gek op haar tante. Ze ziet haar veel te weinig, maar ze mailen bijna iedere week.

'Wat schrijft ze?' vraagt ze.

'Lees zelf maar,' zegt haar vader.

Het is een kort berichtje. Naomi schrijft dat ze voor een project over kinderarbeid naar India moet en eerst een dag of tien naar Nederland komt. 'Jullie hoeven me niet van Schiphol op te halen. Ik kom midden in de nacht aan en ik red me wel,' eindigt ze.

'Fijn dat ze komt logeren,' zegt Charlotte.

'En oma zal ook blij zijn dat ze haar weer eens ziet. Ze praat weinig over haar, maar ik zie haar vaak kijken naar Naomi's foto op het nachtkastje,' zegt haar moeder. 'Ik zal morgen meteen de logeerkamer in orde maken. Ze schrijft niet wanneer ze komt, maar je weet het bij Naomi nooit. Misschien staat ze vannacht al voor de deur.'

'Van Naomi kun je inderdaad van alles verwachten,' zegt haar vader grinnikend. 'Laten we maar gauw gaan slapen.' Hij legt een hand op Charlottes arm. 'Je bent ijskoud, wie komt er nou midden in de nacht zijn bed uit.'

'Ik had naar gedroomd en honger.'

'Nou duik er maar gauw in, dan stop ik je nog even onder,' zegt haar moeder.

Een ogenblik later ligt Charlotte diep weggedoken onder haar dekbed en binnen vijf minuten is ze in een diepe slaap.

Tegen de ochtend, als de schemering nog over de stad hangt, schrikt ze wakker van de klingelende voordeurbel.

Snelle voeten lopen de trap af. Er klinkt een verraste kreet.

'Naomi!' hoort ze haar vader zeggen. 'Elise zei al dat je

vannacht zou komen. Ze heeft nog gelijk ook!'

Met een paar sprongen rent Charlotte ook naar beneden, gevolgd door Felix en Tom, die ook wakker zijn geworden.

Tante Naomi ziet er slaperig uit, met verkreukelde kleren en haar dat alle kanten op piekt.

'Hallo, familie!' zegt ze droog, terwijl ze iedereen omhelst. 'Heb ik jullie wakker gemaakt?'

'Nee, hoor! Het hele land slaapt nog, maar wij zijn al uren op.' Charlottes vader schudt zijn hoofd en grinnikt naar zijn zuster, maar Charlotte merkt dat hij blij is haar te zien.

'Is mama wakker? Ik ben moe, maar ik wil haar even gedag zeggen.'

Vanuit de zijkamer klinkt zacht gesnurk.

'Ze slaapt.'

Naomi opent toch zacht de deur en op haar tenen loopt ze naar binnen. Ze buigt zich over haar moeder heen en geeft haar een kus op haar voorhoofd.

'Ze ziet er beter uit dan vlak na de operatie. Gaat alles goed met haar?' fluistert ze.

Charlottes moeder knikt. 'Ze eet beter en de dokter is ook tevreden.'

'Hoe laat is het eigenlijk? Ik heb in het vliegtuig niet geslapen. Er zat een vent naast me die zo hard snurkte dat ik de neiging had om een wasknijper op zijn neus te zetten.'

'Het is halfvijf. De logeerkamer is nog niet in orde, maar het bed is zo opgemaakt.'

Felix gaapt en ook Tom ziet er slaperig uit.

'Jullie moeten nog even naar bed,' zegt hun moeder. Ze sputteren tegen en Charlotte probeert de keuken in te glippen waar haar vader thee zet en een tosti voor zijn zuster maakt. Maar haar moeder pakt haar bij de arm. 'Jij ook, liefje. Het is nog veel te vroeg. Tante Naomi blijft tien dagen, dus je hebt nog genoeg tijd om met haar te kletsen.'

In de keuken praten de volwassenen nog even terwijl Naomi de tosti eet. Dan proberen ze allemaal nog wat te slapen voordat de vogels hen wakker fluiten en het verkeerslawaai door de open ramen binnendringt.

Als Charlotte 's morgens in de keuken komt, zit oma Rebecca al thee te drinken.

'Wat bent u vroeg wakker, oma,' zegt ze, terwijl ze een arm om haar heen slaat en haar een kus geeft.

'Naomi is er, hè! Haar koffer staat in de gang!' antwoordt ze glunderend.

'Ze stond vannacht voor de deur.' Charlottes moeder komt in haar ochtendjas de keuken binnen en schenkt voor zichzelf een kop thee in. Ze hoeft vandaag geen les te geven. 'Ze heeft je nog even een kus gegeven en toen is ze gaan slapen.'

'Ik verlang naar haar, maar ik zal haar maar niet wakker maken, hè?'

'Het was een lange vliegreis. Laat haar maar.'

'Jij moet opschieten, Charlotte,' zegt ze, 'zijn Felix en Tom al wakker? Straks komen jullie allemaal te laat op school.'

Als Charlotte boven komt is Tom al onder de douche

geweest. Hij worstelt met zijn sokken omdat hij zijn voeten niet goed heeft afgedroogd.

'Is Felix al wakker?' vraagt Charlotte. 'Jullie moeten opschieten.'

Felix slaapt nog en voorzichtig maakt Charlotte hem wakker. 'Is tante Naomi er of heb ik het alleen maar gedroomd?'

'Ze is er, maar ze slaapt nog, dus doe zachtjes!'

Hij kijkt toch even om een hoekje van de logeerkamer en ziet alleen een donkere krullenbos, want tante Naomi ligt diep weggedoken onder het dekbed. 'Ze is het!' zegt hij tevreden en zacht doet hij de deur weer dicht. Na het ontbijt brengt hun vader de jongens voor kantoortijd naar school. Als Charlotte net naar buiten wil gaan om haar fiets uit de schuur te pakken, gaat de telefoon. Haar moeder en oma zitten in de keuken, dus zij neemt op. Het is Tina. Ze regelt de telefooncirkel van de klas.

'De eerste twee lesuren vallen uit,' ratelt ze. 'De leraren hebben de griep. Bel jij Bas en Maarten?' Charlotte wil al ophangen, maar hoort haar nog wat roepen. 'Ik kom naar je toe. Ik snap niks van die Engelse onregelmatige werkwoorden.'

'Oké, dan bel ik Bas en Maarten alvast.'

Charlotte draait het nummer van haar klasgenoten, geeft de boodschap door en loopt naar de keuken.

'Ben je nou nog niet weg?' vraagt haar moeder als ze binnenkomt.

'Tina belde. De leraren van aardrijkskunde en gym zijn ziek. We hebben de eerste lesuren vrij. Dat komt goed uit, nu tante Naomi er is!'

Ze trekt haar jack uit en gaat aan de keukentafel zitten. 'Tina komt zo ook. Ik moet haar helpen met Engels. Zal ik boven een beetje stommelen?' vraagt ze. 'Dan wordt tante Naomi wat sneller wakker.'

Haar moeder en oma lachen, maar vinden het niet zo'n goed idee. Een kwartier later als er net koffie is gezet, komt Naomi in een van haar broer geleende pyjama naar beneden. Hij is veel te groot en slobbert om haar heen. Ze omhelst haar moeder. Oma Rebecca is zo blij dat ze haar dochter ziet, dat ze haar bijna niet los kan laten, want soms ziet ze haar maar één of twee keer per jaar.

Als Tina er is en ze koffie hebben gedronken, gaan Charlotte en Tina met hun boeken in de tuin zitten.

'Leuke tante heb je,' zegt Tina, 'woont ze echt in Amerika?'

Charlotte knikt. 'Al jaren. Ze is fotografe en reist de hele wereld rond.'

'Leuke job, zou ik later ook wel willen.'

'We zien haar daardoor maar weinig en dat is wel jammer.'

'Is ze ook net als jullie in dit huis geboren?' vraagt Tina.

'Je kent het verhaal natuurlijk niet, maar mijn tante is geboren op die bank, waar jij nu op zit.'

'Hè? Hier buiten in de tuin?' Tina's ogen worden groot van verbazing. 'Dat meen je niet.'

Charlotte lacht om haar reactie.

'Het is echt waar!' en dan vertelt ze haar vriendin het

verhaal, dat ze al heel vaak gehoord heeft.

'Tante Naomi werd in een hete zomer geboren. Oma Rebecca had veel last van de warmte. Ze kwam vaak bij mijn overgrootmoeder Louise, want die hielp haar met koken en zo.'

'Hoe oud waren je ouders toen?' vraagt Tina.

'Mijn moeder was acht en mijn vader tien. Ze zaten in de appelboom om goudreinetten te plukken, daar zou mijn overgrootmoeder Louise appelmoes van maken.'

'Maakt mijn moeder ook wel eens,' valt Tina haar in de rede, 'met veel suiker en kaneel.'

'Ja, wil je het verhaal nou horen of niet?'

Tina doet net of ze met een sleuteltje haar mond op slot draait.

'Ik zeg niks meer,' zegt ze snel.

'Tante Naomi werd in de zomer geboren,' gaat Charlotte verder. 'Oma Rebecca was hoogzwanger en haar kuiten en enkels waren opgezwollen van het vocht. Haar man Simon, de opa die ik nooit heb gekend, liet alles aanbranden en daarom kookte mijn overgrootmoeder Louise voor hen. Ze zat in de tuin kapucijners te doppen en hield met een schuin oogje Rebecca in de gaten. Ze zuchtte en pufte en zat op een gammel stoeltje heen en weer te wiebelen. Toen mijn overgrootmoeder Louise doorkreeg dat de weeën begonnen, klapte ze de tuinbank uit, legde er een matrasje op en zei dat Rebecca moest gaan liggen.'

'Hoe weet je dat allemaal zo precies?' wil Tina weten.

'Ze hebben het verhaal al zo vaak verteld.'

'Nou, ga verder!' Tina zit op het puntje van de tuinbank en kijkt haar nieuwsgierig aan.

'Mijn overgrootmoeder brak vijf eieren in een kom, deed er een paar scheppen suiker bij, klopte het op, schonk het in een glas en gaf het Rebecca te drinken.'

Tina haalt haar neus op. 'Getsie!'

'Je krijgt veel energie van zo'n drankje. Mijn moeder maakt het ook wel eens als we ziek zijn. Felix en Tom vinden het lekker, maar ik krijg er kippenvel van.' Charlotte wrijft over haar armen, alsof ze alleen al bij de gedachte aan het drankje misselijk wordt.

'En toen?'

'Het was duidelijk dat de baby gauw geboren zou worden. Opa Simon werd geroepen en de vroedvrouw kwam ook snel.'

'Die opa heb je nooit gekend, hè?' valt Tina haar in de rede.

'Nee, hij kreeg een ongeluk vlak voor mijn geboorte, maar ik heb wel een foto van hem, die zal ik je straks laten zien.'

'Hoe ging het verder?'

'Ze probeerden oma Rebecca omhoog te sjorren, maar het lukte niet meer en mijn overgrootmoeder Louise vond dat ze dan maar in de tuin moest bevallen. Ze had gezegd, dat in Afrika de kinderen ook in de buitenlucht werden geboren.'

Charlotte stopt even om de spanning erin te houden.

'Ik heb van mijn moeder gehoord, dat ze toen de baby kwam het liefst uit de boom waren geklommen, maar de volwassenen waren hen helemaal vergeten, dus bleven ze maar zitten. Ze werden wel zenuwachtig en mijn moeder vertelde, dat mijn vader zo hard in haar arm had geknepen, dat ze de pijn van Rebecca in haar eigen lijf voelde. Ze waren nog klein, maar ze begrepen wel dat een kind krijgen pijn deed.'

'Lijkt me ook geen lolletje,' zegt Tina. 'Ik wil later geen kinderen. Ik adopteer er wel een.'

'Ja, dat zei mijn moeder ook toen ze klein was, maar ze kreeg mij en later Felix en Tom en ze vertelde me dat je de pijn snel vergeten bent als het kind in je armen ligt. Ik denk dat ze ons niet meer zou willen missen.'

'Hoe ging het verder?' vraagt Tina.

'Ze zagen dat de vroedvrouw de onderbroek van Rebecca uittrok en een soort houten toeter op haar buik zette, om te luisteren naar het hartje van de baby. En toen opa Simon ook mocht luisteren, kreeg hij een grijns op zijn gezicht van zijn ene naar zijn andere oor. Zo blij was hij.'

'Dat gaat nu heel anders,' zegt Tina met een gezicht alsof ze er alles vanaf weet. 'Nu maken ze een echo en dan weten ze meteen of het een jongetje of een meisje wordt. Soms duurt zo'n bevalling best lang, hè?'

'Mijn moeder vertelde dat alles heel snel ging en daar keken ze verbaasd naar. De vroedvrouw riep alsmaar: "Puffen, puffen, puffen!" en toen rolde Naomi eruit en ze zagen dat Jobs vader de navelstreng doorknipte. Naomi zette een keel op van jewelste en toen pas misten de volwassenen mijn ouders.'

'Paniek zeker?' zegt Tina begrijpend.

'Ze klommen uit de boom en de vroedvrouw was hysterisch omdat ze daar al die tijd hadden gezeten. Maar mijn overgrootmoeder Louise had gezegd dat de geboorte van een kind een wonder was en dat Job en Elise dat alvast wisten voor de rest van hun leven. Naomi was een mooie baby. Ze was klein, had een wipneusje en een rood verschrompeld gezichtje. Haar zwarte haar was zo lang, dat het in haar nekje krulde. Mijn moeder vertelde dat mijn vader voorzichtig de vingertjes en teentjes van zijn zusje telde. Ze was perfect, want alles zat erop en eraan!'

Tina zucht. 'Je moeder en oma kunnen altijd zulke spannende verhalen vertellen, maar jij kan het ook. Het zit zeker in de familie.'

Charlotte hoort haar niet. Ze droomt weg. Bij alle verhalen over vroeger draait er in haar hoofd een film. Door die beelden lijkt het net of ze het zelf meemaakt.

Tante Naomi loopt de tuin in.

'Hè, moeten jullie nog niet naar school?' vraagt ze.

'Oh!' roept Tina, 'nou hebben we nog niets aan die Engelse onregelmatige werkwoorden gedaan. Dat wordt een onvoldoende.'

Charlotte stelt haar gerust. 'Kom maar naast me zitten, dan kun je als we een overhoring krijgen bij me afkijken.'

Tina zucht opgelucht.

'Laat je moeder het maar niet horen!' zegt tante Naomi.

Charlotte kijkt naar het lachende gezicht van haar tante. Ze heeft fijn gevormde wenkbrauwen en zachte ogen, haar huid glanst als een perzik en haar tanden fonkelen hagelwit. Ze is de liefste tante van de wereld en nog steeds perfect!

11

Oma Rebecca leeft op nu Naomi er is. Ze wil alles weten over haar laatste projecten en slaat zelfs haar middagdutje over om maar niets van haar verhalen te hoeven missen. Als Naomi aangeeft dat ze nog even de stad in moet om wat zomerkleren te kopen omdat het in India warm is, wil ze per se mee.

'Zou je dat nou wel doen, mama?' probeert Charlottes moeder bezorgd dat plan uit haar hoofd te praten. Maar oma Rebecca is vastbesloten, verwisselt haar sloffen voor schoenen en pakt haar jas van de kapstok.

'Kan dat wel, mam?' fluistert Charlotte. 'Het is druk in de stad. Ze is al moe als we even naar het park wandelen.'

'Maken jullie je maar geen zorgen,' stelt Naomi hen gerust. 'Ik heb een taxi besteld en laat me in de winkelstraat afzetten. Als ik kleren pas, zet ik haar op een stoel met een kop koffie.'

Oma Rebecca is blij dat ze gaat winkelen.

'Ik ben al zo lang niet meer in de stad geweest,' gniffelt ze, terwijl ze Naomi's arm pakt en naar de taxi loopt.

'Misschien zie ik voor mezelf ook nog wel iets leuks.'
Hoewel de kastanjebomen op de Nieuwegracht bloeien met rode en witte kaarsen, heeft ze haar wollen muts opgedaan.

'Is dat niet te warm, oma?' Charlotte wijst naar de muts die haar oma ooit zelf gebreid heeft van rood gemêleerde wol.

'Door de chemo is mijn haar zo dun. Misschien kom ik oude vriendinnen tegen. Ik wil niet dat ze medelijden met me hebben.'

Ze zwaaien de taxi na en Charlotte haalt in de keuken haar boeken uit haar tas om vast wat huiswerk voor morgen te maken. Haar moeder komt erbij zitten om op een krant het oude zilver dat nog van haar grootmoeder Louise is geweest te poetsen.

'Onze oma Rebecca is me er een,' zegt Charlotte grinnikend. 'Zo is ze ziek en zo mankeert ze niets.'

'Ze zal doodmoe thuiskomen, maar dan heeft ze wel een leuke middag met Naomi gehad. Vroeger was ze ook al zo.'

'Hoe dan?'

'Ze had sombere buien. Ze was verdrietig of had buikpijn, dan kroop ze onder de dekens en vertelde niemand wat eraan scheelde. Het was daardoor voor ons lastig om haar te helpen. Alleen mijn grootmoeder Louise vertelde ze na een tijdje wat er aan de hand was.'

'Tante Naomi is toch vernoemd naar de grootmoeder die weggevoerd is door de Duitsers?'

'Ja, en vermoedelijk was ze daarom zo verdrietig vlak na Naomi's geboorte,' gaat haar moeder verder. 'Je wilt je pasgeboren kind natuurlijk graag aan je moeder laten zien.'

Charlotte knikt begrijpend.

'Je was nog klein en je begreep er natuurlijk niet veel van. Vooral de eerste dagen waren heftig en toen kreeg ze ook nog borstontsteking. Bij het voeden kreeg Naomi veel bloed binnen en daar werd ze misselijk van, zelfs zo erg, dat ze een keer bijna in haar braaksel stikte en blauw aanliep. Ik herinner me dat mijn grootmoeder Louise Rebecca iedere dag ging helpen. Ik ging altijd mee, want ik wilde niets missen van het pasgeboren meisje. We waren erbij toen het gebeurde. Mijn grootmoeder Louise hield Naomi aan haar beentjes vast en gaf een tik op haar billetjes. Er schoot een prop braaksel uit haar mondje. Ze begon te huilen, haalde gelukkig weer adem en haar wangetjes werden weer roze. Papa was er ook bij en we waren allemaal erg geschrokken, vooral oma Rebecca. Ze wilde haar dochtertje niet meer voeden. Ze kroop onder de dekens en trok het laken over haar hoofd. Ik moest bij de drogist een blik babyvoeding kopen. Met gekookt water maakte mijn grootmoeder Louise daar melk van en dat dronk Naomi uit een flesje met een speen. Ze zou er goed van groeien. De dokter werd erbij gehaald en papa moest bij Jamin op de hoek van de Twijnstraat een blok ijs halen. Daar schaafde mijn grootmoeder Louise stukjes van die ze in twee washandjes deed en op Rebecca's pijnlijke borsten legde. Ieder halfuur herhaalde ze dat met vers ijs, dat ze in het donker, gewikkeld in een flanellen doek in de koele kelder bewaarde.'

'Gaat dat nu nog zo?' vraagt Charlotte.

'Tegenwoordig behandelen ze dat anders, maar toen was dat het beste.'

'Had ze koorts?'

Haar moeder knikte. 'Hele hoge koorts. Ze herkende niemand meer en ijlde. De dokter werd weer gewaarschuwd en die schreef haar pillen voor en een bitter drankje. Dat hielp gelukkig, want anders had ze naar het ziekenhuis gemoeten.'

'Pfft, heftig. Ik snap wel dat oma Rebecca toen in de put zat.'

'Toen ze opknapte kon ze wel weer zelf voor Naomi zorgen, maar ze huilde veel en mijn grootmoeder troostte haar met...'

'Kippensoep en vers gebakken brood,' vult Charlotte aan. 'Dat doe jij ook!'

'Ach, sommige gewoonten van vroeger kun je niet loslaten.'

'Je vond het zeker wel leuk dat je tante Naomi de fles mocht geven?'

'Heel leuk! Papa en ik mochten het om beurten doen en dan verbeelden we ons, dat Naomi ons echt aankeek, maar mijn grootmoeder had ons verteld, dat baby's in het begin alleen licht en donker kunnen zien. Rebecca lag altijd een beetje dromerig naar ons te kijken, maar als we tegen de baby praatten en haar naam noemden, begon ze te huilen, dan greep ze de handen van mijn grootmoeder en snikte ze het uit.'

'Ze miste haar moeder,' zegt Charlotte begrijpend, 'vooral omdat Naomi naar haar was vernoemd.'

'Papa en ik waren jonger dan jij nu, en we begrepen er niks van. We durfden er ook niet naar te vragen, omdat we bang waren dat zijn moeder dan opnieuw verdrietig zou worden.'

'Maar je ontdekte hoe het kwam toen Naomi in de synagoge gezegend werd, wat gebeurde er ook al weer?'

Charlottes moeder wrijft een antiek zilveren theeserviesje op met een wollen doek en slikt een paar keer. De herinnering roept ook nu nog emotie bij haar op.

Ze legt de poetsdoek neer en begint te vertellen.

'Op een sabbat ging ik met mijn grootmoeder Louise naar de synagoge waar de kleine Naomi gezegend zou worden. Papa droeg net als zijn vader een keppeltje. Hij leek er ineens ouder en ook een stuk ernstiger door. "Kom!" had hij gezegd, terwijl hij me bij de hand pakte. "Vooraan bij de vrouwen is nog plaats."'

'Was het de eerste keer dat je daar kwam?'

Charlottes moeder knikt.

'Ik keek verbaasd rond. Om me heen werd druk gepraat, soms in een taal die ik niet verstond. Er werden handen geschud, op schouders geklopt en gezoend, maar toen iedereen een plaats had gevonden en de rabbijn binnenkwam werd het doodstil. Kaarsen brandden, teksten werden voorgelezen en er klonken zangerige gebeden. En toen stapte papa, hij was toen een jaar of tien, met zijn ouders naar voren. Oma Rebecca had Naomi op haar arm in een smetteloos wit jurkje.'

Charlottes moeder zwijgt even en ze kijkt peinzend voor zich uit.

'En toen?'

'Ik kan me van de tekst die de rabbijn zei niets meer herinneren, maar wel wat er gebeurde toen hij uitgesproken was. Hij zegende Naomi, daarmee legde hij haar leven in Gods hand. Het was een ontroerend moment en toen volgde er een korte toespraak. De eerste woorden van de rabbijn zijn me altijd bijgebleven en ineens begreep ik, ook al was ik nog maar klein, de oorzaak van Rebecca's verdriet.

"Naomi, genoemd naar de grootmoeder die ze nooit zal kennen," zei de rabbijn. "Zoals zo velen is ze omgekomen in het vernietigingskamp Auschwitz..." De rest van zijn woorden hoorden we niet. Rebecca snikte zacht en Naomi op haar arm begon hartverscheurend te huilen, alsof alle pijn uit het verleden samenkwam in haar kleine babylichaam. Het miste zijn uitwerking niet. Er ging een golf van verdriet door de mensen die voor het pasgeboren kind naar de synagoge waren gekomen. Er werd gesnikt en geritseld met papieren zakdoekjes, zelfs mijn grootmoeder Louise kreeg het te kwaad en ik begreep dat alle verschrikkingen over de Tweede Wereldoorlog waar ik wel eens wat over gehoord had, van toepassing waren op alle mensen in die kleine synagoge. Ze hadden allemaal wel een geliefde, een ouder, een kind, een broer of zus verloren en allemaal hadden ze dezelfde pijn in hun hart.'

'Daar heeft oma Rebecca ook nu nog steeds last van,' zegt Charlotte zacht.

'Ik weet nog dat ik me op dat moment zo klein mogelijk wilde maken en weg wilde kruipen. De pijn van de mensen om me heen, werd mijn pijn. Mijn verdriet werd hun verdriet, het versmolt als een niet te stuiten vloedgolf. En op dat moment begreep ik, dat de pijn om het verlies van mijn ouders nooit zou verdwijnen en altijd bij me zou blijven. Net zoals de mensen, daar in die synagoge, nooit los zouden komen van het verdriet dat hun families was aangedaan en dat generaties lang een pijnlijk litteken in hun hart zou zijn.'

Charlotte ziet dat haar moeder rilt. Ook nu voelt ze de pijn die haar zo verdrietig maakt.

Wat is er dan gebeurd met je ouders, zou ze willen roepen, met mijn grootouders die ik nooit heb gekend? Maar ook nu durft ze het niet te vragen. Ze beseft dat het ontbreken van ouders en grootouders, steeds in de familie terugkeert. Het is niet alleen gebleven bij de overgrootouders die door de Duitsers weggevoerd zijn. Het verbaast Charlotte dat haar moeder vaak over vroeger begint. Het lijkt alsof het onverwachte bezoek van tante Naomi er deze keer de aanleiding voor is.

'Oma Rebecca zal het nog moeilijk krijgen als tante Naomi naar India vertrekt,' zegt ze.

'We zullen al onze energie nodig hebben om te voorkomen dat ze alleen maar voor zich uit zit te staren. Ik weet nog dat ik na het bezoek aan de synagoge blij was dat ik weer buitenstond en weet je wat papa vroeg?'

Charlotte haalt haar schouders op.

'Hij vroeg of mijn grootmoeder Louise ook een beetje zijn oma mocht zijn. En hij was heel blij dat ik het goed vond.'

Charlotte denkt aan haar klasgenoot Xaveer. In zijn hart zit dezelfde soort pijn als in oma Rebecca. Haar

ouders worstelen er ook mee. Zal dat verdriet ooit over-
gaan? Tante Naomi lijkt altijd zo zorgeloos en vrolijk,
maar als zelfs Felix en Tom vragen stellen, dan moet
het haar ook raken. Zou ze daarom mensen fotogra-
feren in moeilijke omstandigheden? Weeskinderen in
Roemenië, slachtoffers van een vloedgolf of vulkaan-
uitbarsting of nu kinderarbeid in India? Foto's die ont-
roeren en mensen aan het denken zetten. Verwerkt ze
zo het verdriet waar ze nooit over praat? Charlottes ouders hebben het er ook nooit over. Ze begrijpt dat het
verdriet te pijnlijk is voor woorden, maar daardoor zit
ze wel met vragen die onbeantwoord blijven.
'Ik heb nog niks aan mijn huiswerk gedaan,' zegt
Charlotte zuchtend. 'Maar ik vond het wel fijn om over
vroeger te praten.'
'Dat komt door het huis,' zegt haar moeder. 'Als ik ergens anders woonde, had ik vast niet zoveel herinneringen. Maar ik zou niet willen verhuizen. Hier hoor
ik thuis.'
Tegen etenstijd komen Naomi en oma Rebecca thuis.
Oma Rebecca ziet er zielsgelukkig uit, maar ze is ver
voorbij haar grenzen gegaan.

12

Het huis gonst van de stemmen. Tante Naomi is net een wandelende encyclopedie. Ze kan overal over meepraten en laat Charlotte, Felix en Tom de foto's die ze in verre landen heeft genomen, op de computer zien. Charlotte wordt er stil van. Tante Naomi heeft vrouwen gefotografeerd in kleurige kleding die in een lange rij bij een waterpomp op hun beurt wachten, overweldigende natuurfoto's, maar ook bedelende kinderen, gezinnen die slapen in een hutje van golfplaat en karton, moeders die voor hun hongerige kinderen maïspap koken op een vuurtje in de buitenlucht.

Het zijn foto's die haar aan het denken zetten en ze weet dat dat precies haar tantes bedoeling is. Ze wil mensen wakker schudden, zodat ze verder kijken dan hun neus lang is.

Ook Tom kijkt er vol bewondering naar en roept: 'Ik word later ook fotograaf!'

Hij wrijft over het computerscherm alsof hij zo de palmbomen en de helderblauwe zee dichterbij kan halen.

'Ik wil piloot worden,' zegt Felix, 'dan ga ik ook verre

reizen maken.'

Tante Naomi is een paar keer met hen naar het park langs de Tolsteegsingel geweest om ze te leren hoe ze met een fototoestel om moeten gaan. Ze kookt regelmatig heerlijke gerechten, geleerd van de plaatselijke bevolking uit een dorp in een ver land, waar ze voor haar werk moest zijn. Ze bezoekt oude schoolvriendinnen en zit vaak bij haar moeder, zelfs als ze slaapt. Dan kijkt ze peinzend naar haar stille gezicht en ze is opgelucht als ze na een tijdje haar ogen opent en lacht.

Op een middag spelen Felix en Tom in het park bij de Sterrenwacht. Charlotte zit in de tuin en maakt een werkstuk voor geschiedenis. Alice en Tina wilden het met zijn drieën maken, maar Charlotte maakt de opdracht deze keer liever alleen. Ze wil met haar huiswerk snel klaar zijn nu tante Naomi er is. Als haar vriendinnen er zijn zitten ze alleen maar te kletsen en dan komt er niets van terecht.

Door het open raam vangt ze flarden op van een gesprek tussen haar moeder en tante. Het gaat over mannen en zo te horen is tante Naomi vaak verliefd. Geen wonder denkt Charlotte. Ze is knap, mannen zullen haar vast wel leuk vinden.

'Maar er was er geen een die me kon binden,' hoort ze haar zeggen. 'Ik hou van mijn vrijheid!'

Echt iets voor tante Naomi om dat te zeggen. Ze is net een trekvogel die over de wereldzeeën naar steeds een ander werelddeel vliegt.

De zon heeft al kracht. Charlotte legt haar boek weg en staart naar de helderblauwe lucht.

Hier in dit huis en in deze tuin hebben veel generaties van haar familie gewoond en gespeeld. Door de verhalen van oma Rebecca en haar moeder weet ze wat er allemaal is gebeurd, maar toch voelt ze dat er geheimen zijn waar niemand over praat.

Witte bloesems van de appelboom dwarrelen naar beneden. De rozen tegen de schutting aan het eind van de tuin zitten vol knop. Nog even, dan barsten ze open en zullen ze zoet geuren. Er zitten gemene doornen aan, maar juist daarom had haar overgrootmoeder Louise ze geplant. Dan klommen ongehoorzame kinderen niet meer over de schutting om 's avonds in de hortus botanicus door de kassen te dwalen en thuis te komen met zeldzame bloemen die ze in hun onschuld hadden geplukt.

Charlotte vindt het jammer dat de hortus is verplaatst naar de Uithof, aan de rand van de stad. Het lijkt haar spannend om net als de kinderen vroeger over de schutting te klimmen en op avontuur te gaan.

Haar moeder vertelt altijd dat haar grootmoeder Louise de belangrijkste figuur in haar leven was en dat ze in het voorjaar en de zomer in de tuin speelden. Ze poften aardappelen boven een vuurkorf en aten buiten. Op warme dagen vulde Charlottes overgrootmoeder Louise de grote zinken wasteil met water en daarin spetterden haar ouders toen ze klein waren. De teil hangt in de schuur en als het warmer wordt zal haar moeder hem schoonmaken en met water vullen voor Felix en Tom.

En als Charlotte op zwoele zomeravonden met haar

ouders in het weekend tot een uur of tien in de tuin zit, komen bij haar moeder herinneringen aan haar jeugd boven. En dan begint ze te vertellen.

In de tuin maakte haar moeder in de zomer samen met haar grootmoeder de hoedjes voor de dames uit de stad. Vrolijke hoedjes in roze en blauw met veren en vlinders van zijde voor bruiloften of zwarte hoedjes met een voile, die bij begrafenissen werden gedragen.

Charlotte herinnert zich het verhaal, dat freule Mathilde op een woensdagmiddag voor de deur stond. Met trillende stem had ze verteld dat ze een zwart hoedje nodig had voor de begrafenis van haar grootmoeder. Er was haast bij, want over drie dagen was het al zover.

Charlottes overgrootmoeder Louise schonk een kopje kamillethee voor haar in en samen zochten ze het materiaal uit. Ze nam voor de zekerheid nog een keer de maat van freule Mathildes hoofd. Ze beloofde dat het op tijd af zou zijn en ze was er meteen aan begonnen. Het was een mooi, eenvoudig hoedje geworden met een kleine voile. Heel geschikt voor een begrafenis. En Charlottes moeder mocht er de gitten, kleine zwarte kraaltjes van glas, op naaien en ze had het hoedje toen het af was voor de spiegel opgezet.

'Het stond heel mysterieus,' vertelde ze, 'maar ik schrok toen ik in de spiegel keek. Ooit zou ik zo'n hoedje nodig hebben voor de begrafenis van mijn eigen grootmoeder. Ik heb het hoedje snel afgezet. Ik werd ineens heel verdrietig en wilde het liefst in bed kruipen, diep onder de dekens.'

Charlotte herkent het. Af en toe, zomaar onverwacht,

overvalt haar dezelfde emotie. Een gevoel van verdriet, leegte, eenzaamheid, waarvan ze de oorzaak niet kent, maar dat altijd ergens in haar hart sluimert, alsof de pijn van generatie op generatie wordt doorgegeven.

Ze wil er nu niet aan denken en pakt een handje chips uit de zak die naast haar op de tuintafel ligt en daarna eet ze nog een reep chocolade op. Haar moeder zegt altijd dat chocolade troostvoer is. Charlotte zou er kilo's van op kunnen, maar ze doet het niet, want als ze er te veel van eet, wordt ze misselijk.

Als haar overgrootmoeder Louise merkte dat haar moeder verdrietig was, dan gaf ze haar een karweitje. Een rand pareltjes stikken op een hoedje, een vlinder maken van organza en dan begon ze verhalen te vertellen, zodat het donkere gevoel van haar kleinkind verdween.

Charlotte heeft ook wel eens een pestbui, dan heeft ze zich rot zitten leren voor een repetitie en krijgt ze toch een onvoldoende. Haar moeder doet dan hetzelfde als haar grootmoeder Louise vroeger bij haar deed. Ze vrolijkt haar op met grappige verhalen, maar soms krijgt Charlotte het idee, dat ze die vaak ook vertelt om verdrietige gevoelens bij zichzelf weg te praten.

Haar overgrootmoeder Louise had een bijzonder leven, dat begrijpt Charlotte uit de verhalen die al vanaf haar vroegste jeugd als losse puzzelstukjes om haar heen dwarrelen, maar die steeds meer op de juiste plaats vallen, zodat ze dingen uit het verleden begint te begrijpen.

Tot haar tiende jaar leidde haar overgrootmoeder

Louise een zorgeloos leventje. Haar oudste broer werd in Antwerpen geboren, maar in die tijd werd er veel propaganda gemaakt om de bewoners van Antwerpen naar 'het groene paradijs' Sint Mariaburg te lokken. Op zolder staat nog een doos met spulletjes van Charlottes overgrootmoeder die nog aan die tijd herinneren. Af en toe bekijkt Charlotte de inhoud samen met haar moeder, vooral als er verhalen over vroeger verteld worden. Dan stommelt haar moeder de trap op en komt ze met die doos beneden om haar alles nog eens te laten zien. Dan kijkt ze heel gelukkig, alsof ze zo haar grootmoeder Louise weer dicht bij zich heeft. Charlotte herinnert zich vaag wat erin zit. Een schortje dat haar overgrootmoeder naar school aan moest en waar de motten gaten in hadden gegeten. Een exemplaar van de Gazet van Sint Mariaburg waarin de mensen werd aangeraden er een huis te kopen of te huren. Het oude stoffige poëziealbum van haar overgrootmoeder waarin Waalse en Vlaamse versjes stonden.

Vooral de plaatjes van zacht fluweel zijn mooi. De ouderwetse versjes waren van haar schoolvriendinnetjes, maar er stonden ook strenge teksten in, geschreven door de nonnen van wie overgrootmoeder Louise toen ze klein was les kreeg, met de klinkende namen: zuster Maria Clementina, zuster Dominica en zuster Benedicta.

'Mijn grootmoeder vertelde me dat die nonnen erg streng waren,' zegt Charlottes moeder. 'Ze had er geen goede herinneringen aan. En ik begreep waarom ze vroeger niet wilde dat ik naar een katholieke school of een streng gereformeerde school zou gaan, zoals mijn grootvader wilde.'

Charlotte herinnert zich dat er in die doos ook een bruin houten juwelenkistje zat met daarin een oude haarspeld met een zijden vlinder erop, die haar overgrootmoeder Louise als klein meisje had gedragen en die zij ook een keer in haar haar mocht, als ze ervoor zorgde de speld niet te verliezen. Er zat ook een lint in in de kleuren van de Belgische vlag, dat als er feest was vroeger in de vlecht van haar overgrootmoeder werd gestrikt.

Maar al vanaf de eerste keer dat ze samen de inhoud van de doos bekeken, raakte haar moeder in paniek.

'Ik mis de antieke zilveren bedelarmband,' riep ze, 'die heeft mijn grootmoeder Louise me vroeger vaak laten zien. Ze ging er heel voorzichtig mee om en ze zei toen dat ze hem nog niet kon missen, maar dat hij later voor mij zou zijn. Hij zat in een klein doosje met een blauwe fluwelen voering.'

Charlottes moeder ging er in alle kasten en lades naar op zoek en de rest van de dag was ze uit haar doen. Iedere keer dat ze de spulletjes van haar grootmoeder bekeken, herhaalde zich hetzelfde en daarom vraagt Charlotte er nooit meer naar.

Haar overgrootmoeder verhuisde met haar ouders en broer naar Sint Mariaburg en later werd daar nog een broertje geboren. Ze ging naar de school van de nonnekens, zoals alle kinderen in Sint Mariaburg.

'Ze heeft er goed les gehad,' zei Charlottes moeder. 'In rekenen, lezen, schrijven, geschiedenis, aardrijkskunde en ze kreeg ook Franse les. En als mijn grootmoeder een olijke bui had, dan praatte ze altijd Frans tegen me.'

'Daarom ben je natuurlijk ook lerares Frans geworden.'

'Vast! Ze leerde je vader en mij ook Franse liedjes, zelfs het Onze Vader en het Ave Maria kenden we in het Frans. We zongen ook van die oude liedjes, die jullie nu niet meer leren, zoals: Waar de blanke top der duinen, Op de grote stille heide en Het Angelus klept in de verte.'

Ze had de liedjes voor hen gezongen. Charlotte vond ze mooi, vooral de melodie, zelfs Felix en Tom waren ervan onder de indruk, vooral als het zacht klonk, oma Rebecca de tweede stem zong en het raam openstond, zodat het gebeier van de Nicolaïkerk en het gefluit van de vogels in de tuin zich met hun stemmen vermengden.

Ze vertelde ook dat grootmoeder Louise hield van de verhalen uit de Bijbel die de nonnen vertelden. Maar ze hadden ook rare ideeën.

'Vroeger in haar jeugd moesten de kinderen van zo'n nonnenschool met de hele klas gaan biechten.' Toen Charlottes moeder begon te vertellen, glinsterden haar ogen. Ze konden aan haar gezicht zien dat het een grappig of spannend verhaal zou zijn.

'Het was herfst en donker,' begon ze. 'Buiten gierde de wind. De ruiten trilden in de sponningen en de dakspanten kreunden onheilspellend. In de hoek van de klas brandde met geheimzinnig gele vlammen twee petroleumlampen, die de non halverwege haar verhaal hoger draaide, zodat haar gestalte grillige schaduwen op de muren en het schoolbord wierp.'

Charlottes moeder fluisterde geheimzinnig toen ze verder ging en Felix en Tom op het puntje van hun stoel zaten.

'Ga verder, mama,' zei Tom. Hij pakte haar arm en schudde er ongeduldig aan.

Omdat hun moeder het zo spannend vertelde leek het alsof Charlotte op dat moment ook zelf in die klas zat. Ze hoorde het geruis van de habijt van de non, haar schuifelende voeten op de krakende houtenvloer, en haar snerpende stem. En het meisje, dat later haar overgrootmoeder zou worden, zat weg te dromen.

Charlotte grinnikt in zichzelf. Ze heeft het niet van een vreemde. Grappig, dat sommige eigenschappen generaties lang bij kinderen, kleinkinderen en zelfs bij achterkleinkinderen tevoorschijn komen.

Haar moeder vertelde, dat haar overgrootmoeder Louise werd gewekt uit haar dagdroom toen de non hard met haar vuist op haar lessenaartje sloeg en siste: 'Louise, let op, je eerste biecht is belangrijk. Je ziel is zwart en smerig en na je biecht ben je weer zo wit als bij je geboorte. Dus stel meneer pastoor niet teleur.'

'Stom, zeg,' had Felix gezegd, 'stel je voor dat je iets heel gemeens hebt gedaan en je gaat het even vertellen aan zo'n hoe heet dat ook al weer...?'

'Pastoor.'

'Aan zo'n pastoor en dan hoef je niet meer bang te zijn, dat je op je kop krijgt.'

'Dan kun je het rustig nog eens doen, want er wordt toch niemand boos op je,' vulde Tom aan.

'Tja, zo ging dat vroeger nou eenmaal,' had hun moeder schouderophalend gezegd.

Charlotte herinnert zich nog goed hoe het verhaal verderging. Haar overgrootmoeder Louise dacht dat de zuster stapelgek was geworden. Maar ze was wel bang dat ze het meende. Daarom verzon ze dat ze de kat Moorke aan zijn staart had getrokken. Iets wat ze nooit zou doen, want ze was gek op die kat.

Felix en Tom grinnikten en wilde weten wat meneer pastoor had gezegd.

'Hij zei: "Kind, doe dat nooit meer, dieren hebben ook gevoel. Bid vijf weesgegroetjes en laat ik niet merken dat je de kat nog eens pest, want dan zal ik jou eens aan je vlechten trekken."'

Charlotte glimlacht om die herinnering. Ze wilde dat ze haar overgrootmoeder Louise had gekend, want uit al die verhalen begrijpt ze dat ze kon schilderen met woorden.

'Wat heb jij een plezier in je eentje!' Tante Naomi en haar moeder lopen de tuin in met glazen vers geperst sinaasappelsap.

'Weet je dat nog niet?' zegt haar moeder plagend. 'Mijn dochter droomt af en toe weg, dan duikt ze door alle verhalen die ze gehoord heeft in het verleden.'

'Dat herken ik,' zegt tante Naomi, 'volgens mij is het een familietrekje.'

'Ik dacht aan de verhalen die mama ons vaak vertelde over haar grootmoeder Louise,' zegt Charlotte.

'Ik ben nog nooit in de plaats geweest waar ze als kind gewoond heeft,' zegt haar moeder. 'Ik zou er best eens naartoe willen.'

'Waarom doe je dat dan niet?' vraagt Naomi. 'Ga met Job een lang weekend naar Sint Mariaburg. Neem Charlotte mee, zij kent alle verhalen ook. Ik pas wel op moeder en de jongens.'

Charlotte kijkt naar haar moeder. 'Ja, mam, dat zou ik graag willen. Misschien vinden we de school waar je grootmoeder vroeger op zat en het huis waar ze heeft gewoond.'

'Red jij dat wel, Naomi? Felix en Tom hebben een uitnodiging voor een verjaardagsfeestje van een vriendje, maar als ze thuis zijn, is het een drukte van belang en mama heeft veel hulp nodig. Ik heb ook nog een vergadering op school.'

Maar Charlotte en Naomi wuiven al haar bezwaren weg.

13

Charlottes vader is ook meteen enthousiast als hij hoort
dat ze een weekend naar Sint Mariaburg willen.
'Je zit nog met zoveel vragen. Misschien vind je daar
wel antwoorden op,' zegt hij tegen haar moeder.
'Leuk dat Charlotte meegaat. Zij is tenslotte de oudste.'
'Ja, en ik ken veel verhalen van vroeger,' zegt Charlotte,
'nu kan ik zien waar ze zich afspeelden.'
In de slaapkamer pakt Charlotte met haar moeder een
weekendtas in.
'Waar denk je aan, mam?' vraagt Charlotte als ze ziet
dat haar moeder voor zich uit zit te staren. Ze is mijlenver weg.
Ze lacht. 'Soms maak ik in mijn hoofd gekke sprongen.
Dan denk ik aan iets, waar ik een minuut tevoren nog
niet eens bij stil had gestaan.'
'Wat is er dan?'
'Ik dacht aan freule Mathilde, die luisterde ook altijd
naar de verhalen van mijn grootmoeder. Ze moest eens
weten dat we naar Sint Mariaburg gaan. Ze kwam vaak
een hoedje bestellen en was een vaste klant, maar ei-

genlijk meer een huisvriendin.'

'Leeft ze nog?'

'Ja, maar ze is al heel oud. Toen we haar pas kenden ontving mijn grootmoeder haar in het hoedenatelier, zoals ze de zijkamer deftig noemde. Later bracht freule Mathilde bij ieder bezoek petitfourtjes van een dure bakker vlak bij het stadhuis mee, dan zaten we gezellig aan de keukentafel. Juffrouw Mathilde, zoals we haar noemden, vertelde dan over de feesten die in het grote huis, waar ze met haar ouders woonde, werden gehouden. Ze had een keer een foto meegenomen. Het leek wel een kasteel, zo mooi en groot was het huis. In de tuin groeiden veel bloemen, rododendrons en eikenbomen. Er stonden beelden van blote mevrouwen en meneren en dat vond ik vroeger bijzonder interessant, want af en toe nam juffrouw Mathilde me mee. Dan kreeg ik van de huishoudster een dikke plak cake en gingen we wandelen in de tuin.

Tijdens die gesprekken in de keuken werd juffrouw Mathilde steeds vertrouwelijker. Op een dag liet ze zelfs de ring zien, die ze van haar verloofde had gekregen. "Wit goud met diamanten," zei ze trots. "Hij moet wel erg veel van me houden."

Mijn grootmoeder Louise bekeek de ring, en fronste haar wenkbrauwen. Later zei ze tegen mij dat de ring niet gemaakt was van wit goud en diamant, maar van zilver en gewoon glas.'

'Heeft ze het juffrouw Mathilde verteld?' vraagt Charlotte, terwijl ze haar lievelingsspijkerbroek in de tas stopt.

'Ze keek zo blij, dus hield mijn grootmoeder haar mond. Ze wilde wel meer over die verloofde weten. Maar toen ze ernaar wilde vragen, vroeg juffrouw Mathilde of ze wat wilde vertellen over haar jeugd in Vlaanderen.'

'En je zat er altijd bij. Gelukkig maar, want daardoor kennen wij de meeste verhalen ook!' zegt Charlotte. 'Ik ben benieuwd hoe Sint Mariaburg eruitziet, maar jij hebt er vast al een beeld van.'

'Ik ben net zo benieuwd als jij, hoor. Het zal er nu drukker zijn dan toen mijn grootmoeder er als tienjarig meisje woonde. Het is grappig als ik jullie over vroeger vertel, dan danst de stem van mijn grootmoeder door mijn hoofd en dan komen de verhalen vanzelf.'

'Vertel nog eens wat?' Charlotte gaat languit op bed liggen met haar handen onder haar hoofd, terwijl ze haar moeder afwachtend aankijkt.

'Toen mijn grootmoeder nog klein was, was alles rustig en zorgeloos,' begint ze, terwijl ze wat toiletspullen in een tasje stopt. 'Ze speelde in de bossen rondom het huis waar ze woonde en ze hoepelde midden op straat. Er scharrelden kippen op zoek naar wormen en als de zon opkwam kraaide een haan alle gezinnen wakker. Er was nog weinig verkeer en de eerste auto's hadden veel bekijks.'

'Het lijkt me wel fijn als je midden op straat kunt voetballen en tennissen. Dat hoeven wij niet meer te proberen.'

'Maar dingen die voor ons de gewoonste zaak van de wereld zijn, waren er toen nog niet. 's Avonds als de schemering inviel, deed de lantaarnopsteker de ronde.

Hij stak in alle straten met een olielampje, dat aan een lange stok bevestigd was, de smeedijzeren gaslantaarns aan. Als de zon opkwam deed hij dezelfde ronde om de vlammen weer te doven. Mijn grootmoeder vertelde me dat de straat waar ze woonde daardoor een heel bijzondere sfeer kreeg. Als er sneeuw lag, dan leek het net een schilderij van Anton Pieck.'

'Ja, ik weet hoe dat eruitziet. In de zolderkast staat een doos met boeken met afbeeldingen van de schilderijen van Rembrandt en Van Gogh. Er zit ook een boek van Anton Pieck in. Hij schilderde van die kleine knusse huizen en kinderen die op doorlopertjes leerden schaatsen.'

'Ja, en moeders met kinderwagens met van die grote wielen. Die boeken heb ik van juffrouw Mathilde gekregen en toen mijn grootmoeder merkte dat ik er vaak in keek, nam ze me mee naar het Centaal Museum in de Agnietenstraat.'

'Vond je het leuk?' Charlotte is er een keer op een regenachtige zondag met haar vader en broertjes geweest. 'Er staat een oud schip van de Noormannen, veel gouden en zilveren voorwerpen, wat schilderijen. Ik vind er niet veel aan.'

'Heb je het poppenhuis niet gezien?'

'Ja, achter glas en het was daarbinnen zo donker dat je de meubeltjes niet goed kon bekijken. Het viel me tegen.'

'Vroeger zat er geen glas voor het poppenhuis. Ik heb de meubeltjes vaak verzet en de poppenkinderen in de kleine bedjes gestopt. Hoewel de verleiding groot was, heb ik nooit een zilveren kandelaartje of een houten kinderstoeltje uit het poppenhuis in mijn jaszak gestopt. Die glazen plaat is er later voorgezet. Misschien werden er spulletjes gestolen. Er stond laatst een artikel in de krant, waarin de directeur van het museum vertelde, dat de glazen plaat altijd voor het poppenhuis heeft gezeten, maar dat is niet waar, dat weet ik wel beter! Het is jammer, want ik zou het wel leuk vinden als Felix en Tom er ook mee zouden kunnen spelen. Je kunt goed zien, hoe de sfeer vroeger in die oude huizen was.'

Ze stopt nog wat extra sokken en ondergoed in de weekendtas en schudt haar hoofd.

'De sfeer van toen, waarover mijn grootmoeder me vertelde, zal in Sint Mariaburg wel verdwenen zijn. De straten zullen elektrisch verlicht zijn en er zullen ook meer auto's rijden en de kinderen spelen vast niet meer midden op straat.'

Charlotte heeft net als haar moeder zin in het uitje.

'Misschien komen we familieleden tegen, neven en nichten waar je nu het bestaan niet van weet. Kinderen of kleinkinderen van schoolvriendinnen van je grootmoeder.'

'Misschien ziet het huis er nog uit zoals ze het altijd beschreef: een kamer en suite met zware tussendeuren. Houten vloeren die kraakten bij ieder stap. Een keuken met een groot granieten aanrecht en een pomp erboven, een kleine voortuin en een lange gang met aan het eind een deur naar de achtertuin. Drie trappen naar de verdiepingen boven, met voor ieder kind een eigen slaapkamer en een grote rommelzolder.'

'Door de verhalen die je ons verteld hebt, weet ik een klein beetje hoe de jeugd van mijn overgrootmoeder was. Ik ben benieuwd of we daar nog iets van zullen herkennen. Misschien is net als in Nederland ieder plekje volgebouwd. Misschien is er bos gekapt voor nieuwbouwwijken.'

'Of er denderen vrachtwagens door de hoofdstraat richting Antwerpen. Weet je waarop ik het liefst antwoord wil?'

Charlotte gaat rechtop zitten en haar benen bungelen op de rand van het bed heen en weer.

'Ik vind het zo gek dat mijn grootmoeder na de Eerste Wereldoorlog niet net zoals haar moeder en broers terugkeerde naar België. Waarom ging ze niet mee?'

'Ze vond het vast fijn op die boerderij in Nieuwkoop.'

'Ze moest hard werken en die boer vond het niet nodig dat ze naar school ging omdat ze een meisje was.'

'Ze was jong toen ze trouwde, hè?' vraagt Charlotte. 'Je vertelt altijd veel over je grootmoeder, maar over je grootvader horen we niks.'

'Ach, het was een akelige man, egoïstisch, alleen maar bezig met zichzelf. Hij zeurde altijd over geld en mijn grootmoeder moest ieder dubbeltje van het huishoudgeld omdraaien voor ze het uitgaf.'

Er klinkt gestommel op de trap. Felix en Tom komen de slaapkamer in.

'Ga je weg, mama?' vraagt Felix kijkend naar de weekendtas.

'Papa, Charlotte en ik gaan een weekendje naar Sint

Mariaburg in België. Daar is jullie overgrootmoeder Louise geboren.'

'Mogen wij ook mee?' vraagt Tom. Hij gaat op de rand van het bed zitten en kijkt zijn moeder smekend aan.

Charlotte ziet haar twijfelen. Ze vindt het vast rustiger voor oma Rebecca en tante Naomi. Gelukkig schudt ze haar hoofd.

'Deze keer ga ik alleen met papa en Charlotte,' zegt ze vastberaden, 'tante Naomi blijft bij jullie, maar als we terugkomen gaan we een keer naar een pretpark of zo.'

'Gaat oma Rebecca dan ook mee?' vraagt Tom enthousiast.

'Nee, joh,' zegt Felix terwijl hij zijn broertje een stomp geeft. 'Oma Rebecca kan toch niet meer in de draaimolen of de botsautootjes!'

'Ik ga met jullie mee,' zegt Charlotte, 'en papa wil vast ook wel.'

'Wanneer gaan we?' wil Felix weten.

'Dat zien we dan wel weer,' antwoordt hun moeder. Ze noemt geen tijdstip, want daar houden ze haar gegarandeerd aan. 'Als het een keer heel mooi weer is!' Ze trekt de rits van de weekendtas dicht en gaat naar beneden, gevolgd door de drie kinderen. Naomi zit in de tuin naast haar moeder. Ondanks het warme weer heeft oma Rebecca een plaid om haar benen geslagen. Het lijkt wel of ze energie krijgt van de aanwezigheid van Naomi. Ze straalt, praat honderduit en heeft een rode blos op haar wangen.

Charlotte merkt dat haar moeder blij is dat ze een

weekendje weg kan. Oma Rebecca is niet veeleisend, maar de zorg voor haar is zwaar. Af en toe is oma Rebecca in de war en Charlotte heeft ook al eens gemerkt dat ze op een nacht in het donker door het huis scharrelde. Ze had haar moeder gewaarschuwd en ze kregen haar weer met moeite in bed. Haar vader slaapt heel vast, die hoort nooit wat. Hoe moet dat als er eens iets ernstigs gebeurt en ze krijgen hem niet wakker?

Op een nacht was oma Rebecca zelfs de trap opgeklommen. Ze stond aan Charlottes bed en boog zich over haar heen. Charlotte was flink geschrokken. Ze leek wel een spook in haar witte nachtjapon. Ze vroegen zich allemaal af hoe ze boven was gekomen. Ze had van de trap kunnen vallen en zich flink kunnen bezeren!

'Als ze 's nachts vaker door het huis blijft dwalen, doe ik de deur van haar kamer op slot,' had haar vader gezegd.

Maar haar moeder had verontwaardigd gereageerd. 'Ja, en wat gebeurt er dan als er brand uitbreekt?'

Charlottes moeder bleef de hele avond van streek en Charlotte begreep niet waarom. Ze wist zeker dat haar vader zoiets nooit zou doen!

14

Charlotte soest weg door het geronk van de motor en de warmte van de zon die door de autoraampjes naar binnen schijnt. Ze passeren de grens met België, nog een uur dan zijn ze er.

'Laten we even gaan lunchen bij dat wegrestaurant,' stelt haar vader voor terwijl hij afslaat. 'Ik heb trek in koffie.'

'Maar ik heb broodjes meegenomen,' protesteert haar moeder. 'Zo'n weekendreisje doet me denken aan de schoolreisjes van vroeger. Met zijn allen in de bus en om tien uur begonnen we al aan de van thuis meegenomen boterhammen.'

Charlotte grinnikt in zichzelf. Ze herkent het schoolreisjesgevoel en is benieuwd wie zijn zin krijgt.

'Ik wil ook graag picknicken,' helpt ze haar moeder een handje en ze wijst naar een houten tafel met banken. Het is stil op de parkeerplaats. In deze tijd van het jaar zijn er geen vakantiegangers met kinderen die na een lange rit hun energie kwijt moeten. Verderop, bij het wegrestaurant, staan een paar vrachtauto's, dat is alles.

Zij zijn de enige bezoekers.

'Nou, vooruit,' zegt haar vader, 'de dames krijgen hun zin.'

Charlotte pakt de zak met broodjes, haar moeder neemt de thermoskan met koffie en de plastic bekertjes mee en met zijn drieën zoeken ze een plekje in de zon.

'Ik ga niet alle dagen picknicken, hoor,' waarschuwt haar vader, 'maar ik wil vandaag jullie schoolreisjesgevoel niet bederven.'

Ze drinken de koffie en eten de verse broodjes, terwijl bijen om hen heen zoemen en bloesembomen zoet geuren.

'Gaan je leerlingen nog op werkweek, of is dat helemaal afgeschaft?' vraagt hij terwijl hij de koffiebekers nog eens vult.

'Een paar jaar waren er geen werkweken. De oudere leraren hadden er geen zin meer in, maar met de komst van nieuwe jonge leraren werden de schoolreizen weer ingevoerd. De eindexamenklassen gaan een week naar een grote stad. Berlijn, Londen of Parijs. Ze mogen kiezen en de andere klassen hebben af en toe een excursie naar het theater of een museum.'

'Als je zo houdt van dat schoolreisjesgevoel, waarom ga je dan niet weer eens mee?' vraagt haar vader. 'Ben je er eens lekker uit.'

'Je lijkt op de ouders van die kinderen!' smaalt Charlottes moeder. 'Als ze hun kind uitzwaaien zeggen ze tegen ons: "Fijne vakantie, hoor!" maar ze weten niet dat hun kroost om twee uur 's nachts nog loopt te spoken door de slaapzalen en dat ze de volgende morgen alweer om zes uur met de stapelbedden schuiven. Pfft, mij niet gezien, dat heb ik gehad. Ik ben er echt te oud voor.'

Charlotte ziet dat haar vader zijn zonnebril afzet en haar moeder olijk aankijkt.

'Welnee,' zegt hij met zijn allercharmantste lach. 'Je ziet er voor je leeftijd nog jong uit.'

Charlotte ziet haar moeder vrolijk met haar ogen fonkelen. Ze zitten nota bene waar zij bij is te flirten! Nou, dat heeft ze liever dan dat ze ruzie maken.

Maar ze ziet wel de kringen rond haar moeders ogen. Haar bleke huidskleur. Als ze een dag les heeft gegeven ligt ze 's avonds al om halftien in bed. Misschien is de zorg voor oma Rebecca te zwaar voor haar en Felix en Tom vragen ook veel aandacht. Ze besluit dat ze haar vaker moet helpen. Ze is altijd snel met haar huiswerk klaar, dus dan kan ze best wat meer karweitjes voor haar doen.

Haar moeder veegt grinnikend de kruimels van tafel, pakt de bijna lege thermoskan en kruipt achter het stuur van de auto.

'Jij mag kaartlezen, Job. Ik rij het laatste stuk.'

In Antwerpen hebben ze een hotel gereserveerd. Ze frissen zich op en in de bar drinken ze wat. Daarna verkennen ze de omgeving. Moderne gebouwen staan naast oude monumenten die zwart uitgeslagen zijn door het voorbijrazende verkeer.

Charlotte hangt aan haar vaders arm. Haar moeder loopt aan de ander kant naast hem en geeft hem ook een arm.

'Je lijkt nu net een pot met twee oortjes, pap,' plaagt Charlotte, terwijl ze hem stevig vasthoudt.

'Morgen gaan we naar Sint Mariaburg. Dan gaan we eens even poolshoogte nemen bij de ruisende beekjes en groene weiden,' zegt hij met een plechtig gezicht.

'Dat stond in die oude krant die je van je grootmoeder bewaard hebt, hè mam?'

'Ik ben benieuwd wat er van over is gebleven.'

Als ze de volgende dag door Sint Mariaburg lopen valt het niet tegen. De sfeer is rustig. De straten zijn breed en overal groeien bomen hoger dan de daken van de huizen.

Ze dwalen door het kleine voorstadje en vinden met behulp van een plattegrond de Leopoldlei, een statige laan met oude huizen. Voor het geboortehuis van Charlottes overgrootmoeder blijven ze staan. Hoge ramen, een kleine voortuin, een trap met vier treden naar de groen gelakte voordeur, een koperen trekbel en een brievenbus. Voor het hek staat een damesfiets met een kinderzitje achterop.

'Hier heeft Louise dus als kind voor de Eerste Wereldoorlog gewoond,' zegt Charlottes moeder peinzend. 'Hier speelde ze in de straat met haar vriendinnetjes. Het is hier mooi en rustig. Waarom wilde ze toch niet terug naar België? Ik snap er niks van. Na een tijdje was de honger hier toch ook wel over.'

'Misschien was ze verliefd, dan zou ik dat ook niet willen.'

'Toen de oorlog voorbij was, was ze hooguit zestien jaar. Ken je dan je vriendje voor het leven al?'

'Sommigen wel,' zegt Charlottes vader. 'Kijk maar naar ons. Ik ken je al mijn hele leven.'

'Ja, maar je wist niet dat ik je vrouw zou worden.'

'Wel hoor! Ik was al jong verliefd op je.'

'Ach, je hebt gelijk,' zegt haar moeder. 'Dat wist ik zelf ook toen we klein waren. Al van jongs af aan zijn we met elkaar verbonden. Ik kan me een leven zonder jou niet voorstellen.'

Charlotte kijkt gegeneerd om zich heen als haar ouders elkaar midden op straat gaan staan zoenen.

'Kom, laten we doorlopen,' zegt ze en ze trekt aan haar vaders arm, maar juist op dat moment gaat de voordeur open. Een jonge vrouw loopt het trapje af en pakt wat uit het mandje dat aan het stuur van haar fiets hangt. Ze draait zich verbaasd naar hen om.

'Zoekt u iets?' vraagt ze. 'Kan ik u ergens mee helpen?'

Even aarzelen ze, dan doet Charlottes moeder een stap naar voren.

'Mijn grootmoeder is in dit huis geboren,' zegt ze. 'Tot de Eerste Wereldoorlog en toen is ze gevlucht naar Nederland.'

Een ogenblik neemt de jonge vrouw hen op, dan zegt ze vriendelijk: 'U mag gerust even binnen kijken, hoor. Ik ga hier wonen. We zijn de boel aan het opknappen.'

Gruis knispert onder hun schoenen als ze met zijn drieën achter haar aan door de lange gang lopen. Ze opent een deur en dan komen ze in een kamer en suite met een ruwe plankenvloer, die kraakt bij iedere stap.

'Er zitten nog oude lagen behang op de muren,' zegt de

vrouw en ze peutert een paar laagjes los, totdat groen fluweelachtig behang met het motief van een lelie tevoorschijn komt.

'Dit zit er al jaren op. Iedere keer is er overheen geplakt, maar misschien is dit behang uit de tijd dat uw grootmoeder hier woonde. We gaan de muren afkrabben en wit sauzen. Ze trekt nog een reep behang weg. Een zilveren muntje met de beeltenis van koning Leopold rinkelt op de vloer en blijft liggen vlak voor de voeten van Charlottes moeder.

Ze raapt het op en legt het in de palm van haar hand. 'Dit muntje heeft mijn grootmoeder Louise erin gestopt,' zegt ze ontroerd. 'Ik weet het zeker. Ze vertelde me vroeger dat ze haar zakgeld altijd op geheime plekjes bewaarde, want anders pikten haar broers het in.'

'Hou het maar, als herinnering,' zegt de vrouw lachend. 'Het brengt vast geluk!'

Charlottes moeder stopt het in de zak van haar jas. Het is een klein muntje, niet veel waard, ook al is het oud, maar ze kijkt alsof ze de hoofdprijs in de loterij heeft gewonnen.

De nieuwe bewoner van het huis laat hen alles zien, de keuken met het oude granieten aanrecht en de pomp erboven, die nog dateert uit de tijd dat Charlottes overgrootmoeder er woonde. De tuin waar ze ooit haar hamsters los liet, die zo snel jonkies kregen dat er binnen de kortste keren veertig rondliepen en haar vader ze naar de dierentuin in Antwerpen bracht, om bij een volgend bezoek te ontdekken, dat ze, tot zijn verontwaardiging, aan de slangen waren gevoerd.

Charlotte heeft het lugubere verhaal zo vaak gehoord, dat ze, als ze haar ogen dichtdoet, de diertjes ziet krioelen op het grindpad en tussen de struiken.

Als ze de trappen naar de slaapkamers op stommelen, overvalt haar een raar donker gevoel. Ze krijgt er kippenvel van en probeert het te negeren, maar het blijft bij haar, zelfs op de grote rommelzolder, waar gereedschap en houtsplinters op een werkbank liggen. Ze kijkt naar haar moeder, maar die merkt niets.

'Dit staat er ook al heel lang,' zegt de toekomstige bewoonster. 'Het is stoffig. Er moet nog veel gebeuren. Hiervoor woonde er een weduwe. Ze vertelde dat ze nooit op zolder kwam, want ze dacht dat het er spookte. 's Nachts hoorde ze vreemde geluiden.'

Charlotte huivert. Het liefst wil ze weg, maar haar ouders luisteren geïnteresseerd.

'Ze vertelde dat haar familie altijd in dit huis heeft gewoond,' gaat de vrouw verder. 'Ze is al oud en ze loopt moeilijk, daarom wilde ze naar een verzorgingstehuis.'

'Hoe heet ze?' vraagt Charlotte's moeder.

'Iets met Hasel... Ik weet het niet meer precies en het koopcontract ligt in ons andere huis.'

'Haselbergh, misschien?' vraagt haar moeder weer.

'Ja, precies, zo heet ze, mevrouw Haselbergh, een oom en tante van haar hebben hier gewoond. Als kind heeft ze er vaak gelogeerd en daarom besloot ze het te kopen toen het leegstond.'

'Dan is ze familie!'

'Misschien een zuster van uw grootmoeder?'

Maar Charlottes moeder schudt haar hoofd. 'Ze had geen zuster en haar broers zijn allemaal al overleden, maar misschien is het een kind van een van hen, dan zou ze een achternicht van me zijn. Ik heb geen contact meer met de familie uit België sinds de generatie van mijn grootmoeder er niet meer is.'

Ze krijgen het adres van het verzorgingstehuis en besluiten er in de namiddag heen te gaan.

'Hoe weet jij nou zo zeker dat het muntje achter het behang een geheime bergplaats van je grootmoeder was?' vraagt Charlottes vader.

'Boven, naast de linnenkast op haar slaapkamer, kon je vroeger een hoekje van de vloerbedekking optillen en daaronder legde ze het geld dat ze met het maken van haar hoedjes verdiende.'

'Waarom verstopte ze het?'

'Ja, wat dacht je? Anders zou mijn grootvader het inpikken en dan had ze nooit iets voor zichzelf.'

'Heb jij ook zo'n geheime bergplaats?' vraagt hij. Zijn ogen glinsteren en hij knipoogt naar Charlotte. Hij houdt met moeite zijn gezicht in de plooi.

'Ja, wat dacht je!' antwoordt ze. 'Alle vrouwen hebben een achterdeurtje, hè Charlotte, maar we gaan jou niet vertellen waar.'

Charlotte knikt en trekt een onschuldig gezicht.

15

Met wat moeite vinden ze het verzorgingstehuis. Het ligt aan de rand van Sint Mariaburg, verscholen tussen oude beukenbomen en een grote tuin rondom.

Bij de receptie informeren ze naar mevrouw Haselbergh.

Het meisje achter de balie kijkt in de computer, geeft hen het kamernummer en pakt de telefoon. 'Ik zal even aan de verpleging doorgeven dat er bezoek voor haar is.'

Ze lopen door een lange gang naar de afdeling. Het ruikt naar soep en ook naar een geur die Charlotte niet thuis kan brengen. Een zuster wijst hen de kamer van mevrouw Haselbergh. Ze zit voor het raam in een oude leunstoel te dommelen, maar als ze hen ziet, is ze meteen klaarwakker, alsof een golf van herkenning door haar heen gaat. Charlotte ziet het ook meteen. Ze moet familie zijn, ze weet het zeker. Ze lijkt op haar overgrootmoeder Louise, van wie een foto in een zilveren lijstje in de huiskamer staat. Hetzelfde krullerige haar, donkere ogen en zachte trekken.

Haar moeder vertelt wie ze zijn en wat ze komen doen. De oude vrouw kijkt haar verrast aan.

'Ach, kind, gaan jullie zitten,' zegt ze terwijl ze naar een bank tegenover haar wijst. 'Ik kan je alles vertellen wat je wilt weten. Ik heb mijn heup gebroken en het lopen gaat moeilijk, maar hierboven werkt alles nog goed.'

Ze tikt met haar wijsvinger tegen de zijkant van haar hoofd.

'Mijn grootmoeder Louise heeft hier tot de Eerste Wereldoorlog gewoond,' begint haar moeder. De vrouw voor hen knikt. 'Ik heb haar nooit gekend, want toen was ik nog niet geboren. Mijn vader was een nakomertje en je overgrootmoeder was de oudste in het gezin. Dus er was een groot leeftijdsverschil, maar het verhaal ken ik wel. Louise is met haar moeder en twee broers in de Eerste Wereldoorlog naar Nederland gevlucht en na de oorlog wilde ze niet terug naar België. Ten einde raad heeft haar moeder haar toen maar achtergelaten op de boerderij waar ze opgevangen werden.'

'Weet u waarom ze niet terug wilde?' vraagt Charlotte's vader. 'Ze was pas een jaar of vijftien.'

'Er zijn hier in de oorlog vreselijke dingen gebeurd. Mensen werden opgepakt en zonder pardon doodgeschoten. Huizen werden geplunderd en in beslag genomen door de Duitsers. Veel families vluchtten, maar sommigen lukte dat niet op tijd omdat er veel kleine kinderen waren of ziekelijke ouders die verzorgd moesten worden. Dan heb je heel wat te regelen voor je weg kunt. Die mensen vielen in handen van de vijand, die was meedogenloos en hield geen rekening met zieke bejaarden, baby's en kleuters.'

De oude vrouw staart peinzend voor zich uit, gaat dan verder.

'De mensen leden honger. Ze aten aardappelschillen en rapen van het land, zelfs honden en katten werden in de pan gestopt. Duitsers trokken in de huizen van gevluchte bewoners. Jonge jongens die de boel vernielden en meer dronken dan goed voor ze was. Er gaat het verhaal dat in het huis waar vroeger je grootmoeder woonde, een jonge Duitse soldaat zich in het trappengat heeft opgehangen.' Haar stem daalt tot geheimzinnig gefluister. 'Ze zeggen dat zijn geest nooit rust heeft gevonden en nog door het huis dwaalt. Ik heb als kind vaak bij de vader en moeder van je grootmoeder gelogeerd en omdat het een mooi huis is heb ik het gekocht toen mijn oom en tante stierven. Toen mijn man overleden was en de kinderen het huis uit waren, hoorde ik voortdurend stemmen op zolder en gebonk. Ik vond het eng en omdat ik toch slecht ter been ben, heb ik het huis verkocht.'

'Maar mijn grootmoeder wist dat toch allemaal niet.' Charlottes moeder zucht en kijkt de vrouw gespannen aan. Ze schudt haar hoofd.

'Al die oorlogsverhalen hoorden de vluchtelingen in Nederland ook. Misschien wist Louise dat haar vriendinnetjes opgepakt waren, dat haar kat opgegeten was en misschien wist ze ook dat die Duitse soldaat zich in hun huis van het leven had beroofd. Misschien besloot ze daarom om niet meer terug te gaan, bang voor de dingen die ze aan zou treffen.'

'Ja, dat zou kunnen. Misschien zou ik dan ook niet meer terug willen en al helemaal niet als ik het op die boerderij naar mijn zin had.'

Charlotte kijkt om zich heen. Het is een gezellige kleine kamer, zonder waardevolle spullen, maar één ding valt haar op. Op het dressoir staat, naast een foto van een jonge man met een kind op zijn arm, een bruin houten juwelenkistje. Ze heeft het vaker gezien, maar waar? Dan herinnert ze het zich weer.

Ze aarzelt, staat dan op en wijst naar de foto. 'Bent u dat meisje?'

Haar moeder kijkt ook naar de foto en reageert verrast. 'Hij heeft iets bekends, alsof ik hem vaker heb gezien.'

'Ja, ik ben dat meisje,' antwoordt de vrouw, 'met mijn vader. De jongste broer van je overgrootmoeder.'

'Ik herken bepaalde familietrekjes. Krullend haar, dezelfde vorm van het gezicht, ernstige ogen en dat houten juwelenkistje? Mijn grootmoeder had er ook zo een. Ze bewaarde daarin een bedelarmband uit haar jeugd die ze me af en toe liet zien, maar die is spoorloos verdwenen.'

De oude vrouw lacht. 'Kijk er maar in. Het is een familietraditie. De oudste uit het gezin heeft zo'n houten kistje, dat wordt altijd doorgegeven aan het eerstgeboren kind. Er is een kistje voor jongens en een voor meisjes. Mijn vader kreeg het toen zijn oudere broer kinderloos stierf en omdat hij geen zonen had, kreeg ik het. Ik heb alleen maar dochters en kleindochters, dus ik wacht met smart op een kleinzoon. Geef het eens, Charlotte, dan zal ik je moeder laten zien wat erin zit.'

Charlotte pakt voorzichtig het kistje en geeft het haar. Ze haalt er een paar glimmende knopen uit, een dasspeld, een aansteker, een opgevouwen sjerp in de kleuren van de Belgische vlag en een kleiner met fluweel bekleed doosje waarin zilveren manchetknopen zitten.

'Het zijn maar kleine schatten,' zegt ze en ze haalt ze één voor één uit het doosje om ze te laten zien. 'Maar wat zei je? Herken je het juwelenkistje? Dat kan. In het juwelenkistje voor meisjes zit een antieke zilveren bedelarmband. En alle bedeltjes hebben een belangrijke betekenis voor een vrouw. Ik geloof een kikkertje, dat staat voor liefde, geluk en vriendschap en een speentje, dat een symbool is voor de zorg voor kinderen. Meer kan ik me niet herinneren. Ik weet dat je overgrootmoeder het aan Louise gaf toen die in Nederland achterbleef en die gaf het natuurlijk aan...'

Haar stem stokt en ze begint gauw over wat anders.

'Als jullie een kopje thee willen, mag je het zelf even in mijn keukentje zetten. Charlotte, doe jij dat maar.'

Charlotte staat op en zet een ketel water op het éénpits-gasstelletje. Vanuit de kamer klinkt de stem van haar vader. Hij zegt iets grappigs, ze lachen, alleen haar moeder zit er een beetje afwezig bij. Ze is met haar gedachten weer mijlenver weg.

Het theewater ruist en Charlotte kan niet verstaan waar het gesprek over gaat. Ze vraagt zich af waarom de oude vrouw haar zin ineens afbrak en haar hand voor haar mond hield. Wat verbergt ze? Waar wil ze niet over praten? Heeft de bedelarmband er wat mee te maken? Door de verhalen weet ze dat haar overgrootmoeder Louise de bedelarmband vaak aan haar moeder liet zien. Maar daarna wikkelde ze hem weer voorzichtig in blauw fluweel en stopte ze hem weg. 'Later is ie voor jou,' zei ze dan altijd.

Waar was dat doosje met de bedelarmband gebleven? Haar moeder had haar verteld dat grootmoeder Louise de armband vroeger ook eens kwijt was. Ze was er danig van uit haar doen en zocht dagenlang in alle laden en kasten naar het voor haar zo belangrijke sieraad. Dat doet Charlottes moeder ook als ze in een bepaalde stemming is. Ze zet het hele huis op stelten, maar de bedelarmband blijft onvindbaar.

Charlotte weet niet precies wat er is gebeurd. Maar ze heeft het gevoel dat het doosje met de bedelarmband wat te maken heeft met het leven van haar moeder. Met dingen die ze niet meer weet of vergeten is, maar die in dromen en dagdromen haar af en toe weer te binnen schieten. Dan heeft ze van die dagen dat ze in zichzelf gekeerd en somber is. Ze heeft haar wel eens verteld, dat ze in haar jeugd nachtmerries had en geloofde dat er geesten naast haar bed stonden die niets zeiden, maar eng naar haar staarden. Gelukkig stelde grootmoeder Louise haar altijd gerust.

Charlotte heeft hetzelfde. Zij denkt soms ook dat dromen geen dromen, maar de werkelijkheid zijn. Soms lijkt het of ze haar overgrootmoeder Louise door het huis ziet lopen. Maar spoken bestaan niet, houdt ze zichzelf voor. Als het gebeurt, gaat ze altijd naar de huiskamer of de keuken, waar haar broertjes spelen of ruziemaken. Dan staat ze meteen weer met beide benen op de grond.

Hun gastvrouw is duidelijk blij met hun bezoek. Ze vertelt aan haar ouders wat haar hobby's zijn. Ze laat ansichtkaarten zien, die ze van lege theezakjes heeft gemaakt.

Charlotte aarzelt of ze nog eens naar de bedelarmband zal vragen. Haar moeder wil het vast ook wel weten. Als ze met het rinkelende blad kopjes naar de kamer loopt, durft ze het toch niet.

'In de trommel zitten koekjes! Pak ze maar. Jullie lusten er vast wel een.'

Ze opent de koektrommel en net als bij hen thuis ligt er vetvrij papier op de bodem van de trommel om de koekjes vers te houden.

'Kijk eens, mama,' zegt ze terwijl ze de trommel voor Elise houdt. 'Dat leg jij ook in de koektrommel en dat deed grootmoeder Louise toch ook altijd?'

De herkenning overweldigt haar moeder. Ze slikt en neemt gauw een hap van een koekje, zodat de anderen het niet merken, maar Charlotte ziet het toch.

Waar zou het doosje met de bedelarmband toch gebleven zijn? Charlotte besluit dat ze als ze weer thuis zijn voor zal stellen om weer eens te gaan zoeken. Niet omdat hij volgens de familietraditie voor haar bestemd is, maar omdat ze bijna zeker weet dat de armband haar dingen uit het verleden duidelijk zal maken.

'Vergeleken met vroeger is er veel veranderd,' vertelt de oude vrouw enthousiast. 'In mijn jeugd in Sint Mariaburg werden er veel feesten gevierd.'

'Vertel eens,' zegt Charlottes vader. Af en toe kijkt hij zijn vrouw bezorgd aan. Hij kent haar door en door. Ze kijkt moe, misschien vindt ze de gesprekken moeilijk. Maar waarom eigenlijk? Er is niets schokkends gebeurd of toch wel? Charlotte is blij als haar moeder een slok van de hete thee neemt en de vrouw bemoedigend toeknikt en zegt: 'Ja, over die feesten zou ik ook wel eens wat willen weten.'

'De straten werden versierd met praalbogen waaraan bloemen bevestigd werden en de vlaggen gingen uit.' De ogen van hun gastvrouw beginnen te glinsteren bij de herinnering. 'De fanfare, Sint Mariaburgs Weergalm, marcheerde door de straten en alle mensen begonnen te dansen en regelmatig dronken ze een borreltje in een staminee. Er kwamen ieder jaar een paar cafeetjes bij, zodat de menigte steeds vrolijker werd.'

Charlotte glimlacht. Ze ziet het voor zich, feestende volwassenen en vrolijke kinderen en daartussen had haar overgrootmoeder Louise ook gelopen met haar vriendinnetjes. Ze mocht vast haar zondagse jurk aan!

'De kerk liet zich ook niet onbetuigd,' gaat de oude vrouw verder. 'Er werd twee keer per jaar een processie gehouden. De Sacramentsprocessie werd in mei of juni gehouden en de processie Maria Hemelvaart op 15 augustus. De paters droegen het kruis en de beelden van de heiligen rond. Alle schoolkinderen liepen mee. De kleuters droegen witte kleren en in het haar van meisjes werden bloemen gevlochten. De mensen van Sint Mariaburg zetten kaarsjes voor de ramen en de oudste kinderen strooiden bloemen en wit zand op de straten.'

'Dat moet een vrolijk gezicht zijn geweest, met al die blije kinderen,' zegt Charlottes moeder lachend.

'Ja, er viel altijd wel wat te vieren. Er moest een pastoor ingehuldigd worden of er was een jubileum van een moeder-overste of er werd een processie gehouden voor een gouden bruiloft. Het was altijd feest, altijd feest.'

De oude vrouw glundert en schudt haar hoofd. 'Waar is de tijd gebleven? Ik zou het graag nog eens over willen doen.'

'Nou begrijp ik waarom mijn grootmoeder Louise ook altijd zin had in een feestje,' zegt Charlottes moeder. 'Als er een circusoptocht was of Sinterklaas kwam, dan stonden wij vooraan. Van iedere verjaardag, zelfs die van de hond of kat, maakte ze een feest met taart en lekker hapjes.'

Ze vertelt dat ze zich herinnert dat de hele familie een keer aanwezig was, ook ex-vriendinnetjes van haar ooms, die bleven komen omdat ze een goede band met haar grootmoeder Louise hadden.

'Iedereen was vrolijk en mijn ooms vertelden stoere verhalen. Trix, onze hond, was in verwachting. Ze was heel dik en aan de bobbels in haar buik zagen we dat de puppy's elkaar verdrongen. Ze lag op een deken in een hoek van de kamer, tilde af en toe vermoeid haar kop op, kreunde en wilde niets lekkers, zelfs geen kruimeltje koek. Halverwege de avond, toen ik eigenlijk al lang in bed moest liggen, maar me stil had gehouden, begon Trix te jammeren en vijf minuten later lag er een schattig hondje naast haar. Iedereen was verbaasd, maar er brak ook paniek uit. Mijn grootmoeder zette een ketel water op het vuur. Ik herinner me nog, dat mijn oom Koen, die altijd veel praatjes had, maar een klein hartje, riep: "Waarschuw de dierenarts!" Hij was bang dat het arme dier er anders in zou blijven. Maar mijn grootmoeder zei dat ze op de boerderij vroeger zo vaak dieren op de wereld had geholpen en dat het een normaal proces was. Trix was sterk en gezond. Ze zou het zeker redden.'

'Hoeveel hondjes werden er geboren?' vraagt Charlotte.

'Aan het eind van de avond lager er vijf leuke hondjes naast haar, met bruine vlekken en rechtopstaande oren, terwijl die van Trix altijd een beetje hingen.'

'Ik weet nog dat je grootmoeder de herdershond van de notaris op de Tolsteegsingel verdacht als vader,' zegt Charlottes vader.

Charlotte ziet hem aan zijn trouwring draaien, dat is een afspraak tussen haar ouders en betekent dat hij weg wil, maar haar moeder wil het liefst nog even blijven, nu ze zo lekker aan het kletsen zijn.

'Hebben jullie alle hondjes gehouden?' vraagt de oude vrouw..

'Ik wilde het graag, maar mijn grootmoeder zei dat ze net zo groot als Trix zouden worden en zes honden vond ze te veel. Ze zei dat ze de oren van ons hoofd zouden eten.'

'Je grootvader wilde ze verdrinken!' zegt Charlottes vader verontwaardigd.

'Ja, en wat werd mijn grootmoeder boos. Ze riep: "Zou je het leuk vinden als we dat met jou deden?" en toen hield hij zijn mond verder maar. Op mijn school waren er gelukkig een paar kinderen die een hondje mochten, dus ze kregen allemaal een goed tehuis.'

'En de juf hing een slinger voor het raam van de klas, ter ere van de geboorte van de puppy's,' vult haar vader aan.

'Daarom heb ik nooit begrepen,' zegt Charlottes moeder peinzend, 'waarom ze later, toen Trix dood in haar mand lag, en ik in de klas vertelde dat ze volgens mijn grootmoeder naar de eeuwige jachtvelden was, de hele morgen op de gang moest staan.'

'Ja, hier dreigden de nonnetjes in mijn jeugd ook met hel en verdoemenis en dat schijnt vroeger nog erger geweest te zijn.'

'Mijn grootmoeder vertelde me ooit dat, toen ze in de derde klas zat, de school op een dag in lichterlaaie stond omdat er in een van de lokalen een petroleumlamp was omgevallen. Ik wilde er alles over weten, maar ze hield haar lippen stijf op elkaar.'

De oude vrouw lijkt te verstijven en haar ogen worden groot en donker. Charlotte ziet het met verbazing. Hetzelfde gebeurt altijd bij haar moeder als ze iets vraagt waarop ze geen antwoord wil geven.

Wat houden ze toch voor haar verborgen?

Of begrijpt haar moeder er zelf ook niets van?

16

De volgende morgen dwalen ze nog een paar uur door Sint Mariaburg, kopen wat plaatselijke gerechten, steken een kaarsje aan in de kerk waarin Charlottes overgrootmoeder Louise voor het eerst met de hele klas moest biechten en ze wandelen nog een keer langs haar geboortehuis. Daarna besluiten ze om weer naar huis te rijden.

Achterin de auto denkt Charlotte aan alle verhalen die ze ooit over haar overgrootmoeder hoorde.

'Het is toch wonderlijk dat ze in Nederland is gebleven. Als ze terug naar België was gegaan, had ze een andere man ontmoet en dan zou jij niet bestaan hebben, mama, en ik ook niet. Gek idee, hoor.'

'Sommige beslissingen bepalen de rest van je leven.'

Haar vader kijkt naar haar door het spiegeltje van de voorruit.

'Ben je wat wijzer geworden?' vraagt hij aan zijn vrouw. 'Je weet nu tenminste waarom je grootmoeder niet terug naar België wilde. Ze was bang voor de dingen die ze aan zou treffen. Stel je voor, al je vriendinnetjes dood, je lievelingshuisdier opgegeten en iemand die zelfmoord in je huis heeft gepleegd. Ik ging ook niet meer terug.'

Charlotte zit een beetje weg te soezen door de warmte van de zon die door de autoraampjes naar binnen schijnt, maar bij de volgende vraag van haar moeder spitst ze haar oren.

'Viel het jou ook op, dat het gesprek een paar keer stokte? Alsof ze dingen wist en er niet over wilde praten.'

'Je denkt dat het wat te maken heeft met de dood van je ouders?' hoort ze haar vader vragen.

Haar moeder knikt. 'Ik moest denken aan de medelijdende blikken vroeger en het gefluister van klasgenootjes en hun moeders als ze hoorden dat ik geen ouders had. Ze vroegen altijd hoe ze gestorven waren. Maar alles was een groot zwart gat en dat is het nog steeds.'

Ja, logisch, zou Charlotte willen roepen. Logisch dat je niets weet, want niemand praat erover, maar ze klemt haar lippen op elkaar.

'Weet je nog dat ons favoriete verhaal was, dat ze in het park tussen de Zonnenburg en de Maanenburg op kerstavond bij een boom vermoord waren?'

Charlotte vindt het een luguber verhaal en helemaal idioot dat haar ouders om zoiets stoms uit hun jeugd zitten te grinniken.

'Ja, we gingen vaak naar die boom kijken. Er zat een rode stip op. We dachten dat het bloed was. Ik ging er graag met je naartoe, want dan sloeg je een arm om mijn schouders en je keek heel ernstig,' vertelt haar moeder.

'Er zaten niet veel bladeren aan die boom en ik had je wijsgemaakt dat een boom een beetje op een mens leek, dat die ook al zijn haar kan verliezen door zorgen of verdriet.'

'En ik geloofde je nog ook. Op een dag was de boom verdwenen. Er stond nog een bleke stomp. Hij is omgehakt,' legde je me uit. 'Hij werd steeds kaler en is doodgegaan. Dat gebeurt ook bij mensen als ze ouder worden, armen, benen, haar, tanden, alles valt uit en dan ga je dood.'

'Wat was ik blij, dat grootmoeder Louise nog een dikke bos zilverkleurig krullend haar had. We hebben het verhaal over de moord onder de boom daarna nooit meer aan vriendjes verteld, want er was tenslotte geen bewijs meer voor en we wilden niet voor gek staan.'

'Maar wat is er nou eigenlijk met je ouders gebeurd?' flapt Charlotte eruit. 'Het is stom dat ik drie van mijn vier grootouders nooit heb gekend. We hebben alleen oma Rebecca. De meeste kinderen in mijn klas hebben minstens twee of drie grootouders en sommigen zelfs vier.'

Er volgt een ijzige stilte, die haar moeder tenslotte verbreekt. 'We weten geen van beiden wat er precies is gebeurd. We waren nog zo klein. En degene aan wie we het kunnen vragen zijn er niet meer of ze wonen, zoals mijn ooms Daan en Koen, in Canada en die zwijgen er, de enkele keer dat we contact hebben, ook altijd over.'

'Oma Rebecca weet vast nog wel wat er is gebeurd.'

'Ik durf het haar niet te vragen. Het komt te dicht bij haar eigen verdriet om het verlies van haar ouders. Dat wil ik haar niet aandoen. Het gaat nu zo goed met haar.'

Misschien moet je thuis maar weer eens op zoek gaan naar dat doosje met de bedelarmband van je grootmoeder. Ik wil wel helpen zoeken.' Charlotte buigt zich naar voren en slaat haar armen om haar moeders hals. 'Zullen we dat doen, mam?'

'Misschien heeft Charlotte gelijk en heeft die bedelarmband er wat mee te maken,' zegt haar vader. 'Ik vind het een mooie traditie. Heeft ze je die armband ooit officieel gegeven?'

'Nee, vroeger liet ze hem wel eens zien. Ze ging er heel voorzichtig mee om. Die bedelarmband was een kostbaar bezit, dat kon ik aan alles merken.'

'Hou je nog een grote schoonmaak?' vraagt hij, 'dan vind je die armband misschien.'

'Ja, ben je gek! Daar begin ik niet aan,' antwoordt Charlottes moeder. 'Je wilt toch niet dat ik, zoals mijn grootmoeder, de vloerbedekking oprol om het stof met een breinaald tussen de planken uit te halen?'

'Moest je dat echt?' roept Charlotte verbaasd.

'Ja, en ze prees me uitbundig. Ik hielp haar vooral omdat ze zei dat mijn moeder dat vroeger ook voor haar deed. Het was in de periode dat ik alles over mijn ouders wilde weten. Of ze spinazie lustten, of ze op hun handen konden staan, of ze net zo goed konden tekenen als ik.'

'En heeft ze toen nooit precies verteld wat er is gebeurd?'

'Ik weet het niet meer. In die tijd was ik bang dat het

op zolder spookte. Ik had nachtmerries en stelde wel vragen, maar ik kreeg nooit antwoord. Er werd gewoon niet over gesproken, door niemand.'

'Elise, soms zijn dingen die gebeurd zijn te pijnlijk om over te praten.' Charlotte ziet dat haar vader haar hand pakt. 'Laat het rusten. Je krijgt je ouders er toch niet mee terug. Je vraagt je al jaren af wat er is gebeurd en de waarheid kom je toch niet meer te weten. Het is al zo lang geleden.'

'Ik wil het wel weten!' zegt ze. Ze tuurt door het autoraampje in de verte en zwijgt verder.

Het is warm in de auto en Charlotte zakt onderuit en valt in slaap.

In haar droom dwarrelen de verhalen die haar moeder altijd aan haar en haar broertjes over vroeger vertelde, door haar hoofd. Maar in plaats van haar overgrootmoeder doet Charlotte zelf alle karweitjes. Ze moet van de boerin de kleren spoelen in de sloot achter het huis. Daarna legt ze alles op de bleek en met het laatste sop van de was dweilt ze de gang. Ze melkt de koeien en als ze de wei in gaan mest ze de stal uit en schildert ze de muren wit. Ze strooit zand op de vloer en tekent er met een stok figuren in.

Ze werkt in de moestuin en raapt eieren. In de kelder legt ze de appels naast elkaar. Ze mogen elkaar niet raken, want dan gaan ze rotten en ze moet ze regelmatig keren. Ze maakt kaas en schept boter in Keulse potten. Ze zeemt de ramen en schrobt de stoep. Van de vroege morgen tot de late avond is ze in de weer en 's avonds valt ze doodmoe in slaap.

Ineens is het winter. Charlotte leert hoe ze groenten moet wecken en kersenbrandewijn moet maken en ze zeult met de kolenkit om de kachel brandend te houden, maar op haar zolderkamertje is het ijzig koud en de dakspanten kraken griezelig. Ze voelt zich er alleen en verdrietig en pakt de bedelarmband van een overgrootmoeder uit een ver verleden uit het doosje met het blauwe fluweel, kruipt in bed en rinkelt er een tijdje mee. Ze bekijkt de bedeltjes en denkt aan hun betekenis. Daarna legt ze de armband onder haar hoofdkussen. Zo troost ze zichzelf en daarna valt ze snel in slaap. De droom verandert steeds, want daarna zit Charlotte samen met haar overgrootmoeder Louise in de keuken. Ze bekijken de bedelarmband en ze hoort haar overgrootmoeder duidelijk zeggen, dat later, als zij al jaren dood is, de armband voor haar zal zijn.

Met een schok schrikt Charlotte wakker. Ze kijkt verbaasd in de lachende gezichten van haar ouders en rekt zich uit. Ze voelt zich ineens somber en donker. Ze is niet uitgerust en verbaasd zich dat ze van een droom waarin ze hard moest werken al moe kan zijn. Haar arme overgrootmoeder Louise! Wat heeft ze het zwaar gehad, want zij moest echt hard werken en toch was ze volgens de verhalen van haar moeder altijd vrolijk!

'Ik heb over die armband gedroomd, mam,' zegt Charlotte. 'Hij troostte je grootmoeder Louise en ze zei tegen me dat die armband na haar dood voor jou zou zijn, zodat je hem later aan mij kon geven.'

'Maar ze stierf onverwacht en daardoor is het er nooit van gekomen,' antwoordt haar moeder. 'We gaan er-

naar op zoek, lieverd. Die bedelarmband ligt vast ergens op een plek die we over het hoofd hebben gezien.
Misschien kan oma Rebecca ons helpen.'
Tegen zeven uur rijden ze de Nieuwegracht op. Felix
en Tom zitten fris gewassen in hun pyjama op de bank.
Oma Rebecca leest hen een verhaal voor. Het is spannend, want Felix heeft rode wangen en Tom zuigt op
zijn duim. Ze merken dat oma Rebecca blij is dat ze
thuis zijn. Ze geniet van haar kleinkinderen, maar ze
ziet er moe uit.
'Waar is tante Naomi?'
'Tante Naomi moet eerder naar India. Ze is haar koffer
aan het pakken. Ze gaat vanavond nog met het vliegtuig mee,' antwoordt Felix. Tom springt van de bank,
rent met uitgespreide armen door de kamer en gooit
bijna een vaas om. Zijn vader kan hem nog net grijpen.
'Moet ze zo snel al weg?' vraagt hij verbaasd.
Oma Rebecca knikt. 'Ze is opgebeld door de hoofd-
redacteur van dat blad waarvoor ze werkt. Er is een
mars tegen kinderarbeid. Ze moet foto's maken. Dus
ze vertrekt helaas eerder dan ze van plan was.'
Ze kijkt sip en Charlottes moeder slaat snel haar armen
om haar heen.
'Ach, mama, voor je het weet staat ze weer voor de deur.
Onze wereldreizigster komt altijd weer thuis.'
Als Felix en Tom in bed liggen brengt Charlottes vader zijn zuster naar Schiphol. Charlotte zou het liefst
meteen de hele zolder op zijn kop willen zetten om
de bedelarmband te zoeken, maar haar moeder zit met
een warme beker chocolademelk op de bank en vertelt

oma Rebecca wat ze beleefd hebben. Dus Charlotte be-
heerst zich.

17

De sfeer in school is gespannen. De eindexamens beginnen. De leerlingen uit de hoogste klassen verliezen
hun stoïcijnse waardigheid en zitten nerveus in de
mediatheek om op het laatste moment nog iets uit het
hoofd te leren. Of ze helpen vrienden die het niet meer
zien zitten.
Ook in de klas van Charlotte is iedereen druk en luidruchtig. Veel lessen gaan niet door. Er zijn excursies
gepland, zodat het tijdens de examens rustig is in
school.
De Franse lessen van haar moeder vallen ook uit. Ze
moet tijdens de examens surveilleren.
'Verveel je je niet dood, mam?' vraagt Charlotte als ze
na een middag museumbezoek thuiskomt. 'Je zit de
hele dag in die warme gymzaal. Het lijkt me vreselijk.'
'De dag duurt wel lang. Sommige leraren lezen een
boek, maar ik vind dat dat niet kan. Mijn leerlingen
hebben me nodig. Een bemoedigend knikje of schou-
derklopje helpt als ze het even niet meer weten.'
'Examen doen lijkt me eng, maar jij weet natuurlijk

precies hoe het voelt. Je hebt zelf al vaak examen gedaan. Voor mij duurt het gelukkig nog een paar jaar.'

'Pas maar op, voor je het weet is het zover! Vandaag moest ik bij het examen Frans surveilleren. Toen ze in de brugklas zaten heb ik aan al die leerlingen lesgegeven. Jongetjes, die nog niet de baard in hun keel hadden en die in de pauze op het plein tikkertje speelden of achter een bal aanrenden. Meisjes die experimenteerden met make-up en veel te veel lippenstift en oogschaduw opdeden, terwijl ze al mooi van zichzelf waren en het helemaal niet nodig hadden.'

'Ja, daarom wil je natuurlijk ook niet dat ik lippenstift en zo gebruik.'

'Nee, je bent al een schoonheid zonder make-up.'

'Dat zegt iedereen natuurlijk van zijn eigen kind,' protesteert Charlotte. 'Maar ik wil oogschaduw, mascara en lippenstift opdoen. Veel meisjes in mijn klas maken zich op. Ik vind het stom dat ik het niet mag.'

'Je hebt het echt niet nodig, Charlotte. Blijf nou toch puur natuur!'

Charlotte weet best dat ze er leuk uitziet met haar lange blonde haar, gelijkmatige trekken en donkere ogen. Alleen die pukkels als ze ongesteld is zijn wel lastig. Gelukkig trekken ze na een weekje weer weg.

'Ik ga toch van mijn zakgeld make-up kopen,' zegt Charlotte obstinaat. Haar moeder doet net of ze het niet hoort en praat verder over school.

'De tijd gaat snel,' zegt ze. 'Al die brugklassers van toen zijn nu volwassen mannen en vrouwen. Ze hebben hun toekomst uitgestippeld. Ze gaan werken of studeren, op kamers wonen, verre reizen maken. Ze hebben allemaal plannen en ik hoop dat hun dromen uitkomen.'

Charlotte kijkt naar de zachte uitstraling van haar moeder terwijl ze praat. Ze begrijpt waarom alle leerlingen haar adoreren. Ze houdt echt van hen. Het zijn een beetje haar kinderen. Ze vindt het moeilijk om ze na het examen los te laten.

Soms komt ze thuis met verhalen over wat ze op school meemaakt. Ze vertelde over een meisje dat in de tweede klas hersenvliesontsteking kreeg en dagenlang op het randje van de dood zweefde. Maar ze werd beter en doet nu ook eindexamen. Ze redde Ahmed, die jong zijn vader verloor en het verkeerde pad op dreigde te gaan, door hem extra bijles te geven. En Rana, sierlijk als een vlinder, maar zo kwetsbaar dat ze bijna in handen van een loverboy viel, en Remco, die ze een keer huilend in een hoekje van de garderobe had aangetroffen omdat hij zijn nieuwe jack kwijt was.

En dan al die leerlingen die toen ze pas op school zaten de weg kwijt waren en te laat in de les kwamen.

Mijn moeder is een lieverd, denkt Charlotte. Door haar verhalen beseft ze dat ze veel liefde van grootmoeder Louise kreeg en die liefde geeft ze door aan haar, Felix en Tom, maar ook aan haar leerlingen. Charlotte is trots op haar.

'Mag je als je examen moet doen drinken van huis meenemen? Het duurt voor mij nog wel een tijd, maar ik wil het alvast weten.'

Haar moeder schudt haar hoofd. 'Een paar jaar geleden namen de examenleerlingen zelf sap of cola mee van thuis, maar toen een jongen zijn flesje met bier had gevuld, omdat hij dacht dat het denken dan beter zou gaan en sommigen spiekbriefjes in hun beker verstopten, besloot de schoolleiding om zelf voor water te zorgen.'

'Help je wel eens als je ziet dat een leerling een fout heeft gemaakt?'

'Dan wil ik mijn vinger op de fout leggen, maar ik beheers me altijd. We mogen niet fluisteren of iets aanwijzen, een bemoedigende knipoog, een glimlach kan ermee door, maar we mogen echt niet helpen.'

'Ik hoorde van een van mijn vriendinnen, dat haar broer zijn kaal geknuffelde teddybeer had meegenomen. Stel je voor, ben je al achttien en dan neem je je oude knuffel mee.'

'Is niet zo gek hoor! Ze geloven heilig dat zo'n knuffeldier, of het klavertjevier in een potje of de scarabee geluk zal brengen.'

'Geloof jij het?'

'Het gaat er niet om of ik het geloof. Als het die kinderen zelfvertrouwen geeft, dan is er toch niks mis mee!'

'Misschien heeft die bedelarmband van je grootmoeder hetzelfde effect, net als die gelukssymbolen van je leerlingen.'

'Ja, ik moet er nodig weer eens naar op zoek.' Er verschijnt een rimpel in haar voorhoofd.

'Het was leuk in Sint Mariaburg, hè?' verandert ze van onderwerp.

'Heb je antwoord op al je vragen?'

Ze schudt haar hoofd. De rimpel in haar voorhoofd wordt dieper en haar ogen dwalen mijlenver weg naar een plek waar Charlotte haar niet meer kan volgen.

Ze durft zoals vaker niets meer te vragen.

'Hoe gaat het eigenlijk met meneer Van Dongen?'

'Hij is behoorlijk ziek geweest en hij heeft nog veel tijd nodig om aan te sterken.'

'Hoe gaat het met zijn broer?'

'Die gaat achteruit en er is nog geen geschikte donor voor hem. Sjoerd is bang dat hij zijn broer moet verliezen. Ik weet hoe dat voelt, iemand verliezen waar je van houdt.'

'Hij heeft een dochtertje, geboren vlak voordat hij naar het ziekenhuis moest.'

'Hij is er heel trots op en zei dat het zo'n schatje is. Ze begint al te brabbelen, maar 's nachts huilt ze veel. Hij en zijn vrouw slapen slecht, maar ze willen die kleine natuurlijk voor geen goud meer missen.'

'Wij kunnen best eens op dat meisje passen, dan kan hij met zijn vrouw uit eten of naar de film gaan.'

'Dat is een goed idee. Ik zal hem morgen opbellen en het voorstellen. Kom, ik ga thee zetten. Vandaag heeft papa vrijgenomen om voor oma te zorgen. Ze zijn in de tuin.'

Charlottes vader en oma Rebecca zitten in de tuin in de schaduw van de blauweregen. De rozen geuren zoet en de duiven zitten op de rand van de schutting. In de verte slaat de Nicolaïkerk vier uur. Felix en Tom zitten in het gras en bouwen een kasteel van kartonnen dozen. Als Charlotte met de koekjestrommel de tuin inloopt, komen ze gelijk naast haar op het bankje zitten.

'Kijk eens wie er is overleden.' Oma Rebecca geeft een enveloppe aan haar schoondochter. Er zit een rouwkaart in met een zilverkleurige rand. Charlottes moeder gaat naast haar zitten en vouwt hem aarzelend open.

In sierlijke wat ouderwetse letters staat dat freule Mathilde, Isabella, Maria van Meurs tot Beusichem na een kort ziekbed aan haar laatste reis is begonnen.

'Ach, die arme juffrouw Mathilde,' reageert Charlottes moeder geschrokken. 'Ik zat van de week nog aan haar te denken. Hoe oud is ze geworden?'

'Eenentachtig, een hele leeftijd,' zegt Charlottes vader. 'Weet je nog dat ze hoedjes bij je grootmoeder Louise bestelde en na een tijdje ook al haar vriendinnen naar haar toe stuurde?'

Charlottes moeder grinnikt. 'Als ze kwam bracht ze altijd petitfourtjes mee, die we in de keuken opaten en ze gaf me boeken met afbeeldingen van schilderijen van oude meesters. Ze wist veel van kunst.'

'Ze kwam ook eens om een hoed voor bij haar trouwjurk.' Oma Rebecca fronst haar wenkbrauwen en gaat peinzend verder. 'Maar er was iets met die bruidegom. Ik weet het niet meer precies. De zilveren bedelarmband van je grootmoeder had er ook iets mee te maken, geloof ik.'

'Wat dan?' Charlotte ziet dat haar moeder overeind veert. Zelf gaat ze op het puntje van haar stoel zitten, zelfs Felix en Tom kruipen dichterbij. 'Wat had juffrouw Mathilde met die bedelarmband te maken?' vraagt haar moeder weer.

Oma Rebecca wrijft over haar voorhoofd. 'Het was geloof ik in de tijd dat opa Hoogendoorn hier kwam wonen. Wat was er ook alweer? Ik kom er wel op. Het is al zo lang geleden. Jullie waren een jaar of acht en...'

'Ik herinner me hem nog goed,' valt Charlottes vader haar in de rede. 'Het was een klein mager mannetje met grijze piekharen en met een grote hoornen bril op het puntje van zijn neus. Hij droeg meestal een blauwe kiel en had een boerenbonte zakdoek om zijn hals geknoopt.'

'Ja,' zegt Charlottes moeder. 'Ik zie hem nog op de stoep staan met zijn versleten bruine leren koffertje en onder zijn arm hield hij een soort hoorn, die zette hij aan zijn oor en dan moesten we daarin praten.'

'Net als wij met de tuinslang wel eens doen,' zegt Felix en hij rent met Tom naar de schuur om de slang te zoeken, zodat hij kan voordoen hoe dat moet.

Oma Rebecca neemt een slok thee. 'Ik weet het weer!' gaat ze verder. 'Hij was de schoonvader van je grootmoeder Louise en de stiefvader van je grootvader. Hij vertelde dat zijn boerderij in Nieuwkoop werd onteigend omdat er een verkeersweg dwars door zijn voortuin moest komen en een kruispunt precies voor zijn deur. Hij kon kiezen tussen blijven zitten of verhuizen. Hij besloot het laatste, omdat hij vond dat al dat verkeerslawaai niet goed voor zijn zenuwgestel was.'

'Ik weet nog dat hij met een theatraal gezicht je grootmoeder aan het bewerken was,' zegt Charlottes vader, 'en hij vertelde dat hij stinkend rijk was. Maar dat geloofde ze niet.'

Charlotte ziet haar moeder vragend naar hem kijken. Ze fronst haar wenkbrauwen.

'We waren erbij toen hij zijn koffertje opendeed,' zegt haar vader lachend. 'Je zou verwachten dat er wat spullen in zouden zitten, overhemden, ondergoed, sokken, scheergerei en een tandenborstel, maar het zat tot de rand toe vol met briefjes van honderd. Ik had nog nooit zoveel geld bij elkaar gezien. Weet je het niet meer?'

'Echt?' Charlottes moeder kijkt verbaasd en schudt haar hoofd. 'Ik herinner me er niks van.'

'Hij graaide erin en gooide handenvol papiergeld in de lucht, dat door de keuken dwarrelde als een wervelstorm. Je grootmoeder raapte alles op en nam opa Toeter, zoals we hem later noemden, mee naar de bank op de hoek van de Twijnstraat omdat ze niet zoveel geld in huis wilde hebben.'

'Later bleek dat het verhaal van die onteigening niet klopte,' valt oma Rebecca haar zoon bij. 'Hij had de boerderij gewoon verkocht en dacht, Louise kennende, dat hij wel bij haar kon wonen. Ze vond het goed, want het werk op de boerderij werd hem te zwaar en hij zorgde ook niet goed voor zichzelf. Ze heeft wel lange gesprekken met je grootvader gevoerd voordat hij het er ook mee eens was. Pas toen hij hoorde dat zijn stiefvader meer dan een ton op de bank had, vond hij het goed.'

'Hij sliep in de zijkamer, waar jij nu ligt, mama,' gaat Charlottes vader verder, 'en het hoedenatelier verhuisde naar de zolder.'

'Ja, dat weet ik nog wel.' Haar moeder knikt. 'Het was

een lieve man. Heel anders dan mijn grootvader. Die interesseerde zich niet voor me, maar opa Toeter hield echt van me. We dreunden samen de tafels van een tot tien op. Hij speelde ganzenbord en mens-erger-je-niet met me en hij leerde me kaarten, jokeren of zo.'

Ze kijkt naar de rouwkaart in haar hand. 'Maar hoe komen we nou van juffrouw Mathilde bij opa Toeter?'

'Door de bedelarmband van je grootmoeder,' zegt oma Rebecca. 'Die verdween spoorloos toen opa Toeter bij jullie kwam wonen.'

18

Charlottes ouders besluiten de volgende dag om het condoleanceregister voor freule Mathilde te gaan tekenen. Oma Rebecca wil ook mee, maar ziet er op het laatste moment van af.

'Ik heb al zo veel mensen van wie ik hield verloren,' geeft ze als reden aan, 'bij iedere begrafenis komt alles weer boven.'

'Mag ik mee, mam?' vraagt Charlotte. 'Ik ken die freule niet en ik vind het ook een beetje eng om naar iemand die dood is te gaan kijken, maar ik wil dat grote huis en die tuin wel eens zien waar jij vroeger hebt gelopen.'

Haar ouders vinden het goed. 'Als je maar iets stemmigs aantrekt,' zegt haar moeder. 'In die rafelige spijkerbroek en dat verschoten T-shirt neem ik je niet mee.' Charlotte trekt snel nette kleren aan en gaat voor de spiegel staan. Haar moeder heeft gelijk. Ze heeft van nature sprekende ogen en lange wimpers. Toch doet ze er onhandig mascara en oogschaduw op. Ze bekijkt zichzelf tevreden in de spiegel en pakt de knalrode lippenstift die ze gisteren ook heeft gekocht. Ze klemt haar lippen op elkaar, zoals ze meisjes in haar klas heeft zien doen, maar daardoor zit er nu ook een veeg lippenstift op haar wang. Toch niet zo mooi, denkt ze en met de punt van een natte zakdoek wrijft ze de lippenstift er weer af.

Als ze beneden komt kijkt haar moeder haar een ogenblik aan, maar tot Charlottes opluchting zegt ze niets over de mascara en de oogschaduw.

Freule Mathilde ligt opgebaard in de grote hal van het landhuis waar ze haar hele leven heeft gewoond. Ze ziet er omgeven door satijn, witte lelies en roze rozen teer en bijna doorschijnend uit, als een engel zonder vleugels.

Ze had ook daadwerkelijk nooit durven vliegen. Ze was haar hele leven alleen gebleven. Eerst met haar ouders en na hun dood met de huishoudster en haar echtgenoot, die voor haar zorgden. Charlottes moeder vertelt op fluistertoon, dat ze nog wel in de keuken petitfourtjes kwam eten en hoedjes bestelde, maar volgens haar grootmoeder liet ze ze allemaal in de kast liggen. Ze ging nog zelden uit en er stonden ook geen foto's meer van haar in de krant.

De vorige avond, toen Felix en Tom al naar bed waren, hadden haar ouders en oma Rebecca herinneringen aan freule Mathilde opgehaald. Charlotte had stil geluisterd en verbaasde zich over de bijzondere dingen die in het verleden waren gebeurd.

Haar moeder herinnerde zich nog dat ze op een dag ziek thuis in de huiskamer op de bank lag. Juffrouw Mathilde belde aan toen haar grootmoeder net even naar de groenteman was.

Ze stond voor de deur en vertelde dat ze een hoed voor bij haar trouwjurk wilde bestellen.

Charlottes moeder had geprobeerd haar over de trouwjurk uit te horen, maar ze liet niets los. Wel vertelde ze dat het een groot feest zou worden, dat er meer dan honderdvijftig gasten zouden komen en dat de bakker bij het stadhuis een grote taart van vijf etages zou maken met bovenop een porseleinen beeldje van een bruid en een bruidegom.

'Dat wilde ze haar hele leven bewaren als herinnering aan de mooiste dag van haar leven. Ze zag er heel gelukkig uit en fluisterde nog een paar geheimen in mijn oor, die ik aan niemand mocht vertellen.'

'Was dat niet die keer dat ze een lucifersdoosje met kleine jujubes wilde hebben omdat jij die ook van je grootmoeder kreeg voor je zere keel?' Charlottes vader kijkt haar vragend aan.

'Ja, dat weet ik nog. Ze deed zelf geen boodschappen, dat deed de huishoudster en ze had nog nooit drop gegeten. Ze vond ze heerlijk. Mijn grootmoeder en ik vonden het leuk, dat iemand die alles al had en alles kon krijgen wat ze maar wilde, blij was met een doosje dropjes.'

'En toen vertelde ze voor het eerst meer over haar verloofde,' gaat oma Rebecca verder. 'Je grootmoeder Louise vertelde me erover. Vanaf dat ze die nepring, waar juffrouw Mathilde zo blij mee was, gezien had, vertrouwde ze het al niet. Juffrouw Mathilde vertelde dat haar verloofde lang en knap was en zo vriendelijk en charmant. Hij werkte op een notariskantoor op de Weerdsingel. We dachten dat hij gestudeerd had en juffrouw Mathilde zei dat ze dat niet precies wist, want daar praatten ze nooit over.'

'En hij wilde geen kinderen, want hij wilde reizen en van het leven genieten en dan waren kinderen alleen maar lastig.' Oma Rebecca kijkt verontwaardigd. 'En toen juffrouw Mathilde zich afvroeg hoe dat moest met de financiën, had hij gezegd dat ze zich daar geen zorgen over hoefde te maken, want haar vader had geld genoeg en bezat ook nog een aantal huizen in de stad.'

'Nou vraag ik je!' roept Charlottes moeder. 'Ik weet het niet meer, maar het verbaast me dat juffrouw Mathilde het niet doorhad.'

'Ik was er vast ook ingelopen, als iemand zulke mooie praatjes tegen me had gehouden,' zegt Charlotte.

'Jij bent bijna dertien, maar juffrouw Mathilde was veel ouder. Het was een beetje dom.'

'En heeft grootmoeder Louise nog een hoed voor haar trouwerij gemaakt?'

'Volgens mij wel. Ze wilde een hele grote, zo'n soort vliegende schotel, maar dat hebben we uit haar hoofd gepraat. Ze verklapte dat ze een jurk vol strikjes en kantjes had en daar paste een klein hoedje met een voile beter bij.'

'Zo'n grote hoed met een brede rand is ook lastig als mensen je willen kussen om te feliciteren,' zegt Charlotte.

'En hij verbergt het gezicht. Mensen willen de ogen van de bruid zien.' Charlottes vader kijkt zo serieus, dat zijn moeder, vrouw en dochter in de lach schieten. 'Je hebt er verstand van, pap!' plaagt Charlotte.

'Mijn grootmoeder Louise sprak met juffrouw Mathilde af dat ze een stukje satijn van de bruidsjurk zou brengen voor het hoedje.'

'Maar wat gebeurde er toen? Ik herinner me nog dat juffrouw Mathilde op een dag in de keuken zat te rillen van de kou,' zegt oma Rebecca. Ze krabbelt nadenkend op haar hoofd.

Charlottes moeder schenkt de wijnglazen nog eens vol, zet een schaaltje met nootjes op de tafel en roept Felix en Tom voor een pakje sap. Er klinkt veel gestommel in de schuur en als de twee jongetjes naar buiten komen zien ze er bezweet uit.

'Wat zijn jullie aan het doen?' vraagt ze.

Ze pakken een handje nootjes uit het schaaltje, grissen de pakjes sap van tafel en rennen weer naar de schuur. 'We bouwen een hut. Als hij af is mag je het zien.'

'Ze maken er weer een puinhoop van,' zegt Charlotte.

'Ach, laat ze maar,' antwoordt haar moeder. 'Ik ruim het vanavond wel op.'

'Waar waren we ook alweer gebleven?' vraagt oma Rebecca.

'Juffrouw Mathilde zat te rillen,' helpt Charlotte. Ze houdt van die verhalen van lang geleden.

Oma Rebecca begint te vertellen. 'In de nacht van 31 januari op 1 februari liepen delen van de Zeeuwse en Zuid-Hollandse eilanden en West-Brabant onder water.'

'Ja, dat weet ik nog,' knikt Charlottes vader. 'Er woedde een storm met de kracht van een orkaan. Het was springtij. Het water aan de kust werd hoog opgestuwd. De waterkeringen waren verwaarloosd en niet sterk genoeg om dat natuurgeweld te weerstaan. De meester op school vertelde erover.'

'Er stierven veel mensen en in heel Nederland werden kleren en dekens voor de slachtoffers ingezameld,' gaat Charlottes moeder verder. 'Mijn grootmoeder hielp ook mee. In de gang stonden dozen met kleding die de buren bij haar brachten. 's Avonds werden ze met een vrachtauto opgehaald.'

'Ja! En op die avond, jullie lagen al in bed, was ik even bij Louise op bezoek,' gaat oma Rebecca verder. 'Het stormde verschrikkelijk. De regen kletterde tegen de ruiten, en de kinderhoofdjes op de gracht glommen onder het licht van de lantaarns. De bel ging en juffrouw Mathilde stond voor de deur met tassen waarin kleding zat. Natte pijpenkrulletjes plakten op haar voorhoofd. Ze was doorweekt. Je grootmoeder trok haar snel naar binnen. In haar tassen zaten vooral feestjurken, zijden japonnen met dunne schouderbandjes en blote ruggen.'

'Daar zaten de mensen in Zeeland natuurlijk niet op te wachten.' Charlotte schudt haar hoofd bij de gedachte alleen al.

'Grootmoeder Louise maakte snel warme chocolademelk voor haar, want die arme schat rilde van de kou. Ze stroopte de natte mouwen van haar vest op en toen kregen we de schrik van ons leven. Je grootmoeder werd lijkbleek en morste chocolademelk op haar scho-

ne schort. Ik kon haar hart horen bonken.'
'Wat was er dan?' vraagt Charlottes moeder.
'Juffrouw Mathilde droeg om haar smalle pols de oude zilveren bedelarmband van je grootmoeder Louise. Ze was hem kwijt en had er al dagen naar lopen zoeken.'
Charlottes moeder valt van verbazing bijna van de wiebelige tuinstoel.
'Juffrouw Mathilde,' gaat oma Rebecca verder, 'zag ons kijken, rinkelde met de armband en vroeg wat we ervan vonden. Ze vertelde dat ze hem had gekregen van haar aanstaande bruidegom. Ze glansde van geluk. Hij had haar verteld, dat hij hem in een antiekwinkel had gekocht en dat hij heel oud was en veel geld waard.'
'Maar hij had hem bij de lommerd gehaald,' roept Charlottes moeder. 'Nou weet ik weer wat opa Toeter ermee te maken had.'
De anderen kijken haar vragend aan.
'Opa Toeter was een makkelijk mens. Hij was tevreden, ging om zeven uur naar bed, stond vroeg op om zich in de keuken poedelnaakt met koud water te wassen. Ik weet nog dat hij de hele keuken onderspetterde. Mijn grootmoeder was ook gek op hem. Hij at goed, vond alles lekker, maar hij was een echt buitenmens. Hij wandelde, weer of geen weer, in storm of regen in alle parken rond de singels, zogenaamd om de vrouwtjes te versieren.'
'Maar wat heeft dat nou met die bedelarmband van je grootmoeder te maken?' vraagt Charlottes vader ongeduldig.
'Soms kwam hij rare types tegen, die nam hij mee naar

huis. Op een vrijdagmiddag stond hij met drie mannen voor de deur, die we niet kenden. Ze zagen er verwaarloosd uit met ongewassen haren, stoppelbaarden, smoezelige kleren en afgetrapte schoenen. Opa Toeter vertelde trots dat het zijn vrienden Arie, Joop en Kees waren. Hij had ze uitgenodigd voor een kop soep.'

'En natuurlijk liet Louise ze binnen.' Oma Rebecca schudt haar hoofd. 'Ze stond altijd voor iedereen klaar.'

'De brutaalste wilde nog meer soep,' gaat Charlottes moeder verder, 'maar mijn grootmoeder werkte ze snel de deur uit en vroeg opa Toeter waar hij dat stel vandaan had gehaald. Hij zei dat ze er ineens waren. Hij had ze verteld over zijn koffertje met geld en dat wilden ze wel eens zien!'

'Wat zal Louise blij geweest zijn dat zijn geld op de bank stond, want anders zou het spoorloos zijn verdwenen.' Oma Rebecca slaat haar handen ineen en schatert bij de herinnering. Charlotte ziet haar ouders ontroerd naar haar kijken. Ze weet dat oma Rebecca vroeger vaak somber en verdrietig was, maar ook kon schateren, net zoals nu. Ze krijgt lachrimpeltjes in haar gezicht en kuiltjes in haar wangen.

Ze lachen met haar mee.

'Maar wat heeft die bedelarmband ermee te maken?' vraagt Charlotte.

'Je vader en moeder waren aan het spelen in het park Onder de Linden.' Oma Rebecca zit op het puntje van haar stoel met glanzende ogen. 'Louise en ik deden in de Twijnstraat boodschappen met Naomi in het wandelwagentje. Toen we thuis kwamen zaten opa Toeters vrienden in de keuken te kaarten. Ze hadden Louises mooie Engelse kopjes uit de kast gepakt en Arie, de brutaalste, schonk ze vol met jenever van je grootvader. De fles was al bijna leeg en ze waren flink dronken. Arie probeerde je grootmoeder op schoot te trekken en ik had haar nog nooit zo kwaad gezien. Ze begon niet te schelden of te vloeken, maar haar ogen schoten vuur en het leek alsof in haar lichaam de donder en bliksem samenbalden. Ze greep de halfdronken kerel bij de kraag van zijn smoezelige jasje en duwde hem naar buiten. Maar in de gang struikelde hij in de haast om weg te komen. Uit zijn binnenzak rolde een van haar zilveren kandelaars. Er kwamen nog meer spullen tevoorschijn. De zilveren tabaksdoos van je grootvader, de theepot, het melkkannetje en de suikerpot van een zwaar verzilverd servies, een taartschep en een antieke briefopener. Toen alles op tafel stond maakten de mannen gauw dat ze wegkwamen.'

'Opa Toeter vond het zeker wel erg?' vraagt Charlotte.

'Hij was helemaal van slag. Hij had zitten slapen. Toen de bel ging en zijn vrienden voor de deur stonden, had hij ze binnen gelaten en niet gemerkt dat ze van alles in hun zak hadden gestopt.'

'Gelukkig kreeg je grootmoeder alles terug.'

'Ja, maar een dag later miste ze de bedelarmband. Dagenlang zochten we in alle laden en kasten, maar de bedelarmband bleef spoorloos.'

'Die hadden de vrienden van opa Toeter naar de lommerd gebracht en daar had de verloofde van juffrouw Mathilde hem gekocht in plaats van in een dure juwelierszaak, zoals hij haar wijsmaakte.'

'Louise kreeg hem dus terug,' gaat oma Rebecca verder, 'en juffrouw Mathilde ontdekte op tijd dat haar verloofde loopjongen op het advocatenkantoor was en een oplichter, die op haar centjes uit was. Het huwelijk ging niet door. Dat was een heel drama. Dagenlang werd er in de krant over geschreven. Arme juffrouw Mathilde.'

Charlotte zucht. 'En nu is die bedelarmband weer verdwenen!'

19

Als de schriftelijke examens voorbij zijn, heeft Charlottes moeder eindelijk tijd om in huis op zoek te gaan naar de bedelarmband. Oma Rebecca hoest en is verkouden, maar wil per se meehelpen. Felix en Tom spelen bij een vriendje en Charlotte besluit na schooltijd ook mee te helpen zoeken.

'Waar zou die armband toch zijn, mama?' vraagt ze.

'We hebben er al zo vaak naar gezocht.'

'Geen idee, misschien op zolder, laten we daar maar beginnen.'

Ze helpen oma Rebecca de trap op. Op zolder zet Charlotte een oude leunstoel voor haar klaar en slaat ze een plaid om haar smalle schouders omdat ze het altijd koud heeft.

Charlotte ziet haar moeder zuchten en kijken naar de ouwe troep die ze eigenlijk al lang weg had moeten gooien.

'Waar beginnen we, mama?'

'Wat zit er eigenlijk in die kast?' Oma Rebecca wijst naar de eikenhouten linnenkast die vroeger in de slaapkamer van grootmoeder Louise stond. Nu hangen er 's zomers de winterjassen in.

Ze opent de deuren. Op een kastplank staat een doos met broeken en truien die Felix en Tom te klein zijn en daaronder een oude radio, de platenspeler die ze vroeger in de werfkelder bij feestjes gebruikten, een stapel langspeelplaten en op de bodem staan schoenen en laarzen.

Ze schuift alles opzij in de hoop het doosje met de bedelarmband te vinden. Achter een stapel oude kinderboeken ligt een bruin leren mapje met daarin luchtpostenveloppen.

'Kijk nou eens wat ik gevonden heb!' roept ze.

'Oude brieven,' zegt Charlotte. 'Misschien zijn het liefdesbrieven!'

Haar moeder schudt haar hoofd. 'Vroeger kwamen er een of twee keer per jaar, meestal rond Kerstmis, brieven uit een ver land. Ik herkende ze aan de postzegels en aan de lichtblauwe enveloppen. Mijn grootmoeder ging er mee op een keukenstoel bij de kachel zitten en dan las ze zo'n brief twee, soms drie keer. Dan glimlachte ze, maar er kwam ook iets donkers in haar ogen, waar ik bang van werd. Ik durfde nooit te vragen van wie die brieven waren.'

'Dat ze nog op zolder liggen,' zegt Charlotte verbaasd.

'Die zijn van kinderen die net als ik in de werfkelder ondergedoken zaten,' zegt oma Rebecca verrast. 'Ik wist niet dat Louise ze bewaard had.'

Ze steekt haar hand uit en pakt het mapje aan, haalt het stapeltje enveloppen eruit en streelt ze alsof ze heel kostbaar zijn.

'Die brieven bleven nog jaren na de oorlog komen en je grootmoeder las ze me voor, want ik kende alle kinderen die in de werfkelder ondergedoken zaten. Simon en ik waren de oudsten. We leerden de kleintjes lezen en schrijven.'

Ze kijkt peinzend voor zich uit. 'Met al die kinderen gaat het goed. Ze hebben gestudeerd, een baan, een leuk huis en de meesten hebben kinderen.'

Ze haalt uit een enveloppe een foto en laat hem aan Charlotte en haar moeder zien. Er staat een lachend ouderpaar op met alle twee een peuter op hun arm.

'Dit is Sarah,' zegt ze, 'ze kreeg een tweeling, maar die jongetjes hebben geen grootouders.'

Oma Rebecca staart naar de foto en raakt met haar wijsvinger het gezicht van Sarah aan. 'Ze was pas twee toen je vader haar bracht en ze moest haar ouders al missen.'

Ze zwijgt verschrikt. Charlotte beseft dat oma Rebecca zich ineens realiseert, dat haar moeder ook al jong haar ouders kwijt was en dat ze daar al jaren niet over praten, zelfs niet weten wat er met ze is gebeurd.

'Wat deed mijn vader dan in de oorlog?' vraagt Charlottes moeder zacht aan oma Rebecca.

Die slikt een paar keer voor ze antwoord geeft.

'Ik heb je vader maar een paar jaar gekend,' zegt ze. 'Je weet dat je grootmoeder in de Tweede Wereldoorlog in dit huis Joodse kinderen opving. Je vader was een van de contactpersonen. Hij bracht Simon en mij en ook andere kinderen naar je grootmoeder. Sommige kinderen bleven een paar dagen of weken, andere tot het eind van de oorlog en langer, zoals Simon en ik.'

Op Charlottes lippen branden honderd vragen, maar ze luistert stil naar wat oma Rebecca aan haar moeder vertelt.

'Voor wie werkte mijn vader dan?' vraagt ze.

Oma Rebecca schudt haar hoofd. 'Dat weet ik niet en je grootmoeder wist ook niets van hem of van de organisatie die de kinderen opving. Dat moest zo blijven, want dat was veiliger. Als de Duitsers erachter zouden komen dat in dit huis Joodse kinderen ondergedoken zaten, en ze zouden je grootouders onder druk ondervragen, dan konden ze niets over die organisatie verraden.'

'Sliepen ze allemaal in de werfkelder?' vraagt Charlotte.

'De jongste kinderen sliepen op zolder. Vroeger stonden hier kasten waar precies een matras in paste. Er hingen kleren voor, maar 's avonds schoof grootmoeder Louise die opzij en dan trok ze de matrassen naar voren. Ze pakte lakens en dekens en dan hadden die kleintjes een lekker warm bed.'

'Maar oma Rebecca, waar sliepen u en opa Simon dan?'

'Wij sliepen in de werfkelder op die hobbezakken. Het was koud in de winter, maar we kropen dicht tegen elkaar aan. De kleintjes werden 's nachts wel eens wakker en dan huilden ze. Dat was gevaarlijk. Daarom sliepen zij op zolder, zodat grootmoeder Louise ze snel kon troosten als het nodig was.'

Charlotte zit op een oude poef. Dit verhaal kent ze niet en aan haar moeder merkt ze dat zij ook niet alles weet.

'Zijn jullie nooit ontdekt?' vraagt haar moeder.

'Na de oorlog hoorde ik van Louise dat de buren het wisten, maar ze vertrouwde ze. Natuurlijk konden we niet naar het park, zoals Job en jij vroeger en Felix en Tom nu doen, maar we speelden in de tuin en op zomeravonden in de hortus botanicus. Er was dan niemand en we klommen gewoon over de schutting. Maar op een avond, ik weet niet wat er de oorzaak van was, mochten we het niet meer. Je grootmoeder plantte een roos met stekels tegen de schutting om ons tegen te houden.'

'Het werd natuurlijk te gevaarlijk.'

'Ze heeft me er nooit veel over verteld,' zegt Charlottes moeder.

'Ach, ze vond het vanzelfsprekend. Ze hadden veel Joodse vrienden die weggevoerd waren. Daar was ze verdrietig om. Ze wilde de kinderen redden.'

'Ik herinner me nog vaag dat er ook eens een Joodse man spullen kwam halen.'

Oma Rebecca knikt. 'Ja, dat was een paar jaar na de oorlog. Ik was toevallig bij je grootmoeder. Jij was een jaar of zes toen hij aanbelde. Hij heette Aaron, had donker haar met grijze plukken erin en donkere ogen. Hij liet je grootmoeder een kreukelig vodje papier zien, waarop in haar handschrift haar naam en adres stond.'

'Hoe kwam hij daaraan?'

'Hij had het in een concentratiekamp van een familielid gekregen dat bevriend was met je grootouders. Toen de Joden bij de Duitsers hun goud en zilver in moesten leveren, hadden zij het bij je grootouders gebracht en afgesproken dat ze het na de oorlog weer op zouden komen halen.'

'Ja, ik herinner me de doos. Hij was dicht gebonden met touw en verstopt achter de ketel waarin mijn grootmoeder stukken Sunlight en Palmolive zeep bewaarde. Als er weer eens een oorlog uit zou breken, wilde ze niet meer zonder zeep zitten. Ik wilde weten wat er in de doos zat, maar ze zei dat de spullen niet van haar waren en dat ze ze alleen moest bewaren. En ze mopperde dat het wel lang duurde, voor ze het kwamen halen.'

'Aaron was de enige van zijn familie die Auschwitz had overleefd.' Oma Rebecca's ogen gloeien vochtig, maar ze gaat zacht verder. 'Voor hij de doos meenam, bekeken we de inhoud. Er lagen gouden kettingen, broches en ringen in. Zilveren voorwerpen, een tabaksdoos, een servies en bestek. Een babyrammelaar. Foto's en nog wat kleine snuisterijen. Ik herinner me nog dat je grootmoeder aarzelend naar haar vrienden vroeg. Hij schudde zijn hoofd. Ze keek hem verbijsterd aan en toen begon ze te huilen. Hij sloeg een arm om haar heen, maar we kregen het allemaal te kwaad, zelfs jij, die er niets van begreep, begon te huilen.'

'Ik herinner me dat hij de jaren daarna vaker langskwam,' zegt Charlottes moeder. 'Dan praatte hij met mijn grootmoeder over vroeger, over zijn oom en tante, die voor de oorlog een stoffenzaak in de Twijnstraat

hadden en die de oorlog niet hadden overleefd.'
Charlotte ziet een blik in haar moeders ogen, waar ze bang voor is. Wat gaat er door haar heen? Het verhaal van oma Rebecca komt wel heel dichtbij.
'Hij vroeg hoe zijn ouders waren. Wat ze deden en hoe ze elkaar ontmoet hadden. Hij vroeg zich af of ze van hem hielden en op wie hij leek,' zegt haar moeder bijna fluisterend. 'Ik weet al die vragen nog.'
'Misschien omdat jij ze ook in je hoofd had,' zegt Charlotte aarzelend.
'Ja, dat zal het zijn. Ik vroeg ze nooit, omdat ik niet wilde dat mijn grootmoeder verdrietig werd.'
'Wist ze op al zijn vragen antwoord?'
'Niet altijd, maar ze zorgde voor kippensoep en verse broodjes.'
'Ja, en op een dag,' gaat oma Rebecca verder, 'kwam hij vertellen dat zijn vrouw was bevallen van een zoontje. Hij liet trots een foto zien van het pasgeboren jongetje. Het was een prachtig kind met ravenzwart haar en een mopsneusje. Je grootmoeder sloeg haar armen om hem heen en zoende hem. En wat ze tegen hem zei, zal ik nooit vergeten.'
Charlotte en haar moeder kijken haar verwachtingsvol aan.
'Ze zei: "Wat ben ik blij voor je. Jouw naam en die van je familie blijft leven, wat er ook in het verleden is gebeurd. Je zult nog meer kinderen krijgen en kleinkinderen, zelfs achterkleinkinderen. Je zult ze leren zwemmen en fietsen. Je zult ze troosten als ze gevallen zijn, en helpen met hun huiswerk. Jij bent de stamvader.

Ze zullen je eren en liefhebben! Leef in de toekomst, Aaron, en geniet ervan, chaì, leef!" Na die woorden zag ik hem voor de eerste keer spontaan lachen, hagelwitte tanden, stralende ogen, een en al geluk!'

De herinnering wordt oma Rebecca te veel. Ze snuit luidruchtig haar neus en wrijft in haar ogen.

Charlotte ziet aan haar moeder dat ze na het gesprek nog veel vragen heeft. Ze weet nu wat haar vader in de oorlog deed, en dat haar ouders, de opa en oma die Charlotte nooit heeft gekend elkaar in de oorlog ontmoetten. Maar hoe? Ze beseft dat het nu niet het goede moment is om ernaar te vragen.

Ze knielt naast oma Rebecca op de grond en pakt haar handen.

'Lieve oma, die woorden die mama's grootmoeder tegen Aaron zei, gelden ook voor jou. We zijn zo blij dat je nog steeds bij ons bent.'

20

De dagen daarna zoekt Charlotte met haar moeder in alle hoeken en gaten en geheime nissen naar de bedelarmband van haar overgrootmoeder. Zonder resultaat.

'Hou er toch mee op,' zegt haar vader als hij hen in de namiddag moe in de keuken aantreft. 'Misschien heb je hem ooit per ongeluk weggegooid toen je een keer opruimwoede had.'

'Je denkt toch niet dat ik zo stom ben!' roept haar moeder verontwaardigd. 'Ik moet hem vinden. Het is belangrijk. Hij is voor Charlotte. Het is een oude familietraditie!'

Charlotte kent haar vader. Hij zou het liefst die hele armband dood willen zwijgen, maar ze kent haar moeder ook, die geeft niet op.

'Zullen we een andere armband kopen? Dan geef je die aan Charlotte,' probeert hij.

Ze schudt haar hoofd en vult de waterkoker om thee te zetten.

'Laat het toch los. Je bijt je soms zo in dingen vast.'

Met een harde klap zet Charlottes moeder de suikerpot

en theeglazen op een dienblad. Ze klemt haar lippen op elkaar.

Hij geeft het op en verandert van onderwerp. 'Hoe is het met mama?' vraagt hij.

'Ze voelt zich niet lekker. Ik ben vanmorgen naar de apotheek geweest om hoestdrank en neusdruppels voor haar te halen, maar als die over een paar dagen niet helpen, waarschuw ik de dokter. Kom, dan gaan we even thee bij haar drinken.'

Oma Rebecca ligt weggedoken in de kussens. Het dekbed heeft ze tot aan haar schouders opgetrokken. Ze ziet er snipverkouden uit, met een rode neus en waterige ogen.

Charlottes vader buigt zich over haar heen, en legt een hand op haar voorhoofd om te voelen of ze koorts heeft, maar dat valt gelukkig mee.

'Mama, wie vat er nou kou in de zomer?' vraagt hij.

'Ik!' zegt oma Rebecca. 'Dan kan ik me eens lekker laten verwennen!'

Ze maakt een grapje. Dat doet ze vaker als ze niet wil dat ze zich zorgen om haar maken. 'Het gaat wel weer, hoor. Alleen heb ik ijskoude voeten. Ik kan gewoon niet warm worden.'

'Ik zal even een kruik maken,' zegt Charlotte, maar haar vader houdt haar tegen. 'Dat doe ik wel, blijf maar even bij oma zitten.'

De telefoon rinkelt en vanuit de kamer klinkt zijn stem. Ze horen hem een tijdje praten, drinken thee en oma Rebecca knabbelt op een biscuitje. Ze heeft niet veel trek sinds ze grieperig is, maar ze zijn blij dat ze wat eet. Charlottes vader komt binnen en legt de warme kruik tegen de voeten van zijn moeder.

'Ik moet nog even naar de zaak. Er is een computerstoring.' Hij neemt snel een paar slokken thee en trekt de voordeur achter zich dicht.

Oma Rebecca kan haar ogen bijna niet open houden.

'Mama, ga maar lekker slapen. Daar knap je van op, dan blijven wij een tijdje bij je zitten,' zegt Charlottes moeder en ze trekt het dekbed om haar schoonmoeder heen.

Een auto rijdt langs de gracht voorbij, een eend snatert, verder is het stil. De zon schijnt naar binnen. Het is warm in de kamer en als oma Rebecca begint te snurken, besluiten ze in de tuin te gaan zitten. Maar eerst kijken ze even bij de voordeur of Felix en Tom nog in het park Onder de Linden spelen. Rond deze tijd laten veel mensen er hun hond uit. De jongens stoeien ermee en gooien een tennisbal weg waar de honden achteraan rennen. Het zijn echte buitenkinderen en het is fijn dat er dichtbij een park is waar ze kunnen ravotten.

In de schaduwrijke tuin is het heerlijk koel. In de appelboom beginnen de vruchten al rood te kleuren. De kat van de buren ligt te zonnen op het dak van het schuurtje en bijen zoeken honing in de rozenstruik.

'Oma Rebecca is al erg oud, hè,' zegt Charlotte.

'Ja, we moeten haar verwennen en van haar genieten zolang ze er nog is.'

'Ze gaat toch nog niet dood?'

'Ik hoop het niet, maar mensen sterven altijd onverwacht.'

'Was dat bij grootmoeder Louise ook zo?' Charlotte schrikt van haar vraag, maar haar moeder geeft rustig antwoord.

'Op een nacht hoorde ik in de keuken gestommel. Ik dacht dat het een boef was en ik ben naar beneden gegaan om hem met de zwabber op zijn kop te slaan.'

'Heldhaftig!' zegt Charlotte grinnikend, maar haar moeder schudt haar hoofd.

'Je bedoelt dat ik geen gevaar zag. Maar ik schrok toen ik in de keuken kwam. Mijn grootmoeder zat in de keuken met een emmer op schoot. Ze zag lijkbleek en trilde over haar hele lijf. Ze gaf over. Het was bloed. Ik werd er een beetje misselijk van en vulde een glas met water voor haar, maar toen ik me omdraaide zakte ze bewusteloos in elkaar op de keukenvloer.'

'Wat heb je gedaan?'

'Ik ben vlug naar boven gerend om oom Daan wakker te maken. Hij was serieuzer dan zijn broer. Hij zou gauw gaan trouwen, dus ik dacht dat hij wel zou weten wat we moesten doen. Hij was meteen klaarwakker toen ik vertelde dat oma Louise op de keukenvloer lag. Met een paar treden tegelijk rende hij de trap af. Ze was nog steeds bewusteloos. De emmer waarin ze had overgegeven was bij haar val door de keuken gerold. De inhoud lag op de stenen vloer. Ik weet nog dat hij zei: "Bloed. Ze heeft bloed overgegeven." Hij belde meteen de ambulance en maakte mijn grootvader wakker. Die sputterde heftig tegen, maar toen de ernst van de situatie tot zijn slaperige kop doordrong, sprong hij uit bed, kleedde zich snel aan en ging samen met Daan in de ambulance mee naar het ziekenhuis.

'Bleef je alleen thuis, mam?'

'Nee, oom Koen bleef bij me. Hij dweilde de keukenvloer, terwijl ik op mijn blote voeten stond te rillen. Ik huilde, want ik was bang dat mijn grootmoeder dood zou gaan, maar oom Koen stelde me gerust en zei dat de dokters haar vast wel beter konden maken.'

'Zijn jullie de hele nacht opgebleven?'

'Nee, maar ik wilde niet naar bed en toen mocht ik naast hem slapen, als ik maar niet zou liggen wiebelen en draaien. Het was warm onder de dekens en hij sloeg een arm om me heen, zodat ik me veilig voelde en snel in slaap viel.'

'En de volgende dag? Wisten jullie toen meer?'

'De plek naast me was leeg en toen ik ook uit bed kroop en naar beneden ging, zaten oom Daan en oom Koen in de keuken met zorgelijke gezichten. Vooral Daan zag er moe uit, want hij had de hele nacht in het ziekenhuis gezeten. Ik vroeg hoe het met mijn grootmoeder ging, maar ze gaven niet meteen antwoord.'

'En je grootvader, was die er niet?'

'Hij was gewoon naar de meubelzaak gegaan waar hij eigenaar van was. Ik weet nog dat ik begon te stampvoeten en schreeuwde dat ik dat stom vond, omdat hij bij mijn grootmoeder in het ziekenhuis hoorde te zijn. Maar ja, hij had zijn hele leven alleen maar aan zichzelf gedacht, dus ook toen ging de zaak voor.'

'Je was zeker wel kwaad?'

'Ik pakte een pollepel en daarmee wilde ik een ruitje

van de keukenkast kapotslaan. Daan pakte de pollepel af en zette me op zijn knie en beloofde me, dat ik 's middags mee mocht naar het bezoekuur in het ziekenhuis. Daar lag mijn grootmoeder bleek en met blauwe randen onder haar ogen in het witte ziekenhuisbed.'

'Wat had ze?'

'De diagnose was darmkanker, in een vergevorderd stadium. De dokters konden niet veel meer voor haar doen. Daarom mocht ze naar huis. Daan en Koen hadden de zijkamer voor haar in orde gemaakt. Ze kreeg medicijnen, zodat ze zich minder ziek zou voelen, maar ze werd er suf van en kon niet goed denken. Ik plukte bloemen voor haar in de tuin, maar ze noemde de rozen dahlia's en de appels bananen.'

Ineens staat ze op. 'Kom, laten we even bij oma Rebecca gaan kijken en de jongens moeten zo ook uit het park worden gehaald.' Ze kijkt Charlotte niet aan.

Als ze in de zijkamer komen, zit oma Rebecca rechtop in bed.

'Ik zat net aan Louise te denken,' zegt ze met een stralende lach.

Telepathie, denkt Charlotte. 'Het was een bijzondere vrouw,' gaat oma Rebecca verder. 'We hadden het er allemaal moeilijk mee, toen ze stierf. Ze was de spil van de familie.'

'Wij hadden het net ook over haar,' zegt Charlottes moeder.

'Op een middag was ik bij haar op bezoek in het ziekenhuis. Ze lag helemaal alleen in een kamertje en werd zo mager. Ik probeerde haar wat yoghurt te voeren.' Ze kijkt naar Charlottes moeder. 'Jij was weggelopen van school en stapte ineens haar kamer binnen. Je vertelde dat je een liedje had geleerd over een scheepje dat voer over woelige zeeën, maar altijd veilig land vond. Je zong het voor haar. Je wilde niet dat ze de moed opgaf, want je kon haar nog lang niet missen. Het klonk mooi en weemoedig en het was ook toepasselijk. Je begreep dat ze ernstig ziek was en niet lang meer zou leven. Je riep: "Niet doodgaan, oma, niet doodgaan." Je ging naast haar liggen en klemde je aan haar vast. Ze was zo ziek, maar ze sloeg een arm om je heen en wreef je geruststellend over je haar om je te troosten.'

'Van dat liedje herinner ik me niets meer, maar wel dat ik naast haar lag.'

'Weet je niet meer wat ze tegen je zei?'

Charlottes moeder schudt haar hoofd.

'Ze zei: "Ik heb een droom en het is dezelfde droom die je vader en moeder hadden."'

'Ik weet het echt niet meer.'

'Ze wilde dat als zij er niet meer was, je blij zou zijn met het leven, want iedere keer als je lacht en geniet, komen haar dromen en die van je ouders uit, omdat jij gelukkig bent.'

'Ik ben meestal blij, maar niet altijd. Er zitten gaten in mijn ziel, die niet dichtgaan. Er zijn vragen waar ik het antwoord niet op weet, dingen die ik vergeten ben, maar die vast belangrijk zijn.'

'Ik denk dat grootmoeder Louise ook bedoelde dat je best verdrietig mag zijn, als je er maar niet in blijft hangen. Er gebeuren in het leven ook genoeg leuke dingen.'

Charlotte beseft dat het gesprek tussen haar moeder en oma bijzonder is. Natuurlijk gebeuren er ook leuke dingen, maar de laatste tijd lijkt het alsof haar moeder alleen maar met het verleden bezig is en denkt aan dingen die nooit uitgesproken zijn. Maar misschien wordt het tijd dat ze alle geheimen te weten komt en ze een plekje geeft in haar hart.

Geldt voor mij niet precies hetzelfde? vraagt Charlotte zich af. Zij wil immers ook alles over vroeger weten? Waarom eigenlijk? Misschien om haar moeder te helpen als ze verdrietig is en zelf niet weet waar dat gevoel vandaan komt.

Mam, zou ze dan zeggen. Weet je nog van toen... en dan vertelde ze haar een vrolijke herinnering, die haar meteen weer blij zou maken.

'Mama, je hebt mijn moeder toch ook gekend?' vraagt haar moeder aan haar schoonmoeder.

Oma Rebecca knikt. 'Ze was iets ouder dan ik. Ze hielp je grootmoeder met de verzorging van de kleintjes. Ze zag er onschuldig uit en bracht in de oorlog illegale kranten rond. Het leek wel veilig, want de Duitsers zouden zo'n meisje toch niet van ondergrondse praktijken verdenken.'

'Gevaarlijk!' zegt Charlotte bewonderend. 'Is ze nooit gesnapt?'

'Een keer was Daan met haar meegegaan. De kranten zaten in haar fietstas en daar bovenop had ze aardappelen gelegd. Een Duitse soldaat stak zijn hand op. Ze moesten stoppen, maar toen fluisterde ze tegen Daan dat hij met zijn buik over de bagagedrager moest gaan hangen en net doen alsof hij heel ziek was.'

'Werkte het?'

'Ze zei dat haar broertje een besmettelijke ziekte had en dat ze hem naar de dokter moest brengen. De soldaat maakte gauw dat hij wegkwam.'

'Goeie truc!' zegt Charlotte. 'Wat deed ze nog meer?'

'Ze was handig en naaide voor de kinderen broeken en jasjes van oude gordijnen of versleten kleren die ze keerde. Ze maakte voor zichzelf een rok van de Nederlandse vlag en daarmee ging ze gewoon de straat op. Grootmoeder Louise probeerde haar tegen te houden, maar ze luisterde niet. "We leven niet in een vrij land," zei ze, "maar ik doe wat ik wil!" Ze hielp in de gaarkeuken, waar eten werd uitgedeeld aan mensen die het moeilijk hadden omdat er thuis veel monden gevoed moesten worden. Ze bracht brood naar gezinnen waar difterie heerste. Er waren al kinderen aan gestorven. Je moeder had weinig weerstand en kreeg het ook. Ze lag hier in de zijkamer, dat moest van de dokter. Grootmoeder Louise hield alle kinderen bij haar vandaan, want het was erg besmettelijk.'

Oma Rebecca kijkt haar schoondochter nadenkend aan, om te kijken hoe ze reageert op al die onverwachte informatie over haar ouders. Dan gaat ze verder.

'Je vader bracht regelmatig voedselbonnen. Toen hij hoorde dat ze ziek was, kwam hij nog vaker langs. Hij was heel bezorgd, bracht eieren voor haar mee, waar hij ze vandaan haalde wisten we niet, en soms een beetje melk of meel waar je grootmoeder pap voor haar van kookte. Daar sterkte ze van aan. Ze waren heel verliefd en na de oorlog zijn ze getrouwd.'

Charlotte denkt aan de trouwfoto van haar grootouders die boven op het bureau van haar moeder staat. Ze straalden. Ze wilden samen lang en gelukkig leven. Misschien hadden ze afgesproken dat ze veel kinderen wilden. Charlotte vindt het wreed dat de dromen van de grootouders die ze nooit heeft gekend, niet uit zijn gekomen.

Alleen weet ze nog steeds niet waardoor dat kwam en die onzekerheid blijft knagen. Ook bij haar moeder. Soms lijkt het alsof er vraagtekens op haar voorhoofd geschreven staan.

21

Oma Rebecca knapt langzaam op. Ze scharrelt in haar ochtendjas door het huis, maar ligt ook nog veel in bed. Ze is snel moe. Charlotte zit vaak bij haar in de zijkamer. Ze probeert er haar huiswerk te maken, maar dat lukt niet goed met oma Rebecca erbij. Als ze een hazenslaapje heeft gedaan en weer wakker is, begint ze gelijk over vroeger te praten.

Charlotte luistert met verbazing, want meestal praat haar oma niet zoveel over het verleden. Misschien denkt ze dat ze gauw doodgaat en vindt ze dat ze haar nog even snel van alles moet vertellen, schiet door Charlottes hoofd. Soms vertelt haar oma twee keer hetzelfde, maar ze luistert geduldig en hoopt dat ze iets te weten komt over dingen die nog steeds een raadsel zijn, vooral voor haar moeder.

'Je kent het verhaal van opa Toeter, hè Charlotte?' vraagt oma Rebecca.

Charlotte knikt. 'Het was een grappig mannetje.'

'Hij was vaak zijn gebit kwijt. Het zat niet goed en je overgrootmoeder Louise sneed altijd zijn appel in kleine stukjes, want anders kreeg hij hem niet weg. Hij klapperde met zijn gebit en soms vloog het als hij praatte uit zijn mond en belandde het ergens in een hoekje van de keuken,' gniffelt oma Rebecca.

'Je overgrootmoeder Louise kreeg er genoeg van dat ze drie of vier keer per dag naar zijn gebit moest zoeken en nam hem mee naar de tandarts. Hij wilde niet, want hij vond zijn gebit nog prima en op zijn leeftijd hoefde hij geen nieuwe tanden. Je overgrootvader steunde hem daarin.'

'Die wilde zeker niet dat hij geld aan de tandarts uitgaf,' zegt Charlotte, 'want dan bleef er later minder over voor hem.'

Ze kent de verhalen over haar overgrootvader. Hij zat als Dagobert Duck op zijn centjes.

'Erg, hè, dat hij zo egoïstisch was,' gaat oma Rebecca verder. 'Maar je overgrootmoeder trok zich er niets van aan en nam opa Toeter op een middag mee naar de tandarts die hem een nieuw gebit aanmat.'

'Hij was zeker wel trots op zijn glimmende nieuwe tanden,' zegt Charlotte lachend.

'Hij was vooral blij en grootmoeder Louise ook, want hij had van de tandarts een potje poeder gekregen dat hij in zijn gebit moest strooien, zodat het stevig bleef zitten. En hij vroeg aan iedereen of hij met zijn nieuwe tanden een dubbeltje meer waard was en wij antwoordden dat hij wel twee dubbeltjes meer waard was. En toen zei hij dat hij de vrouwtjes ging versieren en er al een op het oog had.'

'Dat moet Anja geweest zijn, mama heeft me over haar

verteld. Maar hoe is hij aan haar gekomen, want ze was toch jaren jonger?'

Oma Rebecca krijgt pretlichtjes in haar ogen als ze verdergaat.

'Op een avond stond de directeur van de Willem Arntsz Stichting voor de deur. Het was een deftige man met een kaal hoofd en een sikje dat aan het eind een beetje omhoog krulde. Zijn foto stond regelmatig in de krant en soms wandelde hij met een patiënt op het Nicolaaskerkhof. Hij vroeg of hij even binnen mocht komen.'

'Wat kwam hij doen?'

'Hij zei dat Anja, een patiënt van hem, had verteld dat ze vaak een praatje maakte met de mevrouw die vlak bij de hortus botanicus op de Nieuwegracht woonde. Je overgrootmoeder Louise zei dat dat klopte en toen vroeg hij of ze Anja in huis wilde nemen. Ze zou ontslagen worden uit de Stichting. Hij zei dat ze een groot huis had en hem een sterke vrouw leek en Anja vertrouwde haar.'

'Kwam ze ook hier wonen?'

'Je overgrootmoeder Louise kwam bij mij. Ze zat er echt mee en wist niet wat ze moest doen. Ze zei: "Ik moet mijn kleinkind grootbrengen, zo'n jong kind heeft aandacht en liefde nodig. Ik moet opa Toeter in de gaten houden, want hij wordt zo vergeetachtig en gaat rustig zonder jas de deur uit als het koud is of regent. Daan en Koen zijn nog thuis en brengen hun meisjes mee. Ik heb ook nog veel aanloop van het hoedenatelier. Mijn huis lijkt af en toe wel een bijenkorf."'

'En toen heeft u het haar afgeraden.'

'Haar hart was er goed genoeg voor, maar ze zou zichzelf voorbijlopen. Ze hield ook nog dit hele huis schoon. Anja was best lief hoor, maar ze zei alles twee of drie keer en als ze een bui had, schudde ze voortdurend met haar hoofd. Ze raapte van alles van straat op, knopen, takjes, sigarettenpeuken, lege doosjes en al die troep stopte ze in een plastic zak en daar liep ze de hele dag mee te sjouwen.'

'Dat ze al ontslagen werd. Ze was toch wel een beetje vreemd.'

'Je overgrootmoeder Louise vocht met haar emoties. Twijfel, vastberadenheid, behulpzaamheid, medelijden, maar ze was ook altijd moe. "Ik moet het niet doen!" zei ze. "De directeur van de Stichting komt morgen terug. Dan zeg ik het hem meteen. Ik begin er niet aan. Het is te druk."'

'Die directeur was zeker wel teleurgesteld dat ze Anja niet in huis wilde nemen.'

'Hij bood je overgrootmoeder geld, maar toen zei ze gedecideerd dat ze daar niet op zat te wachten. Maar ze vond goed dat Anja vrijdags soep kwam eten en 's avonds bleef als ze spelletjes deden, dat zou voor haar de eerste stap naar zelfstandig wonen zijn.'

'En ging dat goed?' vraagt Charlotte. Ze geniet van het verhaal. Haar oma, kan net als haar moeder mooi vertellen. Het zit in de familie. Zelfs de kleine Tom praat altijd honderduit over de dingen die hij op school of in het park heeft beleefd.

'Ik herinner me dat ze iedere vrijdagmiddag op de stoep stond. Het duurde zo'n maand of drie. Meestal was ze in een goede bui, soms mopperde ze of was ze ontroostbaar verdrietig. Alleen opa Toeter kon haar dan bereiken.'

'Hij was toen misschien al een beetje verliefd op haar.'

'Toen Anja uit de Stichting ontslagen werd, kreeg ze in de Agnietenstraat een klein huisje met groene luiken voor de ramen. Ze kon er begeleid wonen. Iedere dag kwam er iemand bij haar kijken of het goed met haar ging.'

'Hoe kwam ze aan de spulletjes voor in haar huisje? Kreeg ze die van de directeur?'

'Wij scharrelden wat meubeltjes bij elkaar, borden, pannen, bestek, een tafel en twee stoelen en een bed en toen ze erin trok gaven we haar voor op het kleine plaatsje een bak met geraniums.'

'En op een dag zei opa Toeter dat hij met haar ging trouwen, dat heeft mama me wel eens verteld. Hij was heel trots dat hij een jonge blom aan de haak had geslagen.'

'Ze was een jaar of vijfenveertig en door het nieuws waren we allemaal overdonderd.'

'Hoe vond mijn overgrootvader het eigenlijk, want hij kreeg een stiefmoeder die jonger was dan hijzelf.'

'Hij vond het belachelijk, maar je overgrootmoeder Louise vond het geweldig. Opa Toeter en Anja zagen er zo gelukkig uit.'

'Hoe lang zijn ze getrouwd geweest, want opa Toeter was tenslotte al oud.'

'Ze zijn toch nog wel een jaar of zeven, acht samen geweest. Anja kreeg een ongeneeslijke ziekte en na haar dood kwijnde opa Toeter weg. Wat we ook deden om hem op te beuren, het hielp niet en een paar maanden later stierf hij ook.'

Oma Rebecca zucht. Haar vrolijke bui waarin ze grappige herinneringen ophaalde verdwijnt als sneeuw voor de zon.

'Alle mensen waar je van houdt gaan dood. Ik heb een hekel aan begrafenissen,' zegt ze.

Charlotte bijt op haar lip. Ze weet zo gauw niet wat ze moet zeggen.

'Vonden jullie het niet gek, dat ik mijn eigen bed hier wilde hebben?' vraagt oma Rebecca.

'Dat ligt natuurlijk het lekkerst,' zegt Charlotte begrijpend.

'Ja, ook dat, maar ik wilde niet in het bed liggen waarin je overgrootmoeder Louise stierf en dat op zolder staat. Het leek me zo'n akelig idee.'

'Dat begrijp ik. Ze is al heel lang dood en ik heb haar nooit gekend, maar uit de verhalen weet ik hoe ze was. Mama denkt nog vaak aan haar.'

'Je overgrootmoeder was erg ziek, toen Daan en Rosa gingen trouwen. Ze wilden de bruiloft uitstellen, maar daar protesteerde ze tegen. Ze wilde de mooiste dag van hun leven niet missen.'

'Mama mocht bruidsmeisje zijn.'

'De moeder van Rosa had een mooie jurk van roze doorschijnende stof gemaakt. Voor de onderjurk had ze zijde gebruikt en ze zou een krans van witte fresia's in haar haar dragen.'

'Hoe zag die jurk eruit?'

'Hij was lang, viel tot op de grond, had pofmouwtjes, en een brede ceintuur die op haar rug met een strik werd vastgemaakt. De rok was heel wijd, als ze in de rondte draaide golfde hij om haar heen. Op de avond dat ze hem moest passen, droeg ze onder de jurk bruine veterschoenen en dat was geen gezicht. Je overgrootmoeder fluisterde dat ze een geheime bergplaats met geld had.'

'In de hoek van de slaapkamer onder de vloerbedekking!' gniffelt Charlotte. 'Jullie liepen zeker meteen naar boven.'

'Er lagen wel vijf of zes briefjes van honderd gulden. Ik heb je moeder uitgelegd, dat dat haar grootmoeders geheime spaarpotje was. Ze mocht het niet verklappen, want als haar grootvader erachter zou komen, dan zou hij alles inpikken.'

'En mama heeft haar mond natuurlijk stijf dicht gehouden.' Charlotte grinnikt. Ze ziet het voor zich. Oma Rebecca die met haar moeder, die toen nog klein was, de trap opsluipt op zoek naar de geheime bergplaats. 'Heeft mijn overgrootvader het nooit ontdekt?'

'Toen we weer beneden kwamen, wapperde ik vrolijk met een briefje van honderd,' gaat oma Rebecca verder. 'We voelden ons samenzweerders. Onverwacht kwam hij om een hoekje kijken. Hij bleef nooit lang, maar soms wilde hij weten waar 'die vrouwen', zoals hij altijd zei, het over hadden. Ik stopte het geld gauw in de zak van mijn rok en toen hij weg was, zijn je moeder en ik witte schoenen en witte sokken gaan kopen!'

De voordeur gaat open en weer dicht. Charlottes moeder komt thuis. Ze loopt de zijkamer in en legt een stapel werkstukken van haar leerlingen op het tafeltje naast het bed.

'Wat zitten jullie hier lekker in de zon,' zegt ze terwijl ze hen met een kus begroet.

'We hadden het erover dat je bruidsmeisje was toen oom Daan en tante Rosa trouwden,' zegt Charlotte.

'Het ging zeker over de geheime bergplaats, zodat ik samen met oma Rebecca witte schoenen en sokken kon kopen.' Ze glimlacht.

'Ik weet nog dat ik uit de kast een doos moest pakken. Ik haalde het deksel eraf en schoof dun blauw papier opzij. In de doos lag een wolk van tule en daaronder een witte trouwjurk van glanzend katoen.'

Oma Rebecca knikt. 'Het was de trouwjurk van je moeder!'

'Ik had hem op de foto zo vaak bewonderd, dat ik ieder detail kende. De roesjes langs de hals en mouwen, de fijne parelmoeren knoopjes. Ik haalde hem voorzichtig uit de doos en hield hem omhoog. De jurk was kennelijk een keer nat geworden, want er zaten bruine vochtplekken in, maar aan de meterslange sluier met de diadeem van fijne zijden bloemetjes mankeerde niets.'

'Je duwde je gezicht in de jurk,' zegt oma Rebecca.

'Dat weet ik nog, maar hij rook, na zoveel jaren in de doos gezeten te hebben, naar karton. De geur van mijn moeder was verdwenen.'

Charlotte kijkt haar opmerkzaam aan. Ook nu nog klinkt ze teleurgesteld.

'Maar toen Job en ik trouwden, droeg ik de sluier van

mijn moeder en het parelkettinkje dat ik ooit van mijn grootmoeder had gekregen. Ik had die dag het gevoel, dat ze allebei dicht bij me waren.'

Oma Rebecca wrijft even over haar wang. 'Dat waren ze ook, liefje. Ze wáren heel dicht bij je, want wat er ook gebeurt, je vader, je moeder en je grootmoeder zitten in je hart en ze gaan er nooit meer uit.'

22

De bedelarmband blijft onvindbaar. Charlottes vader probeert haar moeder aan het schilderen te krijgen omdat hij denkt dat het een goede afleiding voor haar zal zijn.

'Ik heb je niet voor niets geholpen met het opknappen van de werfkelder,' zegt hij. 'Mama is weer beter. Het is prachtig weer, dan kan ze aan de werf in de zon genieten, terwijl jij aan het werk bent.'

Ze zitten aan de keukentafel koffie te drinken, oma Rebecca valt haar zoon meteen bij. 'Hè ja! De mensen gaan weer waterfietsen en bootjes huren. Ik vind het leuk om daar naar te kijken.'

Na wat aandringen haalt Charlottes moeder verf en penselen tevoorschijn en gaat ze aan de slag. Ze schildert niet graag naar voorbeeld en vertrouwt op haar herinnering en fantasie. Ze legt Charlotte uit, dat ze kleuren belangrijk vindt, die moeten harmoniëren en de sfeer weergeven die ze op wil roepen. Ze schildert de tuin in de zomer met de schutting waartegen rode rozen groeien en de appels geel glinsteren in de zon.

Op het herfstschilderij overheersen bruingroene tinten met hier en daar wat rood tussen de dorre bladeren van de appelboom. In het schilderij dat de winter voorstelt ligt de tuin onder een laag sneeuw met sporen van kindervoetstapjes en uitgeschopte rode laarsjes bij de deur naar de hal. En de lente is een feest van ontluikend groen en vogels die zo levensecht geschilderd zijn, dat je ze bijna kunt horen fluiten.

Charlotte ziet dat haar moeder geniet. Ze had er veel eerder mee moeten beginnen. Ze wordt rustiger van het alleen maar bezig te zijn met het doek, de verf en het resultaat en gelukkig stopt ze met zoeken naar de bedelarmband.

Op een warme namiddag rinkelt de telefoon. Charlottes moeder neemt hem op en luistert aandachtig. 'Wat fijn voor jullie allemaal!' horen ze haar enthousiast zeggen. 'Breng Marieke maar. We vinden het leuk dat ze komt.'

'Het was Sjoerd,' vertelt ze als ze de telefoon neerlegt. 'Morgen moeten we een dagje op zijn dochtertje Marieke passen. Zijn broer krijgt een nieuwe nier! Ze hebben een geschikte donor voor hem gevonden! Sjoerd gaat met zijn vrouw naar het ziekenhuis om bij zijn broer te zijn als hij uit de narcose ontwaakt.'

'Wat zullen ze blij zijn,' zegt Charlottes vader. 'Nu zie je maar weer hoe belangrijk donoren zijn, anders was Sjoerds broer zeker doodgegaan.'

De volgende morgen brengt Sjoerd al vroeg zijn dochtertje.

Iedereen vindt het kleine meisje leuk. Charlotte voert

haar een bordje pap en Felix en Tom zijn zo enthousiast dat ze na schooltijd niet buiten willen spelen. Ze
geven het kleintje speelgoed aan, dat ze keer op keer
vanuit de box de kamer in gooit, tot groot plezier van
de jongens.

'Ze is zo leuk met die blonde krulletjes,' zegt de anders
zo stoere Felix vertederd en Tom kruipt bij haar in de
box, bouwt een toren van blokken voor haar en speelt
op zijn mondharmonica. Marieke klapt in haar handjes en lacht haar twee boventandjes bloot. Ze vragen
of ze ook nog een zusje krijgen, maar dat vindt hun
moeder niet zo'n goed idee.

'Nou, vraag dan maar aan die meneer op je school, of je
vaker op Marieke mag passen,' stelt Felix voor.

De volgende dag geeft Charlottes moeder het verzoek
van Felix aan haar collega door.

'Sjoerd wil er graag gebruik van maken,' zegt ze. 'Zijn
familie woont in Drenthe, te ver om even een avondje
op te komen passen en hun vrienden hebben zelf kleine kinderen, dus die wil hij het niet vragen.'

Ze spreken af dat ze een of twee keer in de maand op
Marieke zullen passen, tot groot plezier van Charlotte,
Felix en Tom.

Charlotte zit op een oude poef naast oma Rebecca langs
de waterkant, terwijl haar moeder in het atelier de laatste hand aan een schilderij legt.

Charlottes vriendinnen Alice en Tina zijn er ook. Ze
hebben afgesproken dat ze samen hun wiskunde gaan
maken. Maar voorlopig bungelen ze nog met hun benen in het water, kletsen over school en over vriendjes

en hebben ze nog geen som af.

Charlotte luistert naar het gebabbel van haar vriendinnen. Haar gedachten dwalen af naar Xaveer. Ze denkt vaak aan hem. Ze is stiekem een beetje verliefd op hem, maar dat laat ze niet merken. Hij had haar een keer in vertrouwen genomen en verteld dat de therapie die hij kreeg hem hielp. Hij kon met de psycholoog over alles praten. Hij luisterde en gaf hem raad en na een paar weken had hij al veel minder last van nachtmerries.

'Het gaat goed met me,' had hij gezegd.

'Dat gaan we vieren,' antwoordde Charlotte en ze waren samen een milkshake gaan drinken in de snackbar vlak bij school.

De deuren van het atelier die toegang geven tot de werf staan wijd open. De zon schijnt naar binnen, vogels fluiten en het water van de gracht slaat tegen de kant als een motorbootje passeert.

Charlottes moeder komt er even bij zitten. Er zit verf in haar haar en het oude overhemd dat ze altijd draagt als ze schildert, lijkt wel een kleurenpalet.

'Mam, wat eten we vandaag?' vraagt Charlotte. Ze heeft trek. 'Ik ga zo Felix en Tom uit school halen. Moet ik nog boodschappen doen en mogen Alice en Tina mee-eten?'

Haar moeder staart dromerig voor zich uit, maar ze heeft de vraag toch gehoord.

'Ja hoor, dat is goed,' zegt ze. 'Vroeger poften we op een vuurkorf aardappelen en roosterden we vleesspiesen. Ik vond het altijd heel gezellig. Felix en Tom zullen

het vast ook leuk vinden. Laten we maar gaan barbe-
cuen. Dan maak ik een salade, haal nog wat sausjes,
vlees, een stokbrood en houtskool, dan doet papa de
rest. Mannen stoken graag een vuurtje.'

'Vind je dat ook lekker, oma?' vraagt Charlotte. Ze
kijkt naar haar, maar ze staart in gedachten verzonken
voor zich uit.

'Vroeger wilden Daan en Koen dat ook altijd in de
tuin,' zegt ze na een tijdje. 'Maar je overgrootmoeder
Louise kreeg er de zenuwen van. Ze zette een emmer
water met een spons erin naast haar stoel en als er maar
een vonkje door de tuin vloog, sprong ze op om het met
de natte spons te doven.'

'Dat weet ik nog,' zegt Charlottes moeder. 'Maar zo
gauw heb je toch geen brand.'

'Nee, zo gauw heb je geen brand,' herhaalt oma Rebecca afwezig, en haar ogen dwalen af naar een verre
horizon die voor Charlotte onzichtbaar blijft.

'Als jij de jongens uit school haalt, Charlotte, doe ik
snel de boodschappen, dan zijn we gelijk klaar en zet
ik een pot thee.' Ze sprenkelt op een oude lap wat ter-
pentine, wrijft restjes verf van haar handen en trekt het
overhemd uit.

'Red je het even alleen, mama?' vraagt ze aan haar
schoonmoeder. Ze lijkt ineens moe en knikt afwezig.
'We zijn zo terug.'

'Alice en ik beginnen vast aan wiskunde,' zegt Tina,
'dan mag je het straks van ons overschrijven.'

Een half uurtje later zet Charlottes moeder een blad
met theeglazen en de theepot op een klein tafeltje en

Charlotte pakt de klapstoeltjes die altijd in het atelier staan.

Felix en Tom gooien een eindje verderop steentjes in het water.

Ze komen er snel bij zitten, als ze de koektrommel in de gaten krijgen en Alice en Tina leggen hun wiskundeboek opzij.

'We hebben op school een project over schoon en netjes,' vertelt Tom. 'We moeten papiertjes prikken in het park en het plein vegen en speelgoed schoonmaken in de kleuterklas.'

'Leuk!' zegt Charlotte. 'En nuttig!' zegt Alice.

'Dat moesten wij vroeger ook in de laatste week voor de grote vakantie,' zegt Tina.

'De hele school doet mee,' zegt Felix, 'en onze juf zegt dat het belangrijk is voor het milieu.'

'Ik vind het goed dat jullie zo'n project doen,' zegt hun moeder. 'Als je soms die troep op straat ziet.'

'Mama heb je nog restjes zeep? Die moeten we van de juf meenemen, want daar gaan we kleine zeepjes van maken.' Tom kruipt bij zijn moeder op schoot. Ze schudt haar hoofd. 'Het laatste stukje gooi ik altijd weg.'

'Op zolder staat toch nog die zinken ketel waarin Louise zeep spaarde toen er opstand in Hongarije was?' vraagt oma Rebecca.

'Ja, hij staat op de kast.'

'Waarom spaarde je oma zeepjes?' vraagt Tom aan zijn moeder.

'Dat deed ze omdat ze bang was dat er oorlog uit zou

breken en ze zonder zeep zou komen te zitten, net als in de Tweede Wereldoorlog. Het waren vooral grote stukken Sunlight en Palmolive zeep,' legt oma Rebecca uit. 'Dreigde er echt een Derde Wereldoorlog?' Alice neemt een slokje van de hete thee en kijkt de oma van haar vriendin vragend aan.

'Charlottes moeder was nog maar een klein meisje,' gaat oma Rebecca verder. 'Iedere dag stonden er artikelen en foto's in de krant van tanks en pantserwagens die vanuit Moskou in november 1956 naar Hongarije werden gestuurd. Alleen in Boedapest waren er al 12.000 slachtoffers.' Oma Rebecca schudt haar hoofd. 'Al die oorlogen. Ik begrijp de angst van Louise wel. Ze had er al twee meegemaakt.'

Charlottes moeder knikt. 'Ik pakte iedere avond de krant als mijn grootvader hem uit had en dan keek ik of ik bekende straten op de foto's zag. Ik werd bang en omdat mijn grootmoeder steeds fanatieker zeep begon te sparen, begreep ik dat het ernst was.'

'De mensen waren bang dat de Russen ook hier zouden komen.'

'Mam?' vraagt Charlotte, 'die wasketel met zeep staat dus nog ergens?'

'Op zolder. Ik zal er straks een paar stukken uithalen, dan kan Tom die aan de juf geven. Ik doe er toch niets mee. Het is meer uit sentiment dat die ketel er nog staat. Eigenlijk kan hij wel weg.'

'Geef hem dan maar aan de school,' stelt oma Rebecca voor, 'dan hebben ze meer dan genoeg zeep voor dat project.'

Charlottes moeder vindt het een goed idee en samen met Charlotte sleept ze de wasketel naar beneden.

Felix en Tom komen nieuwsgierig kijken wat erin zit en ze mogen ruiken aan de grote brokken groene zeep.

Tom trekt zijn neus op en niest hard.

'Daar deden alle moeders vroeger de was mee,' legt oma Rebecca uit. 'We schaafden er kleine stukjes vanaf, die klopten we in water op en zo kregen we sop. Ook kinderen werden ermee gewassen.'

Felix haalt er een stuk luxe zeep uit, verpakt in roze papier. 'Mama, waarom heeft je oma dat bewaard? In de winkel kun je toch genoeg zeep kopen?'

'Als het oorlog is, kun je nergens meer zeep kopen,' legt oma Rebecca uit.

Felix knikt ernstig. 'Maar nu is het geen oorlog, hè?'

'Hier niet,' zegt zijn moeder geruststellend. Ze haalt wat Palmolive zeep uit de ketel, dat kan ze nog wel gebruiken. Als ze de stukken zeep opzijschuift om te kijken of er nog meer bruikbaars in zit, stokt haar adem in haar keel. Op de bodem ligt een klein doosje. Ook Charlotte herkent het direct. Het lijkt precies op het doosje in het juwelenkistje dat bij het verre familielid in België op het dressoir stond.

Ze kijken elkaar verrast aan. 'Ik heb het gevonden!' roept Charlottes moeder. 'Ik heb eindelijk de bedelarmband van mijn grootmoeder gevonden. Ze heeft hem op de bodem van de zeepketel gelegd. Kijk eens!'

Ook Alice en Tina komen nieuwsgierig dichterbij.

Met trillende handen pakt Charlottes moeder het doosje. Ze opent het voorzichtig, wikkelt de bedelarmband uit het blauwe fluweel en bekijkt de bedeltjes.

'Ik weet de betekenis nog,' zegt ze zacht. 'Mijn grootmoeder heeft het me vroeger zo vaak verteld. Het kikkertje staat voor liefde, geluk en vriendschap. Het olifantje zorgt voor vrede en voorspoed. Het zonnetje schenkt humor en blijdschap. Het steelpannetje zorgt ervoor dat de draagster een goede huisvrouw zal zijn en het speentje staat voor de zorg voor kinderen.'

De zilveren bedeltjes glimmen, alleen het steelpannetje is wat verbogen en zwart uitgeslagen.

Charlottes moeder klemt de bedelarmband in beide handen en houdt hem tegen haar hart. Het doosje met de blauwe fluwelen voering valt op de grond. De bodem schiet los. Er rolt een kleine dichtgeplakte enveloppe uit.

23

Charlottes moeder vouwt de brief open. 'Het handschrift van mijn grootmoeder Louise,' zegt ze verbaasd. 'Mijn naam staat erboven.'
Aarzelend, met zachte stem, begint ze hardop voor te lezen.

Lieve Elise,

Misschien ben je boos op me, omdat ik zo lang voor je verborgen heb gehouden wat er met je ouders is gebeurd. Het was zo'n verdrietige tijd en je was nog zo klein. Ik heb geprobeerd je het te vertellen, maar je kreeg nachtmerries en huilde veel. Je begreep het niet. Ik was ook bang dat mijn verdriet een stempel op je leven zou drukken. Ik wilde dat je zorgeloos en vrolijk op zou groeien, zonder dat donkere zwarte gevoel dat nooit bij mij vandaan ging. Ik wilde je beschermen en ik dacht dat het belangrijk zou zijn, dat je eerst goed geworteld was en dat je wist dat er mensen zijn die van je houden, zodat je je veilig en zeker zou voelen, en de waarheid misschien minder pijn zou doen.

Daarom heeft Rebecca me ook moeten beloven er nooit met je over te praten. Maar nu je dit briefje hebt gevonden, omdat je zelf op zoek bent gegaan, zul je ook sterk genoeg zijn om het verleden een plaats te geven in je hart, om wat er gebeurd is beter te kunnen verwerken dan toen je een klein meisje was.

Er was grote woningnood, zo vlak na de oorlog, maar je ouders waren gelukkig met de zolderkamer die ze in een huis konden huren. Jouw wiegje stond aan het voeteneinde van hun bed en ze waren zo blij met je. Er brak brand uit, waarschijnlijk door kortsluiting. Midden in de nacht werden ze overvallen door de vlammen. Je vader heeft jou in een deken gewikkeld en van twee hoog naar beneden gegooid naar een buurman die je opving. Zelf konden ze niet meer ontsnappen. Tussen de restanten van de huisraad vonden brandweermannen, die onderzoek naar de oorzaak deden, de bedelarmband die ik bij haar huwelijk aan je moeder had gegeven. Volgens de familietraditie moet die armband steeds door worden gegeven aan de oudste dochter. Nu is hij voor jou.

Zelfs nu ik deze brief schrijf voel ik het verdriet en de pijn in mijn hart.

Elise, vergeef me, vergeef me alsjeblieft. Ik hoop dat je begrijpt waarom ik het je niet eerder kon vertellen.

Je liefhebbende grootmoeder Louise.

Charlotte luistert ademloos. Af en toe breekt de stem van haar moeder en geluidloze tranen stromen als een vloedgolf over haar wangen als ze de bijgesloten foto's bekijkt.

Ook Charlotte en oma Rebecca hebben het er moeilijk mee. Alice en Tina kijken geschokt toe. Tina bijt op haar lip en hoewel ze anders haar woordje direct klaar heeft, zegt ze niets.

'Je vader was een held, mama!' probeert Charlotte haar moeder te troosten, terwijl ze in haar ogen wrijft. 'Hij heeft heel veel van je gehouden!'

'Nu begrijp ik waarom mijn grootmoeder het zo veel jaar voor me verzweeg. Het verstikt me. Ik heb het gevoel dat ik nooit meer blij kan zijn en al helemaal nooit meer kan lachen.'

Charlotte ziet dat de vreselijke waarheid, die haar overgrootmoeder voor haar moeder jarenlang verborgen heeft gehouden, langzaam tot haar doordringt. Ze begint te huilen alsof ze nooit meer kan stoppen. Haar emoties slaan over op Charlotte. Ze ziet de vlammen uit het dak laaien, ze hoort de ruiten springen en ze ruikt de smeulende gordijnen. Het hele huis lijkt te smelten, de planten voor de ramen, de gordijnen, het hek waarlangs rozen groeien, tot er niets meer van over is en ook de ouders van haar moeder verdwenen zijn.

En iedere keer als haar moeder de brief leest en herleest verstikt het verdriet haar als een wollen deken die strak om haar heen gewikkeld wordt.

Op een middag een paar dagen later, als ze het weer te kwaad heeft en Charlotte haar moeder vergeefs probeert te troosten, komt oma Rebecca in de keuken naast haar zitten en slaat een arm om haar heen.

'Ik denk dat je nu wel begrijpt waarom je grootmoeder het je niet kon vertellen toen je klein was, Elise,' zegt ze zacht. 'Je zou geen moment zorgeloos en gelukkig meer zijn.'

Ze heeft gelijk, denkt Charlotte. Haar moeder legt haar hoofd op oma Rebecca's schouder. Ze wrijft troostend over haar hoofd alsof ze een klein meisje is. Oma Rebecca heeft gelijk. Dit had haar moeder als kind nooit kunnen verwerken, zelfs nu is het na zoveel jaar nog moeilijk. Ook Charlotte zelf voelt de pijn over het dramatische verlies van grootouders die ze nooit heeft gekend.

De stemmen van haar moeder en oma klinken alsof ze van ver weg komen. Ze praten er nooit over, maar ze weet dat ze een sterke band hebben. Na de dood van haar grootmoeder Louise ontfermde oma Rebecca zich over haar als een tweede moeder. Nu bekijken ze samen de zwart-witfoto's met kartelrandjes. Charlotte kijkt over hun schouder mee, maar mengt zich niet in het gesprek. Ze ziet haar moeder als mollige baby bij haar moeder op schoot. Wat was ze jong, bijna nog een meisje met zachte trekken, bruin krullend haar en donkerbruine ogen met mooi gevormde wenkbrauwen daarboven. Als baby droeg haar moeder een bloemetjesjurkje en witte sokjes.

Er is een trouwfoto bij en een waarop haar moeder op de arm zit van haar vader. Ook is er een foto waarop ze in de voortuin van een huis staan. Rozen slingeren langs de muur omhoog.

Charlotte zucht opgelucht, als haar moeder door haar tranen heen lacht en zegt dat ze zo blij is met de foto's. 'Ik ga lijstjes kopen, dan zet ik ze in de boekenkast en op mijn bureau in mijn werkkamer.'

Op een woensdagmiddag, als ze met zijn allen thee drinken in de zon op de werf langs de gracht, praten ze over de gekke verhalen die Charlottes ouders in hun jeugd verzonnen als vriendinnetjes vroegen wat er met haar ouders was gebeurd.

'Ik schaam me dat we zo genoten van hun onthutste gezichten,' zegt Charlottes vader. Hij slikt een paar keer.

'De waarheid is veel erger dan de dingen die we fantaseerden,' antwoordt Charlottes moeder zacht. 'Het lijkt alsof ik mijn ouders nu nog kwets.'

Ze praten dat gevoel uit haar hoofd en Tom, die net als zijn broer Felix heeft gehoord wat er vroeger is gebeurd, kruipt bij zijn moeder op schoot en zegt: 'Je papa en mama zijn niet boos, hoor! De juf op school zegt dat in de hemel iedereen blij is.'

Ondanks alles glimlachen ze om de opmerking van het jongetje. Ook hij voelt feilloos zijn moeders pijn. Tom heeft altijd veel praatjes, maar het is een gevoelig jongetje.

'Ach, Elise, we waren kinderen,' zegt Charlottes vader. 'Jij vond het moeilijk dat er bij een verjaarsfeestje van een vriendinnetje altijd een vader en een moeder waren. Dat miste je, dat wilde je ook. Nu ik volwassen ben, begrijp ik heel goed, waarom grootmoeder Louise wilde dat je zelf, op jouw tijd, achter de waarheid kwam.'

'Bovendien,' vult oma Rebecca aan, 'heeft ze geprobeerd het je te vertellen, maar je kon het niet aan. Je kreeg nachtmerries. Het was zo traumatisch dat je het op een gegeven moment gewoon hebt verdrongen.'

'Wist jij wat er gebeurd was?' Charlottes moeder kijkt naar haar vader, maar die schudt zijn hoofd. 'Eerlijk gezegd geloofde ik alle dingen die we je vriendjes vertelden. Als je klein bent is het soms moeilijk om fantasie en werkelijkheid uit elkaar te houden.'

'Zo vulde ik het gat in mijn hart op.'

Felix en Tom gaan met een zelfgemaakte hengel aan de grachtkant zitten vissen, terwijl oma Rebecca een oogje in het zeil houdt. Charlotte pakt haar geschiedenisboek om een repetitie te leren. Een van de laatste voor het overgangsrapport. Nog een paar weken, dan begint de zomervakantie. Haar ouders gaan naar het atelier. Haar vader zet een leeg schildersdoek op de ezel en pakt een palet en verfkwasten.

'Schilder, Elise!' hoort ze hem zeggen. 'Schilder alle pijn uit je hart, totdat je weer vogels en vlinders kunt schilderen en je lachende kinderen.'

Charlotte kijkt naar oma Rebecca. Ze hopen dat het hem lukt om haar over te halen. Charlotte luistert gespannen naar hun stemmen die weerkaatsen tegen de ruwe wanden van de werfkelder.

'Ik kan het niet,' protesteert haar moeder. 'Het zal somber en donker worden, want zo voelt het bij mij vanbinnen.'

'Schilder dat, Elise,' antwoordt haar vader. 'We willen er allemaal met je over praten, zolang als je wilt, maar alleen jij kunt al dat verdriet en die pijn op het doek zetten. Laat het oplossen, Elise. We houden allemaal zo vreselijk veel van je en we moeten verder. Het verleden kun je niet overdoen. Ga schilderen. Ik blijf bij je zitten en steun je als het je te veel wordt.'

Charlotte kijkt over haar schouder door de geopende deuren van het atelier. Haar vader pakt zijn laptop en haar moeder gaat met tegenzin aan de slag. Meestal schildert ze niet als ze geen zin heeft, maar ze doet toch wat haar vader vraagt.

'Ze weet dat hij gelijk heeft,' fluistert oma Rebecca zacht tegen Charlotte. 'Ik hoop dat ze het zo kan verwerken, dan raakt ze dat zwarte gevoel vanbinnen kwijt.'

Charlotte ziet haar moeder verf aanbrengen op het palet en een kwast pakken. Meestal zet ze zachte klassieke muziek op om in de sfeer te komen. Ze aarzelt bij de cd-speler.

'Ja, wat moet ik opzetten?' moppert ze in zichzelf. 'Iets stemmigs van Bach? Treurmuziek van Mahler?'

Uiteindelijk besluit ze de cd-speler uit te laten en ze mengt nog steeds met zichtbare tegenzin verf op haar palet.

Charlotte kent haar moeder. Als ze eenmaal aan het schilderen is, vergeet ze de omgeving. Meestal doet ze een paar dagen over een schilderij, maar aan het eind van de middag heeft ze een muur geschilderd met bloedrode rozen. Of zijn het vlammen? Charlotte loopt het atelier in en gaat naast haar moeder staan, die er moe uitziet, en bekijkt het schilderij. Ze rilt. Zo moet het geweest zijn. Een verschroeiend vuur, dat alles vernietigde. Haar vader sluit zijn computer af en komt naast haar staan. Ze merkt dat ook hij schrikt van wat haar moeder heeft geschilderd.

'Kom, Elise,' zegt hij, terwijl hij haar hand pakt, 'ga even lekker in de zon zitten.'

Ze gaat langs de gracht op een van de hobbezakken in de zon liggen. Binnen vijf minuten is ze in een diepe slaap. Ze snurkt een beetje, maar na een tijdje lijkt het alsof ze in haar droom lacht.

Tom en Felix komen dichterbij. Tom wil haar wakker maken, want op die hobbezakken moet je stoeien. Zijn vader houdt hem tegen. 'Laat haar maar slapen, misschien droomt mama mooi.'

Als ze na een kwartier wakker wordt blijkt dat waar te zijn.

'Het was de mooiste droom van mijn leven,' zegt ze, terwijl ze slaperig om zich heen kijkt. 'Jammer dat ik wakker ben.'

'Vertel eens, mam?' vraagt Felix. Hij kruipt dicht tegen haar aan. Ze haalt diep adem en begint te vertellen.

'Mijn ouders liepen hand in hand langs een meer. Ik zag mezelf als ongeboren kind in mijn moeders buik zitten. Ik schommelde mee bij iedere stap. Toen ik trappelde pakte mijn moeder mijn vaders hand en die legde ze lachend op haar buik. Het is de laatste maand van haar zwangerschap, maar ik wilde nog niet geboren worden. Ik lag veilig onder haar warm kloppend hart. In de bomen rond het meer groeiden appels en kersen. Mijn ouders plukten het fruit en lachten naar elkaar. In het meer zwommen zwanen met hun jongen en een vogel floot het hoogste lied in de toppen van een boom. Mijn vader en moeder zagen er heel gelukkig uit.'

Ze lacht weer, net als toen ze droomde en vertelt verder: 'Ik hoorde zachte muziek en stemmen in de verte. Ik hoorde mijn moeder zeggen, dat ik een kind ben geboren uit liefde. Het leek alsof ik zacht werd gewiegd.'

Ze zwijgt nog nagenietend van de droom.

Tom ziet zijn kans schoon en gaat naast haar op de hobbezak liggen, met zijn gezicht dicht bij het hare. Ze niest van zijn kriebelende haren in haar gezicht.

'Mama, de juf was heel blij met de zeep. Ik heb speciaal voor jou dit gemaakt omdat je lief bent. Het ligt al een paar dagen onder mijn bed, maar nu mag je het hebben. Ogen dicht, het is een verrassing.'

Hij duwt een zeepje in de vorm van een hart in haar hand en geeft haar een natte zoen op haar wang. 'Ruik eens hoe lekker. De juf heeft er parfum doorgedaan, voordat we er een zeepje van moesten kneden.'

Zijn moeder slaat haar armen om hem heen en knuffelt hem. Wat stond er ook alweer in de brief van grootmoeder Louise, bedenkt Charlotte. Dan weet ze het weer. Ik wilde je beschermen schreef ze, zodat je weet dat er mensen zijn die van je houden.

Haar overgrootmoeder Louise had gelijk. De waarheid doet pijn, maar ze houden allemaal heel veel van hun moeder. Zij zullen haar helpen om verder te gaan en het verleden een plaats te geven in haar hart.

24

Sinds Charlottes moeder weet hoe haar ouders om het leven zijn gekomen, slaapt ze slecht en ze luistert maar half naar de verhalen van Felix en Tom. Als Charlotte haar iets vraagt over huiswerk dat ze niet snapt, gaf ze altijd direct uitleg, net zo lang tot ze de som of de vervoeging door had. Maar nu is ze snel ongeduldig. Toch merkt Charlotte dat ze het verleden probeert af te sluiten, ook al gaat het langzaam. De onzekerheid over dingen die ze niet wist is verdwenen.

'Het is afschuwelijk wat er is gebeurd,' zegt ze op een dag, 'maar ik moet verder. Jullie zijn er ook nog.'

Soms hoort Charlotte haar dat hardop tegen zichzelf zeggen, vooral als ze een dag heeft lopen somberen en beseft dat dat voor haar gezin niet fijn is. Ze pakt alle vertrouwde dingen weer op. Ze bakt frietjes voor Felix en Tom en hun vriendjes, luistert naar de verhalen van oma Rebecca en van Charlotte, geeft haar Franse lessen en schildert alsof haar leven ervan afhangt.

Hun vader heeft aan Charlotte en haar broertjes ge-vraagd om haar niet te storen als ze in het atelier aan het werk is.

'Ik heb een keer om een hoekje gekeken,' zegt Felix.

'Ze schildert anders dan vroeger.'

'Ze moet dingen verwerken, dat zie je in haar schilderijen. Laat haar maar. De kleuren worden vanzelf weer vrolijker,' legt oma Rebecca het jongetje uit. Ze heeft gelijk en hun moeder krijgt er ook steeds meer plezier in.

Ze schildert oma Rebecca, omdat ze allemaal veel van haar houden. Charlotte beseft dat ze er eens, net als alle anderen die in dit huis hebben gewoond, niet meer zal zijn.

Oma Rebecca zit langs de werf, terwijl ze poseert, te genieten van langsvarende bootjes.

Charlotte bewondert het werk van haar moeder. Het portret lijkt sprekend. Met een dunne penseel schildert ze voorzichtig oma Rebecca's smalle wenkbrauwen en ze probeert in haar grijs-zwarte haar de gloed van de zon te vangen. Dit portret zal ervoor zorgen dat ze altijd bij hen blijft.

Eigenlijk is haar overgrootmoeder Louise dat ook. Er is nooit een portret van haar gemaakt, maar ze hebben foto's en nog steeds ademt het huis haar aanwezigheid. Als Charlotte haar ogen dichtdoet, ziet ze haar overgrootmoeder bedrijvig bezig in de keuken of zitten in de tuin onder de appelboom, terwijl de bijen om haar heen zoemen. Die beelden zitten in haar hoofd en hart door de verhalen van haar moeder en oma Rebecca. Ze gaan nooit bij haar vandaan. Ze heeft haar stem nooit gehoord, toch lijkt die te weerkaatsen tegen de muren

van het huis en worden er herinneringen naar haar ge-
fluisterd uit een ver verleden.

Ach, die verhalen over haar overgrootmoeder! Ze spelen regelmatig door haar hoofd. Dat haar moeder Frans
is gaan studeren en les is gaan geven, is geen wonder,
want al toen ze klein was leerde ze van haar grootmoeder Louise zinnetjes in die taal. Zelfs de Joodse kinderen, die tijdens de oorlog bij haar een veilig onderduik-
adres hadden, leerde ze Franse liedjes.

Soms, zomaar ineens, heeft oma Rebecca het erover,
dan herinnert ze zich iets over de oorlog, ook nu! Ze
lijkt tegen zichzelf te praten en te vergeten dat ze voor
haar schoondochter poseert.

Ze vertelt over meneer pastoor, die in de oorlog naast
hen woonde en die precies wist wat er zich in het grote
huis allemaal afspeelde.

'Soms lagen er voedselbonnen in de brievenbus en
Louise zag aan het handschrift op de enveloppe dat
meneer pastoor dat had gedaan. Als dank baden we
dan hardop een weesgegroetje met het keukenraam op
een kier, zodat hij het kon horen als hij in de tuin zijn
gebeden liep te prevelen.'

'Ook in het Frans?' vraagt Charlotte.

'Ja, ik herinner me dat ze ons het gebed ook in het
Frans leerde, tot ergernis van je overgrootvader die ge-
reformeerd was en iedere zondag naar de kerk ging,'
antwoordt oma Rebecca.

'Ik vond als kind *Je vous salue, Marie* eerbiediger klinken dan *Wees gegroet, Maria*. Vooral de laatste zinnen
waren mooi. Weet je ze nog?' vraagt Charlottes moeder

aan oma Rebecca.

Die schudt haar hoofd. 'Ik ken de woorden niet meer.'

'Priez pour nous, pauvres pécheurs.

Maintenant et à l'heure de notre mort.'

'Meneer pastoor vond dat vast prachtig,' zegt Charlotte. 'En uit de verhalen weet ik dat zijn huishoudster op maandag de was deed, dan hing er in zijn tuin een hele rij zwarte hemden, broeken en sokken,' zegt Charlotte lachend.

Terwijl haar moeder nog wat verschillende kleuren verf op het palet aanbrengt, praat oma Rebecca verder.

'Weet je nog dat er vroeger een schillenboer langs de deuren kwam met paard en wagen? Bij iedere voordeur waar hij aanbelde, bleef het paard rustig wachten, maar bij grootmoeder Louise ging hij op de stoep staan en op een dag stond hij zelfs met zijn voorbenen op de deurmat, zich te goed te doen aan een plant die in de hal op een kastje stond.'

Charlotte schiet in de lach. 'Weet je het nog, mam?' vraagt ze.

Maar haar moeder schudt haar hoofd.

'Je riep,' gaat oma Rebecca verder. '"Oma, er staat een paard in de gang. Hij eet de varen op." Je grootmoeder kwam net uit de schuur met de schillenemmer en kreeg de slappe lach. Ze klopte het paard op zijn hals en gaf hem uit de emmer klokhuizen en als toetje een paar suikerklontjes. Het dier schudde met zijn hoofd en hinnikte. Maar de schillenboer werd boos en hij gaf het paard met een bezem een harde klap tegen zijn schoft. Het dier sprong van schrik opzij en beschadigde de voordeur. Toen werd de schillenboer woedend. Hij wilde het paard nog een paar klappen geven, maar daar stak grootmoeder Louise een stokje voor. "Dieren hebben ook gevoel," zei ze. "Je moet je paard niet slaan. Het geeft niet dat hij in de gang staat, dus maak er alsjeblieft geen drama van." Ze bekeek de deur, die inderdaad beschadigd was en haalde haar schouders op. "Ach, een beetje lak doet wonderen en de glas-in loodraampjes zijn nog heel."'

'Ze kon zo laconiek reageren,' zegt Charlottes moeder nagenietend van het verhaal.

'Ja,' zegt oma Rebecca lachend. 'Het paard voelde dat waarschijnlijk ook, want daarna stond hij iedere week in de gang, waar je grootmoeder hem knuffelde als een baby.'

Charlotte luistert naar de vrolijke herinneringen van haar oma, terwijl haar moeder schildert. De meeste verhalen kent ze al, maar haar moeder geeft haar een knipoog, want de ogen van oma Rebecca glanzen. Het zonlicht dat door de kastanjebladeren schijnt, tovert een tere gloed op haar gezicht. Het portret dat haar moeder van haar maakt wordt zacht en kwetsbaar, precies zoals oma Rebecca is.

'Ik vind het leuk om over vroeger te praten,' zegt Charlotte. 'Er is in ons huis best veel gebeurd.'

'Ja,' antwoordt haar moeder. 'Zo blijven herinneringen levend, maar ik vind het jammer dat ik niets weet over de alledaagse dingen van mijn ouders. Ik weet dat mijn wiegje aan het voeteneind van hun bed stond, maar wat hadden ze nog meer voor spulletjes? Hoe was hun zolderkamer ingericht? Hielden ze net als ik niet van spruitjes en spinazie? Waarover hebben ze samen gelachen? Hadden ze speciale gewoonten? Welke geheimen droegen ze in hun hart? Waar gingen hun dromen over?' Ze zucht. 'Ik weet niets, zelfs niet waar ze begraven zijn.'

Misschien zijn ze niet begraven, flitst door Charlotte heen. Misschien was er na de brand niets meer van ze over. De gedachte maakt haar misselijk, zo erg, dat ze snel langs de grachtkant gaat zitten en haar benen in het koele water heen en weer laat bungelen tot het akelige gevoel is verdwenen. Ze begrijpt dat haar moeder al die dingen wil weten, want zij heeft dat ook. Zal ze aan oma Rebecca vragen waar het graf is? Dan kan haar moeder er naartoe om afscheid te nemen. Dan zal ze met haar meegaan en een arm om haar heen slaan als ze verdrietig is.

Ze aarzelt of ze het haar zal vragen. Oma Rebecca geniet zo van de zon en van haar grappige verhalen, maar ze doet het toch.

'Waar zijn mama's ouders begraven of zijn ze...?'

Haar moeder kijkt haar verschrikt aan, maar oma Rebecca begrijpt meteen wat ze bedoelt. 'Daar kun je beter niet te lang over nadenken, Charlotte.' Haar stem klinkt zacht, maar ook dringend en ze kijkt bezorgd naar haar schoondochter.

'Ik weet waar ze begraven zijn. Ze liggen samen in een graf, voor altijd bij elkaar.'

'Ik wil er naartoe,' zegt Charlottes moeder beslist.

'Ik heb gewacht tot je er zelf over zou beginnen, Elise.

Dat heb ik ook met Louise afgesproken,' zegt oma Rebecca.

Hoewel oma Rebecca beloofde dat ze mee naar het kerkhof zou gaan, voelt ze zich de volgende dag niet goed en blijft ze in bed.

'Geef maar een pen en papier, dan teken ik voor je hoe je op de begraafplaats moet lopen om het graf te vinden. En ga niet alleen, Elise.'

Omdat het kerkhof aan het eind van de Gansstraat om vier uur afgesloten wordt, neemt Charlottes vader de volgende dag een middag vrij.

'Mag ik ook mee?' vraagt Charlotte. 'Ik ben de oudste. Ik wil ook weten waar mijn grootouders begraven zijn.'

Ze vinden het goed. Felix en Tom denken dat het een bijzonder uitje is en willen ook mee.

'Nee, blijven jullie maar thuis,' zegt oma Rebecca, 'dan gaan we spelletjes doen.'

Charlotte en haar ouders lopen naar het kerkhof, via de Agnietenstraat, de Twijnstraat, het Ledig Erf tot halverwege de Gansstraat, dat oneerbiedig het Luie End wordt genoemd, omdat tegenover de begraafplaats de gevangenis is.

Ze wandelen met zijn drieën over het kerkhof onder de schaduwrijke bomen en kijken in het voorbijgaan naar de oude zerken. Sommige zijn scheefgezakt en gebarsten door de invloed van weer en wind. Ook de tijd heeft eraan geknaagd. Meestal zijn de namen nog leesbaar.

Oude geslachten, bekende Utrechtse namen, familiegraven waar sinds jaar en dag geen mens meer naar omkijkt.

Af en toe bestudeert Charlottes vader het plattegrondje dat oma Rebecca getekend heeft en onverwacht staan ze voor het graf van de ouders van haar moeder. Er ligt een grijs gemêleerde marmeren steen op, die glimt in de zon en omzoomd wordt door onkruid en wilde papavers. Hun namen zijn in de steen gebeiteld met gouden letters die beginnen te verweren. Ook de geboortedata en de datum van overlijden zijn moeilijk leesbaar.

Erboven staat: Voor eeuwig in liefde verbonden.

Haar moeder slikt en wrijft in haar ogen, maar de tranen komen toch. Charlotte pakt haar hand en haar vader slaat een arm om haar schouders, maar ze krijgen het zelf ook te kwaad.

Ze blijven een tijdje staan met de armen om elkaar heen geslagen.

'Papa, mama, ik weet nou eindelijk wat er is gebeurd,' hoort Charlotte haar moeder zacht fluisteren, 'en ik mis jullie al mijn hele leven.'

Ze begint verschrikkelijk te huilen en ook bij Charlotte biggelen de tranen over haar wangen.

'Maar ik zorg wel voor haar. U hoeft zich geen zorgen te maken,' zegt haar vader, terwijl hij onhandig haar moeders tranen droogt en de zakdoek daarna aan Charlotte geeft.

Haar moeder haalt diep adem en zegt: 'We lijken wel gek, staan we tegen een graf te praten.'

'Het is niet gek. Ik denk dat veel mensen dat doen.

Kom, we gaan de vaas vullen met water, dan kun je de rozen uit de tuin erin zetten.'

Ze lopen naar een kraan aan het eind van het pad. Charlotte vult de vaas en steekt hem in de grond bij het graf. Haar moeder zet de rozen erin, terwijl haar vader wat onkruid wegtrekt.

Ze blijven in gedachten verzonken nog even staan.

'Voor eeuwig in liefde verbonden,' zegt Charlottes moeder zacht en precies op dat moment landt er een merel op de grafsteen en begint te fluiten. Hoge trillers en heel zuiver. Het ontroert hen, daar op dat stille kerkhof, waar ze de enige bezoekers zijn.

'Loflied op de liefde,' zegt haar vader. Hij drukt een kus op het voorhoofd van zijn vrouw en houdt haar stevig vast. Charlotte pakt haar moeders hand en knijpt er zacht in. 'We houden van je, mam,' fluistert ze.

25

'Ik begrijp nu waarom ik altijd hartkloppingen krijg als er een brandweer- of politieauto voorbijgaat.' Charlottes moeder legt Franse kaas op een paar toastjes, vult de wijnglazen en schenkt voor Charlotte cola in.

Met dit warme weer mogen Felix en Tom later naar bed, maar toch komen ze iedere avond een paar keer naar beneden om te klagen over de hitte of om water te drinken. Maar nu is het rustig. Ze slapen eindelijk. Oma Rebecca is vroeg naar bed gegaan.

Charlotte zit met haar ouders in de tuin onder de appelboom. Het schemert, muggen dansen rond hun hoofd en vleermuizen scheren door de lucht.

'Onbewust heb je het altijd geweten van die brand,' antwoordt Charlottes vader.

Haar moeder knikt. 'Ik denk dat je gelijk hebt. Mijn hoofd lijkt wel een huis met honderd kamers, en langzaam gaan de deuren één voor één open.'

'Mensen verdringen nare gebeurtenissen. Maar eens kom je ze tegen, dan moet je ze onder ogen zien.'

Hij neemt een slok wijn en kijkt haar peinzend aan.

'Gisteren toen je op school was, kwamen Felix en Tom bij me. Er is een circus in de stad en daar willen ze graag naartoe. Ik moet je overhalen, want je had ze een bezoek aan een pretpark beloofd, zeiden ze.'

'Ja, dat klopt, maar ik hou helemaal niet van het circus.'

'Ach, toe, mam! Ik vind het ook leuk,' helpt Charlotte. 'Laten we met zijn allen gaan.'

Haar vader kijkt fronsend naar haar moeder. 'Heb je er nooit over nagedacht hoe dat komt?'

'Ik niet. Ik denk dat ik het zielig vind voor de dieren. Hoeveel dwang en pijn zal aan het leren van die kunstjes vooraf zijn gegaan? Het is toch niet normaal dat een leeuw door een brandende hoepel springt.' Plotseling stokt haar adem. 'Ik weet het weer. Jij denkt aan die brand in het circus toen we klein waren. Daar is mijn afkeer natuurlijk door ontstaan.'

Hij knikt. 'De ene herinnering haalt de andere boven. Misschien is het juist goed, dat we met de kinderen naar het circus gaan. Weet jij nog wat er destijds gebeurde?'

Charlotte spitst haar oren. Er komt vast een verhaal dat ze nog niet kent.

'We gingen vaak kijken achter het Centraal Museum bij de stallen van de bereden politie als de hoefsmit aan het werk was,' begint haar vader.

'Ja, en daarnaast lag een braakliggend terrein, waar nu het speeltuintje is. We speelden er wel eens, maar dat mochten we niet, want het was er modderig en bomen om in te klimmen waren er ook niet.'

'Eens per jaar sloeg circus Müller daar zijn tenten op. Je grootmoeder Louise was bevriend met Sophie, de dochter van de directeur.'

Charlottes moeder knikt. 'Ja, dat weet ik nog. Daarom kregen we vrijkaartjes voor de eerste voorstelling.'

'Iedere dag zwierven we over het circusterrein.'

'Mochten jullie bij de dieren komen?' vraagt Charlotte.

'Ja, ze hadden van die mooie lippizaner paarden, die trainde Sophie, en leeuwen, en ezeltjes waar we een ritje op mochten maken. Het was spannend.'

'En weet je nog dat we limonade dronken in de caravan van de clowns?'

'Ja, het waren broers! Ze hadden vriendelijke gezichten, zo rond als de maan en ze zetten speciaal voor ons hun rode neus op en maakten gekke grappen.'

Charlottes moeder lacht als ze eraan terugdenkt. Charlottes vader knipoogt naar Charlotte. Ze zijn blij als ze vrolijk is, want de laatste tijd is ze vaak stil en in zichzelf gekeerd.

'En als wij lachten, dan schuddebuikten ze zo hard mee dat de caravan heen en weer wiebelde.'

Charlotte ziet het voor zich en schatert, maar ze merkt ook dat haar vader aarzelt alsof hij op een ander gespreksonderwerp over wil gaan.

'Weet jij nog wat er gebeurde toen we op die woensdagmiddag naar de première zouden gaan?' vraagt haar moeder ineens ernstig.

Hij fronst zijn wenkbrauwen. Aan zijn gezicht ziet Charlotte, dat hij het precies weet. Hadden ze het net

niet over een brand? Misschien droomde hij ook angstig en wil hij er liever niet over praten. Ze kijkt hem
vragend aan.

'Je grootmoeder maakte wentelteefjes voor ons, met
veel suiker en kaneel,' probeert hij, omdat hij waarschijnlijk vindt dat ze de laatste tijd al genoeg heeft
moeten verwerken.

'Nee, dat bedoel ik niet. Nadat we gegeten hadden
gingen we vroeger naar het circus, want grootmoeder
Louise wilde nog even met Sophie praten. Het was
mooi weer en we liepen over de Nieuwegracht naar de
Tolsteegbrug en door het park richting Maanenburg.
Er waren dichte rookwolken in het park en er hing een
zware brandlucht.'

'Je grootmoeder begon te rennen.' Charlotte ziet dat
haar vader behoedzaam naar haar moeder kijkt. Het
is te laat om op een ander onderwerp over te stappen.
Haar moeder kijkt bang. Ze herinnert zich alles.

'Ik weet nog dat de circustent in lichterlaaie stond,' begint ze aarzelend. 'De vlammen laaiden hoog op en
likten langs de takken van de bomen die buiten het
ijzeren hek stonden. Ze sloegen over naar de caravans
vlakbij, bereikten de leeuwenkooi en de hooiopslag. De
wind wakkerde de vlammen aan en een regen van von-
ken dreef onze richting uit.

'Je grootmoeder pakte ons bij de schouder, met ogen
groot en donker,' gaat haar vader verder.
Net zoals die van mijn moeder nu, denkt Charlotte.
Er trekt een koude rilling over haar rug en ze krijgt
kippenvel op haar armen, alsof ze zelf getuige is van

het drama dat haar ouders meemaakten toen ze klein waren.

'Ik zag toen voor het eerst in mijn leven blinde angst en paniek in de ogen van je grootmoeder,' zegt haar vader, 'een ogenblik, want even later riep ze dat ze moest helpen en rende ze weg.'

'Het was vreselijk,' fluistert Charlottes moeder. 'Ik weet nog dat ik me aan je vastklampte. We trilden over ons hele lijf. Maar je zei dat je bij me was en me nooit in de steek zou laten.'

'Heb ik woord gehouden of niet?' probeert hij grappig te zijn, maar aan haar gezicht ziet ook Charlotte dat ze alles opnieuw doormaakt, net als haar vader even later.

Ze wordt meegezogen in hun emoties. Ze ziet hoe de vlammen de stallen van de paarden en de ezels bereiken. Hun donkere silhouetten verdwijnen in de vlammen. Ze hoort het hartverscheurende geschreeuw van de dieren in doodsnood als een echo uit het verleden. Ze ziet hoe haar ouders als kind hun handen voor hun oren houden. Ze ziet mensen met zwartgeblakerde gezichten. Ze roepen, huilen, klemmen zich in wanhoop aan elkaar vast, gaan uiteen en proberen te redden wat niet te redden valt. Ze dragen de kleren waarin ze op zouden treden. De twee clowns rennen rond in hun felgekleurde jasjes. De schmink op hun gezichten is doorgelopen. Het meisje van de trapeze loopt doelloos rond in een lichtblauw pakje, met een hond in haar armen.

In dat ogenblik van helder weten ziet Charlotte hoe

haar vader, nog maar een kleine jongen, het gezicht van haar moeder naar de Tolsteegsingel draait in de hoop dat ze niet zal kijken. Maar het is al te laat. Ze heeft alles gezien en alles gehoord. Charlotte voelt de angst van haar ouders toen, in haar eigen lijf. Ze ziet dat ze aan de waterkant in het gras gaan liggen en elkaar stevig vasthouden, maar het trillen stopt niet. Ze hebben het ijskoud. Zo vindt grootmoeder Louise hen, terwijl in de verte de sirenes van de brandweer en de politie loeien en snel dichterbij komen. Ze slaat de armen om hen heen en wiegt hen alsof ze baby's zijn, zacht en voorzichtig. Het lijkt voor Charlotte alsof die scène uit haar ouders jeugd nu weer gebeurt. Ze ziet zelfs het gezicht van grootmoeder Louise voor zich, met zwarte roetvegen erop. Haar mooie jurk, speciaal aangetrokken voor de première, is gescheurd.

Het lijkt alsof de stem van haar moeder haar uit een nare droom wekt.

'Beleefde jij het ook opnieuw?' vraagt ze aan haar vader. Het angstzweet staat op haar voorhoofd. Hij knikt. 'En ik geloof dat we Charlotte meegezogen hebben in onze herinnering. Ze ziet lijkbleek.'

Charlotte is misselijk. Ze zucht diep, maar het helpt niets. Ze rent naar de wc en geeft over. De avondmaaltijd komt eruit, bietjes, zo rood als de vlammen in de herinnering van haar ouders, die ook haar herinnering werd.

Ze zit op haar knieën op de grond voor het toilet en het beeld van de verkoolde lichamen van de paarden dringt zich aan haar op. Ze steken, de monden wijd open in een laatste schreeuw, zwart af als lugubere spoken tegen de onschuldig blauwe lucht, die eruitziet alsof er niets is gebeurd. Ze geeft weer over.

Wat overkomt haar? Kun je zoveel van mensen houden dat je voelt wat zij voelen, en zien wat er in hun hoofd en hart gebeurt? Het overkomt haar vaker, als haar moeder of oma Rebecca verhalen vertellen over vroeger, maar deze keer is het wel heel heftig.

Het is al tien uur. Ze had allang in bed moeten liggen. Ze neemt een slok water en pakt een kauwgommetje. Als ze in de tuin komt vraagt haar moeder of het weer een beetje gaat.

'Je bent zo gevoelig,' zegt ze. 'Eigenlijk moet jij al die verhalen niet horen.'

'Ik wil ze weten,' antwoordt Charlotte. 'Ik wil alles weten over vroeger, dan kan ik je beter helpen als je verdrietig bent.'

'Maar dat is jouw taak niet, liefje. Moeders moeten er zijn voor hun kinderen en niet andersom. Je hoeft alleen maar van me te houden, ook al maak ik fouten en doe ik soms in jouw ogen stomme dingen. Liefde is al meer dan genoeg.'

'Ik hou hartstikke veel van je,' zegt Charlotte. 'Maar hoe liep het verder met het circus af?' vraagt ze snel, want ze ziet haar vader op zijn horloge kijken en ze wil nog niet gaan slapen.

'Alle circusmensen zaten 's avonds in de keuken van mijn grootmoeder. Ze hadden gedoucht en droegen schone kleren die ze overal vandaan had gehaald. Ze had...'

'Kippensoep gekookt en verse broodjes gebakken,' vult Charlotte aan. Ze weet precies hoe haar overgrootmoeder mensen troostte, ook haar moeder doet het zo.

'Woorden schoten tekort. Iedereen was bedroefd, zelfs de clowns wreven in hun ogen. Ze bespraken wat er moest gebeuren, maar niemand wist het. Het vuur vernietigde alles.'

Ineens begint ze te huilen. 'Oh, mijn God!' fluistert ze. 'Zo kwamen mijn ouders ook om in een alles verterend vuur, waaraan ze met geen mogelijkheid konden ontsnappen.'

Charlotte ziet haar vader opstaan en naar de keuken lopen. Hij komt terug met een glas water en een keukenhanddoek die hij nat heeft gemaakt. Onhandig wrijft hij ermee over haar moeders gezicht alsof ze een klein kind is, van wie hij de tranen droogt.

'Eens moest dit gebeuren, Elise. Je begrijpt nu ook hoe het komt dat je hartkloppingen krijgt als je sirenes hoort loeien. Als kind kon je dit niet verwerken. Het zou je voor de rest van je leven beschadigen. Maar ik ben er en samen met de kinderen komen we er wel uit.'

Charlotte knikt. Samen komen ze er uit, dat weet ze zeker. Ze ziet dat haar moeder zich aan haar vader vastklampt, net als toen. Hij geeft haar het glas water aan. Ze neemt gulzig een paar slokken.

'Eens moest dit gebeuren,' herhaalt hij. 'Maar nu krijg je weer ruimte in je hart voor nieuwe herinneringen, die je zelf zo leuk kunt maken als je maar wilt.'

26

Een paar dagen later besluiten ze om naar het circus in de stad te gaan. Felix en Tom zijn enthousiast en drukker dan gewoonlijk.

'Gaat oma Rebecca niet mee?' vraagt Tom, die graag de hele familie bij elkaar houdt.

'Nee joh, doe toch niet zo dom,' wijst Felix zijn broer terecht. 'Ze kan toch niet dat hele eind naar de stad lopen.'

Oma Rebecca is de laatste tijd vaak moe, dan valt ze midden op de dag in de keuken op een stoel in slaap. Meestal maakt Charlottes moeder haar dan zacht wakker en brengt haar naar bed om een paar uur te rusten. Vroeger was ze daarna weer fit en uitgerust, maar dat lukt niet meer.

Af en toe komt Saar, een oude vriendin bij haar zitten, ze houdt haar hand vast en wrijft er zacht over. Oma Rebecca vindt het fijn als ze er is. Charlottes moeder kan dan snel wat boodschappen doen of de jongens uit school halen.

Ook nu komt Saar haar gezelschap houden.

'Gaan jullie maar naar het circus,' zegt ze terwijl ze een breiwerkje uit haar tas haalt. 'Rebecca en ik vermaken ons wel.'

Terwijl Charlottes moeder voor Felix en Tom een schone blouse klaar legt, zet Charlotte in de keuken op een blad twee kopjes, een paar theezakjes, de suikerpot en de koektrommel klaar. Ze kunnen met een gerust hart weggaan!

Onderweg pakt Tom zijn moeders hand. 'Ben je vroeger toen je klein was ook wel eens naar het circus geweest, mama? Of bestond dat toen nog niet?'

'Wat denk je dat je zult zien, Tom?' vraagt zijn vader snel, zodat ze geen antwoord hoeft te geven.

'Nou, olifanten die trompetteren en nootjes eten en een leeuw die door een hoepel springt.'

'En clowns natuurlijk,' valt Felix hem in de rede. 'Misschien word ik later ook wel clown, dan ga ik in het circus werken.'

'Niet waar,' reageert Tom geagiteerd. 'Jij zou piloot worden en ik ga in het circus.'

Ze kibbelen een tijdje door, zoals vaker, maar hun aandacht is afgeleid en Charlotte ziet dat haar vader opgelucht is.

Bij de kassa staat een lange rij mensen. Als ze eindelijk kaartjes hebben, lopen ze nog even over het circusterrein en als de voorstelling begint zitten Felix en Tom met opgewonden rode wangen te genieten van het schouwspel.

Charlotte kijkt naar haar broertjes. Ze doen enthousiast mee als de clowns iets van het publiek willen. De reacties van Felix en Tom vindt ze nog leuker dan de gekke grappen van de clowns. Die vindt ze eigenlijk maar een beetje kinderachtig.

De tijd gaat snel en voor ze het weten staan ze weer buiten. De jongens happen van een roze suikerspin en praten over de kunstjes van de acrobaten en over de paarden die op de maat van de muziek konden dansen.

'Dat hebben we weer overleefd,' zegt Charlottes moeder. Ze ademt diep in en weer uit, alsof ze daarmee een herinnering van vroeger wegblaast. Ze hadden haar benauwd in de gaten gehouden toen een leeuw door een brandende hoepel sprong en de mouw van de dompteur vlam vatte. Er was paniek, maar de vlam werd snel gedoofd en de voorstelling ging gewoon door. Charlotte en haar vader waren blij dat ze lachte om de malle fratsen van de clowns en, net als zij, genoot van het enthousiasme van Felix en Tom.

Charlotte stelde aan haar vader voor, dat ze nog meer leuke herinneringen moesten verzamelen. Die zouden een belangrijkere plaats in gaan nemen dan de akelige dingen van vroeger.

Thuis gaan ze meteen bij oma Rebecca kijken. Ze zit rechtop in bed, heeft roze blosjes op haar wangen en op haar voorhoofd staan zweetdruppeltjes.

'Mama, heb je koorts?' vraagt Charlottes vader en hij legt een hand op haar voorhoofd.

'Welnee, kind. Je kent Saar toch, die zit vol gekke verhalen. Ik heb pijn in mijn buik van het lachen.'

Saar trekt een gezicht alsof ze de beledigde onschuld

is, maar ze kennen haar langer dan vandaag. Ze hebben allemaal een zwak voor haar.

'Ze lijkt op mijn grootmoeder, dezelfde onverstoorbare humor en nooit te beroerd om iets voor een ander te doen,' zegt Charlottes moeder.

'Blijf je eten, Saar?' vraagt ze. Het oude dametje kijkt haar onderzoekend aan. 'Goed idee, als het maar geen bruine bonen zijn.'

Oma Rebecca en Saar krijgen de slappe lach. Charlotte grinnikt. Ze lijken net twee giechelende schoolmeisjes.

Felix en Tom gaan op de rand van oma Rebecca's bed zitten en vertellen wat ze vanmiddag allemaal beleefd hebben. Tom maakt een duikeling over de vloer om voor te doen hoe de trapezewerkers in de nok van de tent hun halsbrekende toeren uithaalden, waarbij hij een bijzettafeltje omver stoot en de theepot in duizend scherven over de vloer kapot valt.

Hun moeder schudt haar hoofd, haalt een stoffer en blik en ruimt de ravage op.

'Kom, jongens, dan gaan we in de keuken limonade drinken en dan kunnen jullie nog even naar buiten.'

Saar houdt haar tegen. 'Oh, ja, ik zou het bijna nog vergeten. Er belde een meneer van een galerie op de Oudegracht. Hij had gehoord dat je goed kon schilderen en hij wilde graag wat werk van je bekijken. Ik heb hem naar de werfkelder gebracht en toen hij terugkwam, liep hij nogal te glunderen. Hij gaf me dit kaartje.' Ze haalt het uit haar tas en geeft het haar. 'Of je even wilde bellen.'

Charlottes moeder besluit het meteen te doen en draait in de huiskamer het nummer.

Na het gesprek kijken ze haar allemaal nieuwsgierig aan.

'Wat zei hij, mam?' vraagt Charlotte.

'Ik noemde mijn naam en hij wist meteen wie ik was,' antwoordt ze. 'Hij wil werk van me tentoonstellen. Hij denkt dat er belangstelling voor zal zijn.'

Ze is verbaasd. 'Ik heb er nooit aan gedacht om iets te verkopen. Sommige schilderijen wil ik niet kwijt. Maar hij wil uitnodigingen rondsturen en de expositie feestelijk openen. Dat lijkt me wel leuk!'

'Hoe gaat het nou verder?' vraagt Charlottes vader praktisch.

'Hij komt morgen langs om wat werk uit te zoeken en ik mag zelf bepalen wat ik af wil staan.'

'Leuk, mama!' zegt Felix enthousiast. 'Dan word je beroemd!'

'Komt de koningin dan ook kijken?' vraagt Tom, 'dat hoort erbij als iedereen je kent.'

Charlotte lacht om haar broertje. Echt Tom, die loopt altijd hard van stapel in zijn enthousiasme.

Als haar broertjes hun limonade op hebben willen ze niet Onder de Linden voetballen.

'Er is er gauw eentje jarig en Tom en ik moeten nog iets maken,' zegt Felix geheimzinnig. Hij haalt de knutseldoos uit de kast en pakt zijn broertje bij de hand.

'En jij mag niet op onze kamer komen,' zegt Tom en hij prikt met zijn wijsvinger in Charlottes buik.

'Oh, heb je het over mij,' zegt ze lachend. 'Jullie zijn

niet te laat met je plannetjes. Het duurt nog twee weken voor ik jarig ben.'

Als Felix en Tom naar boven gaan, loopt zij met haar ouders mee naar de werfkelder, omdat haar moeder wil kijken of er inderdaad schilderijen bij zijn die geexposeerd kunnen worden.

Het is benauwd. Er is onweer voorspeld. Ging het maar regenen, een zomerse kletterbui waarin alle bomen en struiken gewassen worden en weer fris groen zijn.

In het atelier knipt Charlotte het licht aan. Haar ouders zetten alle schilderijen op de grond tegen de muur om ze te bekijken. Het zijn er vijfentwintig.

'Er zijn er zeker bij die tentoongesteld kunnen worden,' zegt haar vader goedkeurend, 'maar je moet het natuurlijk zelf willen. Sommige zou ik niet verkopen, zoals de portretten van de kinderen en van mama en wat doe je met de schilderijen die eh...' Zijn stem hapert.

'Die ik schilderde toen al die nare dingen uit mijn jeugd bovenkwamen,' vult Charlottes moeder aan. 'Het is gek, maar die galeriehouder zei dat hij juist de verandering in het werk zo boeiend vond.'

'Hij zal er wel verstand van hebben. Als je hem vertrouwt, moet je het zeker doen!'

Charlotte loopt langzaam langs de schilderijen en bekijkt ze één voor één. In ieder werk liggen de emoties die haar moeder de laatste tijd doormaakte. De onzekerheid, het verlangen, de angst, het verdriet, maar in de laatste schilderijen ligt ook bevrijding, opluchting en hoop. De kleuren worden ook levendiger. Rood en zwart overheersen niet meer, er komt ook goudgeel en zachtblauw en groen bij, dat ze gemengd heeft, zodat er verschillende tinten zijn ontstaan. Charlotte zou willen dat ze ook zo kon schilderen, maar helaas heeft ze het talent niet geërfd.

'Die galeriehouder komt morgen,' hoort ze haar moeder zeggen, 'dan zet ik al mijn zintuigen wagenwijd open en dan weet ik wel wat voor man het is.'

'Als je je charmes maar voor mij bewaart,' grinnikt haar vader. 'Ik vind het leuk voor je en je weet nooit waar het toe leidt.'

'Mag ik meekijken, mam?' vraagt Charlotte. 'Als je een afspraak maakt na schooltijd zorg ik dat ik snel thuis ben.'

'Dat lijkt me een goed idee,' zegt haar moeder. 'Ik heb wel vertrouwen in jouw oordeel.'

De volgende dag gaat Charlotte na schooltijd snel naar huis. Haar moeder ziet er moe uit, ze heeft slecht geslapen.

'Alle aquarellen en olieverfschilderijen dwarrelden door mijn droom. Ik kon niet kiezen. Welke wel? Welke niet? Het is moeilijk. Ik kan misschien beter die galeriehouder laten beslissen.'

'Laten we er met oma Rebecca over praten,' zegt Charlotte. 'Ik ben benieuwd wat zij ervan vindt.'

Oma Rebecca weet er al van. 'Doen!' zegt ze enthousiast. 'Maar blijf wel zakelijk. Ik ken die lui. Vergeet nooit dat jij degene bent die dat werk heeft gemaakt.'

Charlotte weet wat ze bedoelt. Simon, oma Rebecca's man, die overleed toen Charlotte nog niet geboren was, bewerkte op koude winteravonden hout. Hij maakte met engelengeduld prachtige beeldjes en hij gutste schalen van beukenhout. Als het voorwerp af was, zette hij het in de was en wreef het op met een wollen doek, zodat de houtnerf oplichtte en glansde als verse honing. Op de vensterbank van oma Rebecca's kamer staat ook zo'n beeldje en op het tafeltje glanst een van zijn schalen gevuld met appels.

Ze herinnert zich dat oma Rebecca vertelde dat hij in het begin alles aan vrienden weggaf, maar algauw stonden er geïnteresseerden voor de deur, die gouden bergen beloofden, maar hem heel weinig betaalden. Hij vond het geen probleem, want hij kon toch niet alles thuis bewaren en het was tenslotte maar een hobby. Totdat oma Rebecca in de stad liep en bij een galerie de dingen die haar man gemaakt had, te koop aangeboden zag voor het tienvoudige van het bedrag dat hij ervoor had gekregen.

Charlottes moeder had verteld hoe boos ze was, maar haar schoonvader Simon reageerde laconiek. Geld vond hij niet belangrijk, maar oma Rebecca die het huishouden draaiende moest houden, dacht er anders over.

'Ze kon heel zakelijk zijn en dan viel er niet met haar te spotten,' vertelde Charlottes moeder.

'Als ik er niet uitkom,' hoort Charlotte haar moeder zeggen, 'dan maak ik graag gebruik van je ervaring, mama.'

In de gang klingelt de bel. 'Daar zal je hem hebben. Je hoort van me hoe het afloopt.'

27

De galeriehouder loopt achter Charlotte en haar moeder aan naar het atelier. Het is een man van middelbare leeftijd in een kreukelig pak. Hij heeft grijs haar met een kaal kruintje en draagt een regenjas over zijn arm. Ze hebben de deuren naar de werf opengezet, zodat het zonlicht naar binnen schijnt en de schilderijen goed tot hun recht komen tegen de hagelwitte muren. Ze staan in de volgorde waarin ze geschilderd zijn. De man loopt langzaam langs de aquarellen en olieverfschilderijen. Bij sommige blijft hij langer staan. Hij wisselt twee schilderijen van plaats en zet ze weer terug. Charlottes moeder slaat hem met gemengde gevoelens gade. Het lijkt, nu alle doeken naast elkaar in het daglicht staan, of ze opnieuw de pijn voelt van het moment dat ze eraan werkte.

'Je ziel ligt erin, wat is er met je gebeurd?' vraagt de galeriehouder. Hij kijkt haar verbijsterd aan. 'Wat is er gebeurd?'

Charlotte slikt. Hoe zal haar moeder reageren? Is het zó duidelijk? Ook voor iemand die niets van haar weet? Ze loopt langs de schilderijen. Verdriet ligt met dikke klodders olieverf op de eerste schilderijen, maar langzaam lijkt die pijn in later werk op te lossen. Na de aquarel met de rode rozen zijn nog een paar werken somber en donker, maar daarna worden de kleuren bij ieder schilderij weer helder en lichter, alsof de op vurige vlammen lijkende bloemen een keerpunt vormen. Misschien is het ook zo, want vanaf dat moment had ze tegen hen gezegd dat ze het verleden niet kon veranderen en verder moest. Charlotte kijkt naar haar moeder. Ze staart in gedachten verzonken naar de schilderijen. Alles wat er vroeger is gebeurd zal haar en ook de rest van de familie blijven achtervolgen, maar ze zullen haar helpen om er mee om te gaan. Het leven gaat door.

'Wil je me vertellen wat er is gebeurd?' vraagt de man naast haar. 'Aan de hand daarvan kunnen we ieder werk een naam geven.'

Charlottes moeder fronst haar wenkbrauwen. 'Wat er gebeurde ligt in die schilderijen. Dat ziet u toch! Ik wil het niet met woorden duidelijk maken. Dat kan ik niet, zeker niet aan iemand die ik niet ken.'

'U kunt me vertrouwen.'

'Dat geloof ik, maar die schilderijen vertellen hun eigen verhaal. Ik wil er niets aan toevoegen.'

De man haalt geërgerd zijn schouders op, loopt naar de muur en begint de schilderijen op te stapelen, zo ruw en achteloos, dat zelfs Charlotte ervan schrikt.

Alles in haar protesteert. Haar hart krimpt samen als ze het gezicht van haar moeder ziet. Gaat hij zo achteloos met haar pijn om? Hij maakt van de schilderijen een slordige stapel, niet eens beschermd door zachte doeken om beschadigingen te voorkomen. Waarom zal haar moeder haar schilderijen aan anderen laten zien? Ze hebben niets te maken met haar verdriet. Dat is een familiekwestie, die hen alleen raakt. Een buitenstaander heeft er niets mee te maken. Zal ze het zeggen? Haar moeder lijkt op een aan de grond genageld standbeeld. Ze reageert niet.

'Mam!' roept Charlotte verontwaardigd. Precies hard genoeg om haar moeder wakker te schudden.

'Zet u de schilderijen alstublieft maar weer tegen de muur. Ik zie af van de expositie,' zegt ze met vlakke stem. Charlotte zucht opgelucht.

De man in het saaie grijze pak kijkt haar verbaasd, maar ook minachtend aan.

Zijn ogen staan koel en hij haalt nors zijn schouders op. Hij snapt er niks van, denkt Charlotte. Haar moeder maakt de juiste keuze!

'Waarom?' vraagt hij.

'U zei het net al,' antwoordt haar moeder, 'mijn ziel ligt erin. Dat heeft u goed gezien. Ik wil de schilderijen nog even voor mezelf houden, tot de pijn is gezakt en ik alles los kan laten. Dat kan nu nog niet.'

De houding van de man verandert. Charlotte krijgt er kippenvel van.

'Ik begrijp het,' zegt hij flemend. 'Als u van gedachten verandert, laat mij dan de eerste zijn die uw werk exposeert.'

Hij neemt beleefd, maar koel afscheid. Ze kijken hem

na, als hij de gracht afloopt richting Agnietenstraat. Hij neemt korte passen en zet zijn voeten neer met zijn tenen iets naar buiten.

'Ziezo,' zegt Charlotte opgelucht, 'die zijn we kwijt.'

Haar moeder knikt en achterelkaar lopen ze de trap aan het eind van de werfkelder op om oma Rebecca te vertellen hoe het is afgelopen.

Charlottes moeder vertelt hoe het gegaan is.

'Vind je het stom dat ik heb geweigerd?' vraagt ze aan oma Rebecca.

'Welnee. Het is belangrijk dat je naar je gevoel luistert. Gisteren was je enthousiast, door het onverwachte, maar je hebt gelijk. Als hij met zo weinig respect met jou en je werk omgaat, kun je alleen maar gekwetst worden. Ga door met schilderen, Elise. Je geniet ervan en dat is het belangrijkst. Misschien kun je later je werk tentoonstellen als je er meer afstand van hebt genomen en dan zou ik zeker niet naar dezelfde man gaan. Er zijn veel meer galerieën in de stad.'

Charlotte en haar moeder blijven een tijdje bij oma Rebecca, maar ze gaapt en haar ogen vallen dicht. Charlottes moeder kijkt op haar horloge.

'Mama, als je nou even een dutje doet, halen wij Felix en Tom uit school.'

'Wil je taartjes kopen?' stelt oma Rebecca voor. 'Ik trakteer!'

'Wat vieren we?'

'Nou, dat ik trek heb in een moorkop met veel slagroom. Maar ik eet nooit alleen, dus haal voor iedereen maar wat lekkers.'

Een halfuur later drukken Felix en Tom hun neus tegen de ruit van de banketbakker.

'Ik wil graag een tompoes,' zegt Felix zijn lippen aflikkend, 'of nee, dat gebakje met die aardbeien erop.'

Het duurt even voor ze hun keus gemaakt hebben en opgetogen lopen ze mee naar huis.

'Nog even dan is Charlotte jarig,' glundert Tom, 'en dan eten we weer taart!'

'Ja, dan is het feest,' zegt zijn moeder. 'Charlotte, weet je al wat je voor je verjaardag wilt hebben?'

Ze haalt haar schouders op. 'Ik heb er nog niet over nagedacht,' antwoordt ze. 'Maar ik wil graag, net als papa en jij vroeger deden, een feestje voor mijn hele klas in de werfkelder geven. Of kan dat niet nu je schilderspullen er staan?'

'Dat is geen probleem. Ik zet de schilderijen wel even in de logeerkamer.'

'Dus het mag?' Charlotte slaat enthousiast haar armen om haar moeder heen, zo onstuimig dat ze de doos met taartjes bijna laat vallen.

Ze deinst verschrikt achteruit. 'Pas op, joh. Natuurlijk is het goed. Het lijkt me zelfs een leuk plan, dan heb ik geen drukte in huis, nu oma Rebecca ziek is. We hebben nog gekleurde lampjes boven, die kun je ophangen en je mag posters op de muren plakken, als je alle troep die jullie maken maar weer opruimt.'

'Zullen we de taartjes direct opeten als we thuis zijn?' probeert Felix.

'Vanmiddag als we thee drinken. We gaan eerst brood eten.'

Thuisgekomen helpt Charlotte haar moeder met het smeren en beleggen van de broodjes. Ze nemen het broodmandje mee naar de zijkamer waar oma Rebecca luistert naar de verhalen van haar kleinzonen. Ze ziet bleek en haar ogen staan flets. Haar haar, dat na de chemokuur uitviel, begint weer te groeien. Het is lichter grijs van kleur. De donkere plukken van voor de behandeling zijn verdwenen en het krult sterker.

Ze ligt diep weggedoken onder het dekbed, omdat ze het zelfs in de zomer, terwijl de zon in haar kamer schijnt, koud heeft. 's Avonds maken ze vaak een kruik voor haar.

Als de broodjes op zijn willen Felix en Tom naar buiten. Ze hebben met vriendjes afgesproken om met blaaspijpjes bessen te gaan schieten in het park.

'Maar we komen wel op tijd terug om thee te drinken, hoor,' zegt Felix, 'en om de taartjes op te eten!'

Ze spelen altijd Onder de Linden, het park bij de Sterrenwacht. Vanuit de zijkamer kunnen ze de jongens goed in de gaten houden. Het is er nooit druk. Alleen op zomeravonden verzamelen mensen die hun hond uitlaten zich op het middenpad.

Charlottes moeder pakt de strijkplank en de wasmand. 'Ik kan hier wel even strijken,' zegt ze tegen oma Rebecca. 'Wil jij me helpen, Charlotte, of heb je nog veel huiswerk?'

'Ik moet alleen nog een opstel voor Nederlands maken. We krijgen bijna geen huiswerk zo vlak voor de vakantie.'

'Ik herken het,' zegt haar moeder. 'Ik doe ook andere

dingen dan normaal met mijn klas. Ik lees voor uit een Frans kinderboek en we spelen toneelstukjes in het Frans.'

'De biologieleraar gaat met ons naar buiten, zogenaamd om plantjes te determineren, maar we lopen vooral te dollen en we spelen verstoppertje in het park. Hij vindt alles goed.'

Terwijl ze het wasgoed wegwerken kijken ze af en toe naar buiten. Felix en Tom en drie vriendjes rennen elkaar met bezwete gezichten achterna. 'Ik moet ineens aan vroeger denken,' zegt Charlottes moeder lachend. 'Papa en ik speelden daar ook en later met Naomi, maar we mochten van de parkwachter nooit op het gras lopen. Gelukkig zijn ze nu niet meer zo streng.'

'We wonen hier fijn,' beaamt Charlotte, 'en we hebben in het park veel ruimte om te spelen.'

Als de was gestreken is, zet Charlotte een pot thee. Felix en Tom kunnen ieder ogenblik thuis komen.

Ze opent de voordeur en fluit een speciaal deuntje. De jongens kennen het en komen meestal meteen aangerend. Deze keer niet. Charlotte tuurt de gracht af en loopt over de brug naar de overkant, waar ze haar broertjes nog geen halfuur geleden zag spelen. Ze zijn er niet. Ze kijkt langs de werf. Ze mogen niet alleen aan de waterkant komen, maar zelf vindt ze het ook altijd spannend om dingen te doen die niet mogen. Ook daar is geen spoor van Felix en Tom te bekennen. Ze loopt terug naar huis en vertelt haar moeder dat ze even gaat kijken in het park langs de Tolsteegsingel, richting Maanenburg. Halverweg komen Felix en

Tom haar tegemoet. Ze zucht opgelucht. Ze houden haar broertjes altijd goed in de gaten. Tegenwoordig hoor je zo vaak van die nare verhalen en ze moet er niet aan denken dat hen iets overkomt.

'Is het tijd voor de taart?' vraagt Felix. Hij wacht het antwoord niet af en rent met Tom snel naar huis, waar de taartjes klaar staan en de thee is ingeschonken.

'Raad eens wat we gedaan hebben,' vraagt Tom tussen twee happen door.

'We hebben op onze buik door de glazen koepel van het atelier bij de Maanenburg gekeken,' vertelt Felix. 'De beeldhouwers waren aan het werk. Het zag er net zo uit als jouw atelier, mama, alleen stonden er geen schilderijen maar beelden.'

Charlotte ziet dat haar moeder en oma Rebecca elkaar verschrikt aankijken.

'Zullen jullie dat nooit meer doen!' zegt oma Rebecca, terwijl ze overeind gaat zitten en hen aankijkt. 'Het is gevaarlijk.'

'Hoezo?' vraagt Felix eigenwijs. 'Wat kan er nou gebeuren?'

Hun moeder zet het gebakschoteltje met het half opgegeten taartje op tafel en kijkt hen streng aan.

'Oma Rebecca heeft gelijk. Ik wil niet dat jullie boven die glazen koepel hangen.'

Felix en Tom kijken verbaasd.

'Ooit ging ik met papa en tante Naomi, die een jaar of twee was, wandelen in het park. We liepen de Hol op bij de Maanenburg. Verscholen tussen de bosjes konden we zo door de grote glazen koepel van het Oliegat kijken. Heel vroeger werd daar petroleum verkocht, maar in mijn jeugd was het de werkplaats van de bekende kunstenaar Pieter d'Hont. We gingen wel eens bij hem op bezoek. Dan liepen we door het poortje bij de Wijde Doelen en bonkten op de houten deur die toegang tot zijn atelier gaf.'

'Mochten jullie binnenkomen?' vraagt Tom verbaasd.

'Altijd, behalve als er een auto met het kenteken AA voor de deur stond, want dan was de koningin op bezoek. De beeldhouwer was al maanden bezig aan een grote vrouwenfiguur die midden in zijn atelier onder de glazen koepel in het zonlicht stond.'

Ze pauzeert even, gaat dan verder.

'Net als jullie, gingen we op onze buik aan de rand van de koepel liggen en tuurden we door de stoffige ruitjes naar beneden. Die middag was het stil. Er klonk geen gehamer op de stenen en geen gerammel met glazen. Achter ons blafte een hondje en omdat we al een tijdje op zoek waren naar een zwerfhondje om te verzorgen, had papa hem snel gepakt.'

'Ik wil ook wel een hondje vinden,' zegt Tom, 'daar kun je mee stoeien en knuffelen.'

'Wij vonden het hondje ook lief. Hij begon ons te likken en blafte vrolijk, maar we waren Naomi even vergeten. Ze was midden op de koepel gekropen, ging op een van de glazen ruitjes zitten en klapte vrolijk in haar handjes.'

Felix en Tom houden verschrikt hun hand voor hun mond.

'Wat gebeurde er?' vragen ze tegelijkertijd.

'We raakten in paniek. Papa schoof voorzichtig op zijn buik over de dunne glazen ruiten naar zijn zusje toe. Naomi dacht dat het een spelletje was en kroop naar de overkant. Ik ben toen snel met het hondje achter me aan naar haar toe gelopen en heb haar gepakt. Tante Naomi was toen veilig, maar het glas onder papa begon te kraken. Ik riep zenuwachtig dat hij terug moest komen, maar het was al te laat. Hij zakte er doorheen, kwam tien meter lager op de vloer van het atelier terecht en bleef liggen in een vreemde houding.'

De jongens kijken haar met grote ogen aan en ook Charlotte schrikt. Dit verhaal heeft ze nog nooit gehoord, maar ze beseft dat het goed is afgelopen, want anders zou haar vader er niet meer zijn.

'Wat heb je gedaan, want die kunstenaar was toch niet in het atelier?'

'Ik ging op zoek naar hulp en vertelde de eerste de beste man die ik tegenkwam wat er was gebeurd. Hij ging snel naar het politiebureau en kwam terug met een paar agenten en met Pieter d'Hont, die ze uit de kroeg hadden gehaald. Ze openden de deur en gingen naar binnen, waar papa verbaasd om zich heen zat te kijken. Piet d'Hont knielde bij hem neer en vroeg of hij alles nog kon bewegen. Dat lukte, maar hij had wel hoofdpijn. De agenten keken naar boven naar de gebroken ruit en zeiden dat het beeld zijn val gebroken had. Iedereen was blij dat hij nog leefde.

'Ik ook,' zegt Tom, 'want anders hadden wij geen papa gehad.'

'Is hij nog naar de dokter gegaan?' wil Charlotte weten.

'Ze brachten hem voor de zekerheid naar het ziekenhuis,' zegt oma Rebecca. 'Hij moest er twee dagen voor observatie blijven. De dokter vond het echt een wonder dat hij van zijn val alleen een lichte hersenschudding had overgehouden.'

'En we hadden ook een hond,' zegt hun moeder glunderend, 'want die mochten we houden.'

'Hoe heette hij?' vraagt Felix. 'Ik zou ook wel een hond willen.'

'Hij heette Stippel, omdat hij overal in zijn bruine vacht witte vlekjes had.'

'En toen papa na twee dagen naar huis mocht, bestelde grootmoeder Louise een taart om dat te vieren en toen waren we het voorval snel weer vergeten. Maar nu begrijpen jullie zeker wel waarom jullie niet over de rand van de glazen koepel in het atelier mogen gluren. Ik moet er niet aan denken, dat een van jullie er ook door zou vallen.'

'En het zou een wonder zijn als het net zo goed af zou lopen als met jullie papa,' zegt oma Rebecca.

'We zullen het nooit meer doen, hè Tom?' zegt Felix.

'Nooit meer, erewoord!' antwoordt Tom en hij kijkt er zo ernstig bij dat ze allemaal in de lach schieten.

28

Charlotte zit met haar broertjes achter de computer. Tante Naomi mailt regelmatig foto's uit India. School-klassen waar Felix en Tom verbaasd naar kijken, omdat kinderen in een kleine ruimte op de grond zitten en met krijt op een leitje schrijven.

Er zijn foto's bij van kinderen net zo oud als zijzelf, die in een weverij of steenhouwerij werken of op de vuilnisbelt naar spullen zoeken die ze nog kunnen ge-bruiken.

Vooral de sloppenwijken waar kinderen in hutjes van golfplaat en karton slapen en eten zoeken in de vuilnis-bak van een hotel, maken indruk.

Felix en Tom kijken er met ernstige gezichten naar.

'Kunnen wij ze helpen?' vraagt Felix. 'Als ik mijn bord niet leeg eet, dan zegt oma Rebecca altijd dat arme kin-deren er blij mee zouden zijn, maar wat ik niet lust kan ik toch niet opsturen?'

'Met het vliegtuig gaat het wel snel, hoor.' Tom kijkt zijn broer met grote ogen aan.

Het ontroert Charlotte. Ze knuffelt haar broertjes.

Soms zijn ze lastig, maar nu heel lief.

'Eten sturen dat je zelf niet lust is niet zo slim,' mengt hun moeder zich in het gesprek. 'Maar jullie kunnen wat van je zakgeld in een potje doen. Dan stop ik er ook af en toe wat in en als we veel geld hebben gespaard, sturen we dat naar tante Naomi in India. Ze kent vast wel een gezin dat het goed kan gebruiken.'

Charlotte krijgt kleedgeld en vaak legt ze haar zakgeld daarbij, maar Felix en Tom rennen met hun zakgeld meteen naar de Twijnstraat om snoep of Pokémonplaatjes te kopen. Maar nu reageren ze enthousiast en ze besluiten dat ze van de euro zakgeld die ze iedere zaterdag krijgen, vijftig cent in een jampot stoppen en bij de buren karweitjes gaan doen.

Charlotte is ook onder de indruk van de foto's. 'Ik wil later iets gaan doen om arme mensen te helpen,' zegt ze. 'Misschien kan ik net zoals tante Naomi foto's maken of artikelen schrijven.'

Ook haar broertjes denken er nog een tijdje over na. Tom wil weten of de kinderen in India wel genoeg vitamientjes binnen krijgen als ze geen fruit eten.

'Ik vind het raar, dat de kinderen werken, dat moeten de vaders en moeders toch doen?' vindt Felix en hij vraagt zich af of ze voor dat harde werken in de weverij wel genoeg geld krijgen, want dan zouden ze toch eten kunnen kopen en geen honger hebben!

Bij wereldoriëntatie heeft Charlottes leraar het gehad over de Rechten van het Kind, waar landen zoals India zich niet aan houden. Ze aarzelt of ze haar broertjes zal vertellen dat de bazen liever kinderen aannemen omdat die goedkoper zijn. Dat veel volwassenen voor datzelfde lage bedrag niet willen werken. Dat ze leningen bij de bazen afsluiten en steeds dieper in de schulden komen, omdat ze van het karige loon het uitstaande geld nooit af kunnen lossen. Daardoor moeten hun kinderen blijven werken in plaats van naar school te gaan.

Kansloos zijn ze, miljoenen kinderen, niet alleen in India, maar over de hele wereld.

Ze kijkt naar de ernstige gezichtjes van haar broertjes, die elk aan een kant naast haar voor de computer zitten.

'Hier ontbreekt het kinderen aan niets,' had de leraar gezegd. 'Jullie hebben een warm bed, krijgen liefde en aandacht, goede verzorging, genoeg te eten en te drinken, speelgoed. Jullie gaan naar school. In een groot deel van de wereld is dat anders.'

Charlotte besluit daarover niets aan Felix en Tom te zeggen. Ze zijn nog zo klein. Laat ze nu nog maar argeloos denken, dat hun halve euro zakgeld een jongen of een meisje in een ver land gelukkig zal maken.

'Kijk, Charlotte,' roept Felix, terwijl hij naar het scherm wijst, 'er komt weer een berichtje binnen.'

Het zijn foto's van tante Naomi van feesten in India. Vrolijk lachende mensen bekogelen elkaar met gekleurde verf. Vrouwen duwen bij zonsopgang brandende vetpotjes de Ganges op om een zegen voor de dag te vragen. Mooi versierde olifanten lopen langs een juichende menigte.

'Gelukkig vieren ze ook feest!' zegt Felix opgelucht.

Als ze alle foto's bekeken hebben en een briefje naar tante Naomi hebben gemaild, willen Felix en Tom nog even buiten spelen.

'Niet naar de Maanenburg gaan, denk erom!' waarschuwt hun moeder.

'We zakken heus niet zoals papa door de ruitjes van de koepel, hoor,' zegt Felix eigenwijs.

'Blijf nou maar Onder de Linden, dan kan ik jullie in de gaten houden en met niemand meegaan.'

Felix pakt zijn fiets en Tom zijn step en weg zijn ze. Een ogenblik later roetsjen ze samen keer op keer de heuvel bij de Sterrenwacht af.

Charlotte beantwoordt nog wat mails van vriendinnen en kijkt even bij oma Rebecca. Ze maken zich zorgen om haar. De laatste tijd eet ze slecht en ze slaapt uren achterelkaar, maar als ze wakker is kan ze onverwacht helder zijn, dan blijft Charlotte vaak bij haar zitten. Ze leest voor uit haar lievelingsboek, ook als ze in slaap valt, want ze hoopt dat ze dan mooie dromen heeft. Soms haalt oma Rebecca moeilijk en zwaar adem, ook nu. Haar ogen zijn gesloten en aan haar snelle oogbewegingen ziet Charlotte dat ze droomt. Haar moeder zit naast haar en houdt haar hand vast. Ze legt haar wijsvinger tegen haar lippen als Charlotte binnenkomt.

'Blijf jij maar bij haar,' fluistert ze. 'Ik pak even wat.'

Binnen vijf minuten komt ze terug met een schetsblok en krijtjes. Ze gaat naast Charlotte zitten en tekent alle dingen waarvan ze weet dat haar schoonmoeder gelukkig wordt. Ze tekent bloemen en vlinders en Felix en Tom, die in een teil in de tuin spetteren. Ze schetst herinneringen van lang geleden. Charlotte kijkt er verbaasd, maar ook met bewondering naar.

Haar moeder tekent oma Rebecca toen ze jong was en haar grootmoeder Louise, die haar en haar vader op de bevroren Tolsteegsingel leerde schaatsen. Ze maakt een schets van oma Rebecca en grootmoeder Louise terwijl ze samen oliebollen bakken in de keuken. Ze tekent zichzelf en Charlottes vader als kleuters, spelend in de zonnige tuin onder de blauwe regen. Ze tekent de zwanen en eenden in de gracht en de glinstering op het water. Ze tekent de kastanjes en eikels waar ze vroeger poppetjes van maakten en de pindasnoeren die Felix en Tom in de winter voor de vogels in de tuin hangen.

'Wil jij ze op de muur tegenover het voeteneinde van oma's bed hangen?' vraagt ze aan Charlotte.

'Moet die oude tekening van de zonsondergang eraf?'

'Nee, laat die maar hangen. Ik heb hem ooit, toen ik klein was, voor mijn grootmoeder getekend. Van oma Rebecca moest die oude kindertekening blijven hangen toen ze hier kwam wonen. Ze denkt dat de hemel er zo uitziet.'

De dagen daarna gaat oma Rebecca steeds slechter eten. Ze waarschuwen de huisarts, die belooft dagelijks langs te komen. Iedereen maakt zich bezorgd om haar. Charlottes moeder kookt vaak soep: groentesoep, kippensoep, pompoensoep, spinaziesoep. Oma Rebecca zegt dat het erg lekker is, maar ze neemt maar een paar hapjes. Charlotte probeert appelmoes met puree.

'Oma, ik heb appels geplukt in de tuin en daar heeft mama appelmoes van gemaakt. Neem nou toch wat!'

Oma Rebecca neemt een hapje, maar ze slikt het niet door en wil ook niets drinken.

Als het een week zo doorgaat neemt Charlottes moeder op een middag de huisarts na zijn dagelijkse bezoek mee naar de keuken. Charlotte helpt haar moeder zoveel mogelijk en schilt alvast de aardappels aan de tafel met het rood-wit geblokte kleed.

Haar moeder en de dokter komen naast haar zitten.

'Geef me eens raad, dokter?' vraagt haar moeder. 'Mijn schoonmoeder wil niet eten en niet drinken, wat ik ook probeer.'

De arts kijkt hen vanachter zijn grote brillenglazen vaderlijk aan en legt een hand op haar schouder.

'Ze is aan het versterven, Elise,' zegt hij zacht. 'Als ze niet eet en niet drinkt, komt de dood sneller. Ik begrijp dat je haar nog een tijdje bij je wilt houden en zo zal Charlotte en de rest van de familie er ook over denken, maar ze wil niet meer. Ze is oud en ziek en heeft geen kracht meer. Jullie moeten haar laten gaan. Hoe raar het ook klinkt, maar loslaten doe je ook uit liefde. Jullie willen toch niet dat ze langer lijdt dan nodig is?'

Charlottes moeder krijgt een onbedaarlijke huilbui en Charlotte huilt vanzelf mee. Uit zijn tas haalt de dokter een flesje valeriaan. Hij pakt uit de kast twee glazen, doet in elk glas tien druppels van de donkerbruine vloeistof en vult ze met water.

'Hier,' zegt hij, 'drinken jullie dit maar op. Jullie moeten nog even sterk zijn. Het zal niet lang meer duren.'

'We zullen flink zijn,' hoort Charlotte haar moeder zacht zeggen. Ze droogt haar tranen met een papieren zakdoekje.

'Dat weet ik,' zegt de huisarts. Hij staat moeizaam op. Hij is al wat ouder en stram, maar hij kan nog steeds troosten en vertrouwen schenken. Dat helpt hen.

Vanaf die tijd kookt Charlottes moeder geen soep meer.

Het was een droge zomer en op het terras in de tuin liggen verdorde bladeren. 's Morgens glinsteren er weer dauwdruppels in de zon. De kat van de buren ligt vaak lui op het dak van de schuur en brutale mussen pikken broodkorstjes uit het door Felix getimmerde voederhuisje.

Zolang het nog kan zitten ze 's avonds in de tuin in de schemering, ook nu.

Felix en Tom slapen al en ook oma Rebecca ligt diep weggedoken onder haar dekbed in de zijkamer. Ze gaan steeds even bij haar kijken.

'Ik moet vaak aan vroeger denken, aan de laatste dagen van mijn grootmoeder,' hoort Charlotte haar moeder zacht zeggen. Charlotte kijkt haar bezorgd aan. Dingen die nu gebeuren en die lijken op situaties uit het verleden, trekken oude herinneringen naar boven, dat heeft ze al zo vaak gemerkt. Daar wordt haar moeder verdrietig van.

Haar vader die boven zijn administratie zat bij te werken, loopt de tuin in en klapt een tuinstoel uit.

'Ik heb net nog even bij mama gekeken,' zegt hij. 'Ze

slaapt rustig.'

Hij geeft Charlotte een blikje cola en schenkt twee glazen wijn in.

'Heb je nog chips, mam?'

'Kijk maar even in de keukenkast. Ik weet niet of er
nog wat over is. Felix en Tom hebben vanmiddag met
vriendjes de kast geplunderd.'

Ze zwijgen een tijdje, elk met hun eigen gedachten die
allemaal om oma Rebecca draaien.

'Ik zal Rebecca zo missen. Toen mijn grootmoeder
stierf was ik een jaar of tien en zij zorgde voor me. Ik
herinner me dat veel oude vrienden afscheid van haar
kwamen nemen. Freule Mathilde stond voor de deur
en Dora kwam over uit Groningen. Opa Toeter zat regelmatig naast haar.'

Charlottes vader knikt. 'Hij wist niet goed wat hij moest
zeggen en hield alleen haar hand vast, waar hij zacht
over streek, en dan stonden zijn vrolijke ogen verdrietig.'

'Omdat Rebecca hielp, moest je vader jou en Naomi
verzorgen. Hij kwam vroeger thuis, maar hij was erg
onhandig.'

'Ja, hij stuurde me regelmatig naar mijn moeder om
bijvoorbeeld te vragen hoe je andijvie klaar moest maken en wat we moesten eten, als de aardappelen aan-
gebrand waren.'

Charlotte schiet in de lach. 'Hoe ging dat dan met de
was? Lukte hem dat wel?'

'Die probeerde hij te strijken, maar hij verschroeide
oma Rebecca's mooiste jurk en toen hij de badkamer

schrobde, gebruikte hij zoveel schoonmaakmiddel, dat zelfs na een paar keer spoelen de vloer bleef glibberen, zodat we er niet op konden lopen zonder uit te glijden.'

'En je moeder zuchtte en vond dat hij beter alleen voor de kinderen kon zorgen, dan zou zij de rest wel doen,' zegt Charlottes moeder.

'Ja, en toen werd mijn vader een speel- en knuffelvader. Hij genoot ervan, want vroeger had hij daar nooit tijd voor. Nu moest hij wel.'

'Ik herinner me nog dat we macaroni beschilderden en er kettingen van regen. Van bierdoppen en glinsterend folie maakten we mobiles, die hingen we in de tuin in de appelboom. Door de wind leek het geluid dat ze maakten op zingende elfjes.'

'Vooral grootmoeder Louise vond de mobiles mooi. Ze luisterde naar het getinkel en het gefluit van de vogels en dan glimlachte ze.'

'Op een warme zomernamiddag zei ze: "Het lijkt wel of de engelen me al roepen." Ik heb er vaak stilletjes om gehuild, want ik wist dat ze niet lang meer zou leven.'

'Net zoals nu met oma Rebecca,' zegt Charlotte zacht.

'Ja, net zoals nu met oma Rebecca,' antwoordt haar vader. 'Maar toen moesten de engelen nog even geduld hebben, want de bruiloft wilde grootmoeder Louise per se nog meemaken.'

'Er werd een rolstoel geregeld en oma Rebecca kocht in de stad een lichtblauw mantelpakje met een witte blouse voor haar, want ze wilde dat de moeder van de bruidegom er mooi uit zou zien.'

'Weet je nog dat Rosa, de aanstaande bruid, katoenen stoffen kwam laten zien, waarvan ze voor hun nieuwe bovenhuis gordijnen zou naaien?'

Charlottes moeder schudt haar hoofd.

'Je grootmoeder vroeg of ze een touwladder wilde maken, zodat zij en Daan in geval van nood naar buiten konden klimmen.'

'Ja, maar ik begreep toen niet waarom ze dat zei. Ze was natuurlijk bang dat Daan en Rosa hetzelfde zou overkomen als mijn ouders.'

'Rosa stelde haar gerust en zei dat ze van Daan hield en goed voor hem zou zorgen.'

'Weet jij nog wat van de bruiloft?'

Charlottes moeder denkt even na. Haar ogen glinsteren als ze vertelt wat ze zich nog herinnert.

'Op de dag van de bruiloft was iedereen vroeg op. Rebecca hielp eerst mijn grootmoeder en daarna mij. Met een elektrische tang maakte ze krullen in mijn haar. Ik voelde me net een prinses in mijn mooie bruidsmeisjesjurk, met mijn nieuwe schoenen en de bloemenkrans in mijn haar.'

'Weet je nog wat over de huwelijksvoltrekking?' vraagt Charlotte.

'Ik weet er niet veel meer van.' Ze kijkt op haar horloge. 'Je moet naar bed. Morgen ben je jarig en Felix en Tom zullen je vroeg wakker zingen.'

'Ach, nog even. Weet je echt niets meer van de bruiloft?'

'Ik weet alleen nog dat mijn grootmoeder Louise kaarsrecht in de rolstoel zat en genoot, maar tijdens de receptie wilde ze naar huis. Ze was moe en wilde naar bed. Ze had ook gemerkt dat ik achter mijn hand zat te gapen, want het was een lange dag. Oma Rebecca bracht ons naar huis, maakte wat te eten klaar en stopte mijn grootmoeder in bed. Ze ging even bij de buren kijken die op Naomi zouden passen en haastte zich daarna terug naar het feest.'

'Toen ben je zeker ook snel gaan slapen?'

'Grootmoeder Louise zei dat ik even naast haar moest komen liggen en dat we de volgende dag wel meer over het feest zouden horen. Ik kroop naast haar met mijn hoofd in de buiging van haar arm en Stippel sprong op het voeteneinde en ging tegen mijn benen aan liggen als een warm kacheltje. We praatten even over de mooie dag, maar vielen snel in slaap. De volgende morgen werden we wakker door de zon die door een kier van het gordijn naar binnen scheen. Er lag een plaid over me heen. Mijn jurk was gekreukt, maar de bloemenkrans zat nog in mijn haar.'

Charlotte ziet het voor zich.

'En weet je wat mijn grootmoeder zei? "Ik heb voor het eerst in mijn leven naast een prinses geslapen." Ze glimlachte naar me, zoals ze altijd deed als ik iets grappigs had gezegd of gedaan.'

29

De volgende morgen, als de zon nog maar net op is, wordt Charlotte gewekt door haar broertjes die enthousiast en een beetje vals 'Lang zal ze leven' zingen.

Charlotte kijkt op haar wekkertje. Het is pas zes uur.

'Hallo, hé, wat zijn jullie vroeg,' zegt ze gapend.

'Ja, maar je bent jarig en wij willen je het eerst feliciteren.'

'Nou, dat is gelukt!' zegt Charlotte. Ze slaat het dekbed terug en ze kruipen elk aan een kant naast haar.

'Zullen we nog even gaan slapen?' stelt ze voor, maar daar willen Felix en Tom niets van weten. Ze geven haar tekeningen en Tom pakt plakband van het bureau en hangt ze aan de muur boven haar bed.

'Mooi, hè!' zegt hij trots.

'Heel mooi! Ik ben er blij mee.'

'Laat je ze altijd hangen?' wil Felix weten.

'Voorlopig wel!'

'Dan is het goed,' zegt Tom en hij kruipt tegen haar aan. 'Wil je me op mijn rug kriebelen?'

Charlotte zucht, maar ze doet het toch, dan blijft hij

in ieder geval stil liggen en misschien valt hij nog even in slaap. Ze boft want doordat ze dicht tegen elkaar aan liggen onder het warme dekbed, soezen ze alle drie weer in. Ze schrikken wakker als hun ouders voor het bed staan. Charlotte zou zich het liefst om willen draaien om nog even te slapen, maar Tom schudt haar door elkaar.

'Doe je ogen open, Charlotte. Papa en mama zijn er met cadeautjes.'

Charlotte krijgt de rugzak die ze heel graag wilde hebben voor het nieuwe schooljaar en haar moeder geeft haar een pakje met rood glinsterend papier eromheen. Charlotte maakt het verbaasd open. Ze herkent meteen het kleine doosje. Ze opent het en in blauw fluweel ligt de antieke bedelarmband, die in de familie al meer dan honderd jaar overging van moeder op dochter.

Ze kijkt haar moeder verbaasd aan. 'Wil je hem echt niet zelf houden?' vraagt ze. 'Je hebt er zo lang naar gezocht.'

'Hij is voor jou. Jij bent mijn oudste dochter en als je zelf later nog een dochtertje krijgt, geef dan de bedelarmband aan haar door. Zo blijft hij in de familie.'

Charlotte bekijkt de bedeltjes. Ze zijn glimmend gepoetst, zelfs het gedeukte steelpannetje, dat zwart uitgeslagen was, blinkt in de ochtendzon die door het raam naar binnen valt.

'Ik zal er heel zuinig op zijn!' Ze geeft haar moeder een kus. Het is bijzonder dat ze de armband nu al krijgt. Hoeveel vrouwen in de familie hebben hem gedragen? Hoe vaak zijn ze hem kwijt geweest, maar altijd hebben ze hem weer gevonden. Gaf de armband aan alle vrouwen die hem droegen troost in verdrietige tijden of schonk hij door de betekenis van de bedeltjes de kracht om door te zetten, wat er ook gebeurde? Uit de verhalen weet ze dat haar overgrootmoeder Louise een sterke vrouw was. En ook haar betovergrootmoeder, die met haar kinderen tijdens de Eerste Wereldoorlog alleen naar een vreemd land ging, stond stevig met haar beide benen op de grond.

Zal de armband haar ook helpen om sterk te zijn, anderen te helpen en problemen te overwinnen?

Als haar ouders en broertjes gaan douchen en aankleden, blijft zij nog even liggen. Ze heeft geen haast. In de laatste week voor de grote vakantie vallen er veel lesuren uit. Ze moet pas om tien voor elf op school zijn.

Ze bekijkt de bedeltjes één voor één en denkt aan de betekenis, zoals alle vrouwen in de familie voor haar hebben gedaan. Ze begrijpt dat de armband heel bijzonder is.

Als ze merkt dat Felix en Tom klaar zijn in de badkamer, springt zij ook uit bed om zich te wassen en aan te kleden. Als ze beneden is, loopt ze de zijkamer in om even bij oma Rebecca te kijken. Ze wil haar graag de bedelarmband laten zien en haar vertellen hoe blij ze ermee is.

Haar moeder zit naast oma Rebecca. Ze veegt met een nat washandje over haar voorhoofd.

'Hoe is het met haar?' vraagt Charlotte. Haar moeder schudt haar hoofd. 'Ze gaat snel achteruit.'

Charlotte ziet het. Haar oma ligt stil voor zich uit te

staren met ogen, die ver weg zijn, zo ver, dat ze haar niet meer kunnen bereiken. Ze is mager geworden en haar wangen zijn grauw en ingevallen. Onder haar ogen ligt een doorschijnende waas. Haar ademhaling is zwak en onregelmatig, stokt zelfs af en toe. Dan houdt Charlotte, net als haar moeder, haar adem in, maar toch komt er steeds weer een zucht. Felix en Tom hebben tekeningen voor haar gemaakt en naast haar op het nachtkastje gezet.

'Dat is de hemel,' had de kleine Tom gezegd. Hij begreep dat het niet goed ging met oma Rebecca. Hij wees naar de kleurige bloemen, vlinders en engeltjes. 'Als ze die niet kan vinden, wijst mijn tekening haar de weg.'

'Ja, en ik hoop dat ze haar papa en mama tegenkomt,' had Felix met een ernstig gezicht gezegd. Hij was zachtjes gaan huilen en bij zijn moeder op schoot gekropen.

Charlotte zou zaterdag haar verjaardagsfeestje in de werfkelder houden. Haar vader had haar geholpen met het ophangen van de gekleurde lampjes en ze hadden kussens en stoelen van zolder gehaald. En Felix en Tom hadden van crêpepapier slingers gemaakt en aan de balken vastgemaakt.

Maar op de vrijdagavond daarvoor, als een storm door de stad raast en de kinderhoofdjes op de gracht glimmen in het licht van de lantaarns, staat de dokter voor de deur, hoewel hij 's middags ook al is geweest.

'Waarschuw de familie,' zegt hij. 'Het duurt niet lang meer.'

'Wij zijn haar enige familie,' zegt Charlottes vader. De dokter knikt. Hij kent de familiegeschiedenis. 'En mijn zus zit in het vliegtuig uit India. Ik heb haar gebeld en hoop dat ze op tijd komt om afscheid te nemen.'

Af en toe voelt de dokter oma Rebecca's pols en Charlottes moeder bevochtigt met een wattenstokje voorzichtig haar lippen, die ruw en uitgedroogd zijn. Aan haar gezicht ziet Charlotte dat ze wat er nu gebeurt eerder mee heeft gemaakt. Oude herinneringen komen boven en maken haar verdriet groter. Als haar vader binnenkomt om hen af te lossen, gaat Charlotte met haar moeder naar de keuken.

'Gaat het mam?' vraagt ze. 'Zal ik wat te drinken voor je inschenken?'

Ze schudt haar hoofd.

'Oma Rebecca was als een moeder voor me. We gaan haar missen en dat wil ik niet.'

'Je dacht zeker aan de dood van grootmoeder Louise.'

'Ik mocht er niet bij blijven toen ze stierf, want het was al donker en ik moest naar bed. Oma Rebecca vroeg of ze me even onder zou stoppen. Het klonk raar, want mijn grootmoeder zei altijd dat ze me eens lekker in zou duffelen. Ze kwam naast me liggen en ze had een arm om me heen geslagen. Ze rook zwaar en donker, heel anders dan mijn grootmoeder. Het leek alsof ik haar verdriet kon ruiken. Ze streek met haar hand door mijn haar en legde me uit, dat alles anders zou worden, maar ze zei dat ze van me hield en dat ik met al mijn vragen en al mijn zorgen bij haar terecht kon, zolang ze zou leven. En nu gaat ze dood.'

Ze bijt op haar lip. Ik moet nu de sterkste zijn, denkt Charlotte. Ze slaat een arm om haar moeders schouder en zegt: 'Maar ze heeft haar belofte waargemaakt, mam. Ze houdt heel veel van je.'

Naomi komt op tijd om afscheid van haar moeder te nemen. Die nacht glijdt oma Rebecca in haar slaap rustig en kalm weg. Ze zijn ontroostbaar. Charlotte belt al haar klasgenoten op om haar verjaarsfeestje af te zeggen.

Over het huis hangt een stilte als een loodzware deken. Het lijkt alsof de vogels niet meer fluiten en de duiven niet meer durven te koeren. Voor de zon hangen sluierwolken. Charlottes ouders praten in de huiskamer zacht over de dingen die geregeld moeten worden. Er worden bloemstukken gebracht en in de zijkamer bij oma Rebecca gelegd.

Felix en Tom willen niet buiten spelen. Ze lopen met bleke gezichtjes op hun tenen door de gang en beginnen zomaar ineens te huilen. Charlotte zet ze aan de keukentafel met kleurtjes en papier.

'Maak maar een mooie tekening voor oma Rebecca, dan leggen we die naast haar.'

Ze gaat bij hen aan tafel zitten, het zal anders zijn zonder oma Rebecca. Zij was degene die haar vaak over vroeger vertelde. Nu moet ze het hebben van de herinneringen van haar moeder. Ze had Charlotte verteld dat ze tien jaar was toen grootmoeder Louise stierf. Mensen liepen af en aan en familie uit België kwam over. Ze had hen horen vragen wat er nu met het kind moest gebeuren en toen ze haar in een hoekje zagen zitten, zwegen ze abrupt en begonnen ze in het Frans te praten. Ze wisten niet dat haar grootmoeder haar Frans had geleerd. Ze verstond alles.

Al haar grootmoeders vriendinnen kwamen condoleren en waren van slag. Oma Rebecca gaf ze als troost in de huiskamer een glaasje advocaat of boerenjongens en daar knapten ze meestal van op. Ze begonnen vrolijk te babbelen over dingen die niets met de dood van grootmoeder Louise te maken hadden.

'Ik werd er boos en verdrietig van,' vertelde Charlottes moeder. 'Ik ging op bed liggen in mijn kleine zolderkamertje. Daar had ik me altijd veilig gevoeld, want ik wist dat mijn grootmoeder beneden was of in de kamer naast me sliep, maar dat was voorgoed voorbij.'

Het gevoel dat haar moeder toen had onder de krakende dakpannen, voelt Charlotte ook. Ze weet dat haar moeder haar hele leven last heeft gehad van die leegte en dat gemis. Zij mist oma Rebecca nu al. Ze wil haar horen lachen, haar zachte armen om haar heen voelen en haar natte haar ruiken als ze uit de douche komt, maar ze beseft, net als haar moeder toen ze klein was, dat dat verleden tijd is.

Ze wrijft in haar ogen. Ze wil nu niet huilen. Ze wil Felix en Tom niet van streek maken, maar Tom heeft het toch gezien. Hij slaat zijn armen om haar heen en drukt zijn warme wangen tegen de hare.

'Niet huilen, Charlotte, want dan moet ik het ook.' Hij voegt de daad bij het woord en ook Felix begint te snotteren.

Het lucht op. Charlotte pakt papieren zakdoekjes en geeft hen er een.

'Het is verdrietig als iemand sterft waar je van houdt,' zegt ze zacht. 'Voor mama is het ook niet gemakkelijk, want haar grootmoeder Louise stierf toen ze maar een jaar ouder was dan Felix nu.'

Hij kijkt haar ernstig aan. 'Papa zei laatst tegen me dat we leuke dingen moeten doen, want die kan je je als je groot bent nog herinneren.'

Charlotte slikt haar tranen weg. Ze is gek op haar broertjes. Het zijn twee boefjes, maar heel gevoelig en kwetsbaar. Net als ikzelf, schiet door haar heen.

'Weet jij nog iets leuks over mama's oma Louise? Jij bent de oudste. Ze heeft jou de meeste verhalen verteld,' vraagt Tom.

'Even nadenken, hoor,' zegt Charlotte en ze fronst haar voorhoofd. 'Ik weet nog een verhaal. Mama's grootvader ging iedere zondag met het psalmboek onder zijn arm naar de kerk en dan kroop mama bij grootmoeder Louise in bed. Ze vertelde haar zelfverzonnen sprookjes. Ze aten een beschuitje in bed en dan lag het bed helemaal vol kruimels.'

'En daar kwamen de muizen op af!' roept Tom opgewonden. 'Ik zag er laatst een op zolder.'

'Dan moeten we op muizenjacht.'

'We strooien kaaskorstjes, dan kan je ze naar buiten lokken,' stelt Felix voor.

Charlotte is blij dat ze weer lachen.

'Vertel nog eens wat leuks?' Tom lacht ondeugend.

'Dat kan je toch beter aan mama zelf vragen,' antwoordt Charlotte. Ze is eigenlijk niet in de stemming om zich leuke dingen te herinneren, maar ze probeert het toch en vertelt dat mama en haar grootmoeder altijd hondenbrokken in hun jaszak hadden voor de straathonden.

'Liepen ze achter hen aan?' vraagt Felix.

'Wat dacht je dan? Natuurlijk, want die honden kenden hen.'

Tante Naomi komt de keuken in. 'Ik weet nog dat jullie papa en mama toen ze klein waren een keer kappertje speelden. Al jullie papa's krullen lagen op de grond, dat had mama gedaan. Gelukkig merkte oma Rebecca het en die zorgde ervoor dat je mama's vlechten er niet afgeknipt werden.'

De jongetjes lachen.

'Wat zal papa boos geweest zijn, want hij wilde natuurlijk ook een keer kapper zijn.'

'En ze hebben ook eens op het politiebureau gezeten,' gaat tante Naomi verder. 'Ze hadden bij de groenteman in de Twijnstraat een worteltje gestolen. De groenteman vond het niet erg, maar er kwam toevallig een agent langs die het zag en toen moesten ze mee naar het bureau om strafregels te schrijven.'

'Toen hebben ze zeker nooit meer wat gepikt!' roept Felix opgewonden.

'Het lijkt me anders wel spannend als je mee moet naar het politiebureau.' Tom verkneukelt zich bij de gedachte. 'Kregen ze water en brood en zaten er spinnen op?'

Charlotte en haar tante Naomi knipogen naar elkaar.

Oma Rebecca zei altijd tegen de jongens als ze stout waren dat de politie hen kwam halen. Dan kregen ze alleen water en brood te eten en het wemelde op het politiebureau van de spinnen omdat de agenten door alle stoute jongetjes geen tijd hadden om te poetsen.

Het was een succesverhaal, dat oma Rebecca gebruikte als ze ruzie hadden. Het hielp meestal, want ze fantaseerden over het politiebureau en Felix en Tom besloten dat hen dat nooit zou overkomen.

Charlotte glimlacht bij de herinnering. Oma Rebecca is er niet meer, maar haar verhalen leven door. Misschien vertellen haar kleinzonen ze later aan hun eigen kinderen.

Het stelt Charlotte gerust. Nu zijn haar ouders en tante Naomi nog de enigen die haar dingen over vroeger kunnen vertellen. En door alles wat ze de laatste tijd meemaken, begint het verleden bij haar moeder weer te leven. Alsof emoties die ze diep weggestopt heeft uit het donker tevoorschijn komen en haar ineens duidelijk worden.

30

De zomervakantie begint. Charlotte heeft een goed rapport en ook Felix en Tom zijn over.

'Ik heb een acht voor gym,' zegt Tom. Er staan nog meer goede cijfers op zijn lijst, maar het cijfer voor gymnastiek vindt hij het belangrijkst.

'Ik krijg volgend jaar aardrijkskundeles over de hele wereld. Dan ga ik goed opletten, want ik wil net als tante Naomi verre reizen maken!' zegt Felix enthousiast.

Naomi zou het liefst nog een tijdje willen blijven, maar anderhalve week na de begrafenis moet ze weer terug naar India.

'Ik heb contact met een actievoerder tegen kinderarbeid,' vertelt ze. 'Hij bevrijdt kinderen die onder slechte omstandigheden moeten werken. Hij zorgt ervoor dat ze in een Mukti Ashram, een soort kinderdorp, opgevangen worden om weer aan te sterken en hun trauma's kwijt te raken. Ze gaan er ook naar school en leren een beroep, zodat ze later meer kansen krijgen en voor zichzelf kunnen zorgen. Hij doet goed werk, ik bewonder hem. Hij schrijft er artikelen over en hij wil graag mijn foto's erbij plaatsen.'

Ze bloost, daaraan merken Charlotte en haar moeder dat er meer aan de hand is dan ze wil vertellen, maar ze worden afgeleid door Felix en Tom die in het park de eerste kastanjes willen zoeken en een plastic zak nodig hebben.

Als haar broertjes naar buiten zijn, merkt Charlotte dat Naomi achter de computer een ticket naar India reserveert.

'Ga je nu al weg, tante Naomi?' vraagt ze. 'Je kunt toch nog wel een weekje blijven?'

'Waarom heb je zo'n haast?' vraagt haar moeder. 'Het wordt zo stil in huis als jij ook weg bent.'

Maar Naomi schudt vastberaden haar hoofd. 'Nee, ik verlang naar...' Haar stem hapert. 'Ik wil weer naar India. Het werk wacht.'

Ze dringen niet verder aan. Ze kennen Naomi. Ze weet precies wat ze wil en geen mens die eenmaal gemaakte plannen uit haar hoofd kan praten.

'Wanneer ga je?'

'Woensdagmiddag om halfdrie vertrekt er een toestel rechtstreeks naar Delhi. Het is de eerste mogelijkheid.'

'Morgen al!' Charlotte kijkt haar onthutst aan.

'Kan ik je niet van gedachten laten veranderen?' vraagt Charlottes moeder met een zucht.

'Misschien wil je me met de kinderen wegbrengen. Het is vakantie en als we wat vroeger gaan, kunnen we boven in het restaurant wat drinken en de vertrekkende vliegtuigen zien.'

'Ja!' roept Charlotte, 'dat zullen Felix en Tom ook leuk vinden. Dan kunnen we je uitzwaaien.'

'Het lijkt me een prima idee,' zegt haar moeder. 'Na alle spanning van de laatste tijd is afleiding goed.'

Na een halfuur komen Felix en Tom een beetje teleurgesteld thuis. Ze hebben maar een handje vol kastanjes gevonden.

'De meeste zitten nog aan de bomen,' zegt Felix. 'We zijn een beetje te vroeg met zoeken.'

'Ik verveel me,' moppert Tom. 'Was oma Rebecca er nog maar, dan las ze ons wel voor of dan gingen we knutselen.'

Hij hangt lusteloos in een stoel, maar veert overeind als hun moeder vertelt dat ze de volgende dag tante Naomi naar Schiphol gaan brengen.

Ook Felix reageert enthousiast. 'Gaan we vliegtuigen kijken?' vraagt hij. 'Leuk, maar waarom gaan we naar het vliegveld?' Hij fronst zijn wenkbrauwen. 'Ga je weer weg, tante Naomi?'

Ze knikt. 'Ik moet echt weer aan het werk, maar ik zal jullie mailen en foto's sturen. Dan weten jullie precies wat ik doe.'

Tom komt met een ernstig gezicht naast haar staan.

'Tante Naomi, vliegtuigen vliegen boven de wolken, hè?'

Naomi slaat een arm om haar neefje heen en knikt. 'Hoog boven de wolken. De lucht is daar helder blauw.'

'Misschien is dat de hemel,' zegt hij zacht. 'Wil je kijken of je oma Rebecca ziet? Ik wil zeker weten of ze het gevonden heeft.'

Naomi's ogen worden vochtig. Ze slikt een paar keer voor ze antwoord geeft.

'Ik zal kijken, Tommy,' fluistert ze in zijn oor. 'Misschien zie ik haar niet zo gauw, want een vliegtuig gaat snel, maar in die blauwe lucht zal ze vast wel ergens zijn en dan doe ik haar de groeten!'

Het jongetje knikt tevreden.

'Doe haar ook maar de groeten van mij,' zegt Felix.

De volgende dag stappen ze al vroeg in de auto. Op Schiphol komen Felix en Tom ogen tekort. Charlotte luistert met een half oor naar het gesprek dat haar moeder en tante Naomi voeren over wat er met de spulletjes van oma Rebecca moet gebeuren. Ze verstaat niet alles door de enthousiaste kreten van haar broertjes, die hun neus tegen de ramen van het restaurant duwen om maar geen opstijgend vliegtuig te hoeven missen.

Maar als het tijd is dat tante Naomi naar de douane moet, beseffen ze allemaal, dat ze hun lievelingstante weer een hele tijd moeten missen.

Tom wil het liefst mee en klampt zich aan haar vast. Na veel knuffels zwaaien ze haar uit totdat ze achter de douane is verdwenen.

Op de terugweg staan ze lang in de file en ze komen pas tegen zes uur thuis.

'Het was fijn, mama!' zegt Felix terwijl hij haar hand pakt. 'We hebben een leuke herinnering voor later gemaakt!'

Charlotte ziet dat haar moeder glimlacht. Die wijsneus! Ze weet dat hij papa napraat, maar hij heeft gelijk, zo werkt het!

'Wat eten we, mam?' vraagt Tom die altijd trek heeft.

'Papa eet met collega's in de stad. Ik heb niet zo'n zin om me druk te maken. Zullen we brood met een gebakken eitje eten?'

Ze vinden het een goed idee. Charlotte helpt haar moeder, dekt de tafel en smeert het brood. Na het eten gaan Felix en Tom nog even naar buiten.

'We mogen zeker wel laat thuis komen?' vraagt Felix. 'Het is vakantie.'

'De honden worden in het park uitgelaten. Als alle mensen weggaan, komen jullie ook naar huis.'

Als de jongens naar buiten rennen, valt Charlotte de stilte op. Papa moet overwerken, tante Naomi zit in het vliegtuig en oma Rebecca is er niet meer.

Haar moeder wrijft in gedachten verzonken over het rood-wit geblokte tafelkleed.

Charlotte durft niets te zeggen, maar onverwacht begint haar moeder te praten.

'Ik herinner me nog, dat ik na de dood van grootmoeder Louise op een avond in de linnenkast was gekropen en de deur achter me dicht had getrokken. Het was er donker, maar daar hingen de jurken van mijn grootmoeder, die zoet geurden naar wasmiddel en lavendel, dat ze in kleine zakjes tussen de handdoeken en lakens stopte.'

'Het was in huis zeker net zo stil als nu,' zegt Charlotte begrijpend.

Ze knikt. 'En het was er warm. Ik zakte weg in een droom die me gelukkig maakte. Ik hoorde de stem van mijn grootmoeder en ik voelde haar armen om me heen. Ze hield me stevig vast.'

'Vroegen je ooms zich niet af waar je was? Ze zullen je toch wel gemist hebben?'

'Oom Daan vond me. Hij was ongerust, maar ik was boos omdat hij me wekte uit een mooie droom. Ik moest afscheid nemen van mijn grootmoeder. Twee mannen van het mortuarium zouden haar komen halen, want de familie had besloten dat ze beter niet in de zijkamer opgebaard kon liggen. Het was er veel te warm. Ik begreep destijds de echte reden niet en vond het stom, want ik dacht dat ze nu eindelijk geen koude voeten meer zou hebben.'

'En je hebt haar gedag gekust, net zoals wij bij oma Rebecca deden.'

Charlotte herinnert zich dat haar moeder wat rozenwater op oma Rebecca's wangen sprenkelde toen ze afscheid van haar namen. Het rozenwater geurde zoet, maar een andere, veel donkerder geur overheerste. Ze had begrepen dat het de geur van de dood was die ze toen voor de eerste keer rook, maar die ze nu altijd zou herkennen.

Felix had zacht over oma Rebecca's haar gestreken en Tom legde de tekening die hij had gemaakt iets dichter bij haar hoofd. Ze stelden vragen omdat ze oma Rebecca misten.

'Zal ze ons nu nooit meer een boekje voorlezen?' had Tom vlak na haar dood gevraagd. Hun moeder had uitgelegd dat dat nu niet meer kon, maar dat ze haar nooit zouden vergeten, omdat ze in hun hoofd en hart zat. Ze hadden het begrepen, maar net als Charlotte en de volwassenen leefden ze in een roes.

'Ik herinner me,' zegt haar moeder zacht, 'dat na de dood van grootmoeder Louise het huis net zo stil was als nu en ik vaak alleen was. Oom Daan was getrouwd en oom Koen werd opgeroepen voor de militaire dienst. Mijn grootvader bekommerde zich niet om mij. Hij haalde een keer per week een pond kaas en af en toe vers brood en hij ging eten in café De Poort op het Ledig Erf.'

'Kookte hij dan nooit voor je?'

Ze schudt haar hoofd. 'En hij nam me zelden mee. De enkele keer dat hij eraan dacht dat een kind in de groei ook een warme maaltijd nodig had en me meenam, voelde ik me niet op mijn gemak. Mannen discussieerden met harde stemmen en ze bestelden bier als hun glas nog niet eens leeg was.'

'Maar waar was papa dan? Jullie waren toch van jongs af aan vrienden?'

'Ik zag hem minder, want hij zat in de tweede klas van de middelbare school en had veel huiswerk. En oma Rebecca had haar handen vol aan Naomi, dat was een kleine druktemaker.'

'Hoe kwam je dan aan geld om eten te kopen?'

'Ik pakte regelmatig wat geld uit mijn grootmoeders geheime spaarpotje onder de vloerbedekking in de kamer. Ik hoopte dat ze in de hemel niet boos zou worden als ze zag dat ik eraan kwam. Ik kocht radijs en worteltjes, want die hoefde je niet te koken.'

'Maar je hebt me ooit verteld dat je bij oma Rebecca ging wonen. Wanneer gebeurde dat dan?'

'Op een dag had mijn grootvader me meegenomen naar café De Poort. Ik kreeg frietjes die lang niet zo lekker waren als die van mijn grootmoeder. Juist op die dag kwam Simon, papa's vader, het café in omdat hij onverwacht bezoek van een collega kreeg en niets te drinken in huis had. Ik zat angstig in een hoekje. Twee dronkelappen maakten ruzie en rolden over de vloer. Simon pakt me bij mijn arm en nam me mee naar huis. Nog dezelfde avond stopte ik mijn spullen in een doos en ging ik bij hen wonen. Mijn hondje Stippel kreeg een plekje in de keuken en mijn bed werd van zolder gehaald en op Naomi's kamertje gezet.

"Nu zijn jullie zusjes!" zei Rebecca en zo voelde het ook. Ze beschouwde me als haar eigen dochter. Het was een gelukkige tijd. Ik was veilig en ik voelde me gewenst, net als toen mijn grootmoeder nog leefde.'

'En je grootvader vond het goed?'

'Ik geloof dat hij blij was dat hij niet meer voor me hoefde te zorgen.'

'En nu ben je weer een moeder kwijt,' zegt Charlotte. 'Gelukkig heb je ons, mam. Vertel eens hoe papa en jij verliefd werden?'

'We gingen alle twee studeren in Amsterdam. De band die we als kind hadden werd steeds sterker. We gingen samenwonen op een kleine kamer in de Jordaan. Rebecca was er niet zo gelukkig mee. Pas sinds ik weet hoe mijn ouders gestorven zijn, begrijp ik waarom ze zo paniekerig reageerde.'

'Maar toen je grootvader er niet meer was, mochten jullie in dit huis wonen.'

'Het was verwaarloosd, maar we knapten het op, alleen de keuken veranderden we niet. Die was in onze jeugd het centrum van het huis. Hier waren we gelukkig. Ik ben blij dat de potkachel nog iedere winter brandt en ook het geschroeide valletje boven de schouw en het geblokte tafelkleed zou ik niet willen missen. Felix en Tom knutselen eraan.'

'En papa heeft ze erop leren dammen, net als jullie vroeger deden.'

Haar moeder knikt terwijl haar ogen glanzen.

'Het lijkt soms net alsof dingen van vroeger zich herhalen. Het huis gonst vaak van de vrolijke kinderstemmen als Felix en Tom met hun vriendjes komen spelen of als jij boven met je vriendinnen je huiswerk maakt, de radio aanzet of urenlang met je vriendinnen telefoneert. In mijn jeugd zetten papa en ik met mijn ooms de boel op stelten en nu glijden Felix en Tom van de trapleuningen af. Ze spetteren net als wij vroeger in de grote zinken teil in de tuin. Ze voetballen en knikkeren, maken ruzie en leggen het weer bij. Ze klimmen op het schuurtje om de duiven met broodkorstjes te lokken als ze op de rand van de schutting zitten te koeren.'

De klokken van de Nicolaïkerk beieren over de stad en het haantje glinstert in de avondzon.

Charlotte denkt aan de dingen die haar moeder haar verteld heeft over vroeger. Ze weet meer over het verleden dan haar broertjes. Ooit moeten Felix en Tom weten wat er met hun voorouders is gebeurd, dan blijven van generatie op generatie herinneringen levend. Maar haar ouders vertellen niet te veel tegelijk. Felix en Tom zullen alles horen als ze oud genoeg zijn om het te kunnen verwerken, net zoals haar overgrootmoeder Louise bij haar moeder heeft gedaan.

Charlotte weet dat haar moeder gelukkig is dat ze woont in het huis van haar jeugd. Alle kleuren, geuren en geluiden roepen herinneringen op. Door alle verhalen die ze hoorde van haar ouders en van oma Rebecca, werkt het bij Charlotte net zo. Het lijkt soms of ze haar overgrootmoeder Louise ziet lopen als ze de planten water geeft of de tuin sproeit in de zomer. Ze ziet haar aan de keukentafel zitten als haar vlugge vingers aardappelen schillen of boontjes afhalen en ze ziet haar trots kijken als er weer een hoedje is gelukt.

Soms lijkt het of ze de stem van haar overgrootmoeder Louise en die van oma Rebecca hoort in het geritsel van de bladeren van de appelboom. En soms kriebelt er iets in haar gezicht, alsof er zacht over haar wang wordt gestreken.

'Ik ben dankbaar voor de liefde die ik van grootmoeder Louise en van mijn schoonmoeder Rebecca kreeg,' zegt haar moeder. 'Al die liefde kan ik doorgeven aan mijn kinderen en jij en Felix en Tom zullen het doorgeven aan jullie kinderen en kleinkinderen.'

'Ja, en je kookt nog iedere week kippensoep, net als je grootmoeder Louise en je bakt vers brood en wie mee wil eten is welkom,' zegt Charlotte lachend tegen haar moeder. 'Dat ga ik later ook doen!'

'En Felix en Tom zeggen altijd dat ik de lekkerste frietjes van de hele wereld bak,' vult haar moeder aan, 'maar ze weten dat het recept van hun overgrootmoeder Louise is. Ik heb net als zij vaak gekke plannetjes, maar die zorgen ervoor dat het leven niet saai wordt. Als de appels rijp zijn, klauteren Felix en Tom in de boom om ze te plukken, net als papa en ik vroeger. En daarmee komt de droom uit van mijn ouders en grootmoeder, die wilden dat ik gelukkig zou zijn.'

Charlotte veegt een lok haar uit haar gezicht. De bedelarmband die ze om heeft tinkelt zacht, als zingende elfjes. Ze is zich ervan bewust dat veel sterke vrouwen voor haar hem hebben gedragen.

Het lijkt alsof in dit huis dingen zich steeds herhalen.

'Weet je,' zegt haar moeder. 'Ik zal mijn ouders, mijn grootmoeder en oma Rebecca nooit vergeten. Ze zijn bij ons, ieder uur van de dag, want de geesten van de overledenen leven door in de herinnering van de levenden.'